JAKE LIVINGSTON
VÊ GENTE MORTA

RYAN DOUGLASS

JAKE LIVINGSTON VÊ GENTE MORTA

Tradução
Adriana Fidalgo

1ª edição

Galera
RIO DE JANEIRO
2022

PREPARAÇÃO
Fernanda Barreto

REVISÃO
Jorge Luiz Luz de Carvalho

TÍTULO ORIGINAL
The Taking of Jake Livinsgston

CIP-BRASIL. CATALOGAÇÃO NA PUBLICAÇÃO
SINDICATO NACIONAL DOS EDITORES DE LIVROS, RJ

D768j Douglass, Ryan
Jake Livingston vê gente morta / Ryan Douglass ; tradução Adriana Fidalgo. – 1.ed. – Rio de Janeiro: Galera Record, 2022.

Tradução de: The taking of Jake Livingston
ISBN 978-65-5981-093-2

1. Ficção americana. I. Fidalgo, Adriana. II. Título.

22-76613 CDD: 813
CDU: 82-3(73)

Meri Gleice Rodrigues de Souza – Bibliotecária – CRB-7/6439

Texto revisado segundo o novo Acordo Ortográfico da Língua Portuguesa.

Publicado mediante acordo com G. P. Putnam's Sons, um selo da Penguin Young Reeadrs, divisão da Penguin Random House LLC.

Texto revisado segundo o novo Acordo Ortográfico da Língua Portuguesa.

Direitos exclusivos de publicação em língua portuguesa somente para o Brasil adquiridos pela
EDITORA GALERA RECORD LTDA.
Rua Argentina, 120 – Rio de Janeiro, RJ – 20921-380 – Tel.: (21) 2585-2000,
que se reserva a propriedade literária desta tradução. Impresso no Brasil

Impresso no Brasil

ISBN 978-65-5981-093-2

Para todos enfrentando uma batalha silenciosa.

JAKE

Eu detestaria ser aquele garoto que morreu na aula de educação física. Steven Woodbead nunca poderia imaginar o que viria. Estava se exercitando e dançando ao som de rap quando o dardo atingiu a sua cabeça.

Ele morreu na hora. Desabou na grama, com o dardo se projetando da testa como a espada do rei Artur. Segundo a lenda de St. Clair, algumas pessoas gritaram "CUIDADO" mesmo enquanto suas mãos se abriam como as pernas de um caranguejo e a sua caixinha de som portátil caía lentamente no chão. Woodbead está morto, mas ainda consigo vê-lo, explodindo em luz toda vez que o dardo penetra em sua cabeça.

Steven está mortinho da silva, morreu antes mesmo que eu nascesse. O seu uniforme de educação física, short azul e um cropped branco, não combinam com os uniformes todos vermelhos que usamos atualmente e com certeza não seria considerado "normal" pelo padrão adotado agora pela escola. Qualquer cara usando uma camisa que não cobre o umbigo teria o rosto enfiado em uma privada. Então imagino que Steven tenha morrido nos anos 80. Tudo que posso ver é o momento em que sua alma se separou do seu corpo — quando a sua camisa se rasgou e fogos de artifício explodiram como abelhas de seu peito, destroçando-o em um redemoinho de brasas cintilantes. Seu corpo se dispersou em um círculo de brasas incandescentes, se desintegrando no ar ao redor do poste de rúgbi. Depois, há o momento em que aquele local cai no silêncio, e me pergunto se é seu último suspiro, se Steven enfim partiu desta para melhor. Mas então ele se recompõe em meio a pixels, o short curto e pela jaqueta corta-vento retrô. Seu sorriso é vazio, os olhos brancos, e ele está novamente dançando.

— Jake! — A voz de Grady assovia pelo ar, como um fogo de artifício às minhas costas. — Espere!

Não posso falar agora. Estou ocupado demais assistindo à explosão de Woodbead, na esperança de que tudo isso acabe em breve. Frequento essa escola há um ano e venho observando pedaços de seu corpo desaparecerem aos poucos. Três dedos da mão esquerda já se dissolveram, e a perna direita termina logo abaixo do joelho.

O antigo castelo de tijolos da minha escola entra em foco. Estamos passando as quadras de tênis e correndo em direção à linha de chegada, onde a escadaria ampla leva de volta ao campus. À nossa frente, já fazendo a curva, estão nossos atletas estrelas — Chad Roberts e Laura Pearson —, que, em seus uniformes todos vermelhos, parecem glóbulos sanguíneos com membros pálidos acoplados.

— Jake! — Grady me alcança, todo suado. — Humm, Terra para Jake?

— Ah. Oi, Grady.

Ele é o único amigo que tenho aqui, por bem ou por mal. Tem uns oito centímetros a menos do que eu, com um rosto pálido e cabelo ruivo.

— Está tentando se livrar de mim, cara? Estou te chamando faz uns vinte minutos!

— É mesmo?

— Você parece sempre tão desligado.

Nossas vozes têm tons muito diferentes. A minha comedida e meio grave, a dele anasalada e estridente; alta demais para conseguir ignorar.

Nossa amizade jamais se estabeleceu de fato; é meio que um acidente duradouro, que começou nas mesas do pátio no ano anterior, quando ele se convidou para sentar ao meu lado. Eu estava lendo. Ele me perguntou o que eu estava lendo. Minha solidão chegou ao fim e jamais a consegui de volta.

O som de um apito irrompe do campo. O treinador Kelly tem os olhos azuis focados em mim. O pescoço dele está rígido e a aba do boné esconde a metade superior de seu rosto. Ele está movendo os braços em câmera lenta, como se mostrando como se deve correr. É tão condescendente.

Odeio tudo aqui. Toda vez que fazemos corridas de aquecimento parece que tem um sinal dizendo GAROTO NEGRO, para alertar os técnicos de onde eu estou na pista. Eles estão sempre de olho em mim de forma negativa. Na maioria dos dias, quero me mandar do campus, ir para a floresta e passar alguns anos sem ninguém me ver, só para me recuperar do trauma de ser hipervisível. E na maioria dos dias não consigo decidir o que odeio mais: ver gente morta ou ser o único negro do terceiro ano do ensino médio na St. Clair Prep. Coloco novamente o meu uniforme no banheiro do segundo andar. Aqui é o melhor lugar para escapar da algazarra do vestiário masculino. As paredes são cobertas por adesivos e flyers de clubes dos quais eu jamais vou fazer parte: Equipe de Remo da Escola, Liga de Matemática, Democratas da St. Clair e Republicanos da St. Clair. Estão todos sobrepostos uns aos outros como se competissem pela dominância, formando uma montagem psicodélica de vermelho, branco e azul. Tudo ao redor de um doodle do sr. Siriguejo, com a legenda *Siriguejo é um puta sacana.*

A porta do reservado estala atrás de mim enquanto me olho no espelho — um dos três pendurados na parede de azulejos azuis. Tudo o que mostra é que eu não sou lá grande coisa de se olhar.

Ao sair do banheiro, ouço meu irmão gritando com alguém em algum lugar.

— Me devolve a minha parada, cara!

A circulação no corredor zumbe como um caos de gafanhotos. Atletas, geeks da banda, e antissociais, todos usando o mesmo blazer azul-marinho do uniforme, deixando todo mundo com a mesma cara. Só dá pra saber quem faz parte de qual grupinho pelas pessoas que ficam juntas na frente dos armários e pelo fato de os atletas usarem os blazers abertos.

Meu irmão nem usa o blazer. Ele usa o que ele quer.

Paro de andar quando o vejo discutindo com o professor de química, o sr. Shaw, no patamar depois da vidraça.

O sr. Shaw mantém o boné do meu irmão fora do alcance.

— *Nada de chapéus neste prédio*. É contra o código de vestimenta.

— *Não* é um chapéu! É um boné. Me mostre onde diz *nada de bonés* no código de vestimenta, cara.

Benji tem 1,80 metro, mas o sr. Shaw é um gigante de 1,96 metro e consegue segurar o boné mais alto do que a maioria das pessoas, a manga do casaco formando uma cortina que cobria o rosto de Benji conforme ele fazia aquilo.

É uma cena escandalosa e constrangedora, que seria ainda pior se as pessoas soubessem que somos irmãos. Ninguém adivinharia, afinal Benji é robusto como um zagueiro, de pele branca e o cabelo levemente ondulado. Sou cinco centímetros mais baixo, magro como uma vara, de pele negra e com um cabelo com duas texturas — crespo nos lados e encaracolado em cima.

O sr. Shaw está levando Benji na direção da diretoria, enquanto eu me esgueiro até minha primeira aula. Benji continua discutindo, sem desistir, argumentando sobre o seu direito de se vestir da maneira que deseja. Às vezes eu queria ser como ele, mais seguro sobre mim mesmo. Em vez disto, sou silencioso todo o tempo.

Sempre que minha mãe perguntava o que aprendi na escola, eu não conseguia contar. Ainda não consigo. Porque é difícil prestar atenção quando se está sempre se escondendo no fundo da sala.

O mundo dos mortos surge ao meu redor como uma paisagem subaquática de matéria perdida — testes reprovados, troféus enferrujados, trombetas desmanteladas e bolas de beisebol rasgadas. Memórias esquecidas flutuando através das paredes, sobre a cabeça de todos, até o outro lado. Toda a atividade fantasmagórica se condensa em um zumbido de caos que me treinei a ignorar. O cara de colete de tweed que quebra a carteira no pescoço de outro sujeito na aula de química. Aquele momento constrangedor na aula de economia, quando um carro atravessa a parede e apenas fica ali, com tijolos fantasmas como uma estática visual em seu para-brisa, obscurecendo a maldita pessoa em seu interior. Os faróis piscam com tamanha intensidade que bloqueiam o quadro-negro.

Eu queria poder ter aulas apenas no segundo andar para evitar a proximidade com as estradas. O terceiro andar é alto demais. Os fantasmas lá em cima pulam das janelas.

Sempre me concentro em desenhar. Meus cadernos estão repletos de esboços perturbadores que pessoas comuns chamariam de bizarros. Robôs com pernas de aranha e vermes rastejando para fora de globos oculares. Globos oculares com enormes inchaços. Um garoto com um gigantesco coração sangrento como cabeça.

O último sinal me traz de volta. A campainha faz seu *ding-dong-ding* e meus olhos despertam para minha segunda realidade: aquela em que luzes no teto atravessam fantasmas de modo tão incisivo que mal consigo discerni-los. E o mundo é substituído por pessoas que não sabem meu nome.

Moro em Atlanta, só que não. Clark City é muito contramão para o trem passar, a não ser que seja um daqueles de carga, que se arrastam pelos trilhos e forçam os carros a esperar cinco minutos para continuar o caminho. Clark City é metade negra, um quarto branca e um quarto uma mistura de congoleses, eritreus, afegãos e vietnamitas. Food trucks oferecem as melhores comidas — Benton Bell's drumetes e Strong Island Caribbean Café. Casas se escondem atrás de árvores, as janelas tapadas com madeira, telhados danificados devido à umidade. Operários da construção civil demolem conjuntos habitacionais e levantam mais coisas corporativas: concessionárias de automóveis e postos de gasolina. O sobe e desce nunca acaba.

Não há faixa de pedestres em minha área, então atravesso quando o momento parece oportuno, chegando ao outro lado da rua bem a tempo de um carro atravessar a neblina atrás de mim, jogando ar gelado em minhas costas.

Luzes azuis piscam à distância, na esquina da minha casa. Luzes de viaturas policiais e fitas de isolamento esticadas sobre uma entrada de carros. A polícia está conversando com meus vizinhos; parecem ser os Mooney. A casa deles é uma construção em estilo casa-grande, com uma cerca ao redor, das quais saem falsas teias de aranha penduradas para o Halloween. Para completar, há lápides falsas no gramado.

O casal de meia-idade em ternos azul-marinho é solitário. Eles se abraçam na entrada da garagem. A cabeça da mulher está apoiada no ombro do homem, enquanto ele encara o vazio. Um campo de luzes índigo espirala de suas cabeças, formando um halo esfumaçado com pedaços de matéria, como resíduos planetários; gelo, poeira e minúsculas pedras, se fundindo em uma coisa viva.

Um par de ghouls paira sobre eles, inclinando as cabeças cinzentas e macilentas para sorver a fumaça através dos dentes afiados, narinas fendidas e olhos vazios.

Os assuntos deles não me diziam respeito. Continuei abrindo caminho até a minha casa.

Há um zumbido em algum lugar. Não... gritos? Gritos e súplicas.

— Espere! Pare, ESPERE!

Devem estar vindo de trás de uma janela aberta ou do mundo dos mortos. Escuto vozes vindas do segundo mundo, como as vozes que alertaram Steven de que um dardo estava vindo em sua direção para matá-lo. Essas vozes são sempre angustiadas. Algumas vezes elas alertam; outras vezes elas imploram.

Sinto frio de repente. O verão sempre demora mais a acabar por aqui, mas chegou oficialmente ao fim e o vento não está mais abafado. Um sopro arranca o gorro da minha cabeça e me viro para pegá-lo, dando de cara com uma caixa torácica. Parece... um frango de padaria gigante sem carne.

Sem mamilos, um pescoço longo, esticado, e uma cabeça enorme, com formato alienígena e buracos vazios no lugar dos olhos. O ghoul obscurece tudo atrás, mas se eu me esticasse para tocá-lo, a minha mão atravessaria o torso. Eles não são reais. Apenas parecem que são.

Eu me virei e a coisa me segue, como um zumbi mancando atrás de sua refeição. Então começo a correr pela entrada de carros de casa, subitamente nada convencido de que aquilo não pudesse me tocar de verdade. Sei o que li sobre as criaturas, e o que minha mentora mediúnica, a srta. Josette, me ensinou: *Não podem machucá-lo, porque não podem tocá-lo.* Então por que a terra treme quando caminham, chacoalhando as pedras do calçamento da rua? Por que as rachaduras no asfalto parecem retesadas sob seus passos? Por que os carros e minivans estacionados na rua parecem preocupados como se fossem ser destruídos por uma tempestade?

A horrível sombra da criatura cai sobre mim, dando um nó em meu estômago, agora terra de ninguém.

Não sou eu que estou sofrendo, então não interesso aos sanguessugas do mundo dos mortos. Eles tendem a evitar gente feliz, em vez disto se agarram à pessoa mais melancólica e trágica no recinto. Só chorei mesmo pelo meu cachorro, Appa, que morreu de um problema cardíaco há dois anos. Minha família está quase toda viva, exceto meu avô, que morreu seis meses antes de eu nascer. Não acho que verei meu pai outra vez, mas ele está por aí, em algum lugar.

Agora há risos... risos de crianças, e o pipocar de uma arma.

Algo terrível aconteceu na casa do meu vizinho.

Está esfriando rápido demais, como se o ápice do inverno tivesse chegado aqui e agora. Uma sombra cai como um cobertor de gelo enquanto procuro em meus quatro bolsos: calças e moletom.

Onde estão as minhas chaves?

Há momentos em que isso me controla. As sombras, a escuridão. Momentos em que fico tonto, indefinido, apenas flutuo, como os testes fracassados em minhas salas de aula.

Porém, conheço minha varanda: uma coluna de balaústres brancos. Conheço minha porta da frente: um ferrolho e uma maçaneta que você gira para entrar. Um vento frio sopra sob meu moletom, me empurrando para trás. Cambaleio para dentro de casa e fecho a porta.

Não sei como, mas a TV está ligada na sala de estar. Minha mãe está viajando.

— Benji? — chamo.

Sem resposta.

O ar está frio ali dentro, e a casa tão escura que até mesmo as ilustrações em tom sépia na parede perderam o brilho. Chegando na sala, encontro a TV ligada no noticiário.

— Precisamos dar um fim à violência armada. Quantas pessoas ainda tem que morrer?

Há uma manchete com uma foto do meu vizinho... o filho do casal aos prantos.

MATTEO MOONEY,
SOBREVIVENTE DO MASSACRE NO
COLÉGIO HERITAGE, ENCONTRADO MORTO EM CASA

Ah, meu Deus...

Matteo... morto?

Não conheço ninguém na vizinhança, mas reparei quando Matteo se mudou. Ele e o sr. Mooney forçavam um sofá pela porta. Matteo estava sem camisa, a peça enfiada no bolso de trás. Todos os vizinhos estavam de olho em seu corpo suado de atleta, o abdômen definido. O sol parecia uma incandescente bolha inflada sobre Clark City, e a umidade me fez tirar minha própria camisa, abrir a janela e colocar o ventilador no vão. Observei Matteo entrar e sair da casa, me perguntando quanto ferro eu teria que puxar para ficar daquele tamanho; queria tanto alguns músculos...

Eu me afundo no sofá de couro.

Lembro do tiroteio na escola. O assassino do Heritage criou uma comoção por toda Atlanta. Todos ficaram paranoicos porque uma coisa daquela havia acontecido tão perto de casa.

Um vídeo do Matteo discursando em um pódio. Datado de um ano antes, logo após o tiroteio. Os flashes das câmeras piscam nas lágrimas em seus olhos conforme ele encara a audiência ao ar livre.

— Quantos amigos precisamos perder antes de dizer basta? Há demônios por aí que querem apenas ver o circo pegar fogo. E precisamos nos unir para nos assegurar de que eles não vão conseguir as armas para nos ferir.

Corta. O rosto de Matteo aparece lado a lado com o do atirador que atacou sua escola.

Sawyer Doon. Sim, a ameaça com cabelo louro e liso, e olhos azuis.

Os âncoras reaparecem, seus rostos como máscaras de tristeza fingida.

— Palavras comoventes de Matteo Mooney; que ele descanse em paz. Nossos pensamentos e preces estão com a família Mooney. A causa da morte ainda é desconhecida.

Desligo a TV e me levanto, encarando o nada. Imagino que um fantasma apareceu e ligou o aparelho quando eu não estava.

Assassinato. No meu bairro. Matteo tinha, tipo... dezoito anos? Dezenove?

Eu me arrasto até meu quarto, e a casa começa a parecer pesada e silenciosa demais ao meu redor, como *alguém está aqui, algo vai aparecer.*

Não há ninguém aqui. Estou no meu quarto, virando minha mochila de ponta-cabeça. Livros didáticos, canetas e folhas caem em um frenesi sobre meu colchão. Levanto a persiana e observo a casa azul no fim da rua. As luzes de polícia refletem nas janelas do segundo andar. Estranho. Nunca pensei que o garoto mais rico da nossa comunidade seria aquele que viria a morrer. Caio no colchão e observo a luminária em forma de globo.

Os últimos raios de sol se rendem à sombria armadilha da noite. Ecto-névoa se esgueira em minha visão periférica, sinuosa e sinistra.

É a matéria que engole fantasmas enquanto as estações se alternam, mordiscando seus corpos desvanecidos, se enterrando dentro deles, como cupins. É onde terminam todos os círculos. Ao mesmo tempo em toda a parte e em lugar algum, encharcando o tapete, adensando o ar com fibras brilhantes. Sempre se infiltrando através da ventilação, do encanamento e rachaduras no gesso, como dióxido de nitrogênio, pronto para me asfixiar durante o sono.

SAWYER

9 de outubro

Querido diário,

Não sei por que o médico me obrigou a fazer isso, ou até mesmo com quem eu deveria estar falando. Está muito escuro no galpão para sequer enxergar o que estou escrevendo. Então não há como entender o que estou pensando. A lanterna apenas me mostra o centro da página. O que escrevi antes não importa. O que vou escrever em seguida tampouco.

— Sawyer! Sawyer! Sawyer!

Já ouviu seu nome ser repetido tantas vezes que sentiu vontade de morrer?

Mamãe deve me odiar. Fez os médicos me liberarem de Hapeville antes que eu pudesse prometer a Tom que jamais tentaria me matar de novo. Então não sei se vou tentar outra vez. Ela me tirou de lá faz uma semana porque era constrangedor ter um filho em um centro de tratamento. Sei disto graças ao que Annie me contou quando cheguei em casa e mamãe não estava escutando.

— Tem certeza de que está bem? Eles queriam manter você por lá, mas mamãe obrigou que te liberassem.

Visualizei todos os colegas de trabalho da mamãe na lanchonete a julgando por não ser capaz de responder à pergunta "como vai o seu filho?".

Esse anexo transformado em galpão, transformado em refúgio, era onde meu pai guardava suas ferramentas elétricas. Mamãe não entrou aqui desde que ele nos deixou em setembro. Ela sempre me pergunta se tentei dar um fim à minha vida porque ele partiu. Acho que ela dá crédito demais a ele.

Os pinheiros são tão altos que trespassam o topo da porta. O papel de parede da minha cela na clínica era igualmente tridimensional e lúgubre, e acho que isso me faz lembrar de lá, aquele lugar me fazia sentir mais em casa do que aqui. Isto pode ter algo a ver com uma camisola de hospital, um leito público, um homem alto e negro chamado Tom que conversava comigo duas vezes por dia. Ele tinha uma bela estrutura óssea.

— Sawyer! Sawyer! Sawyer!

Você devia ouvir minha mãe berrando nesse instante. Ninguém longe da floresta vai saber que ela está gritando. Mas o barulho vai tirar do sério minha irmã, que provavelmente está em seu quarto, escrevendo no diário ou trocando mensagens com as amigas maldosas.

Mamãe sempre me pergunta se é uma boa mãe. Não sei o que responder.

Ela só começou a cozinhar para mim depois que tentei me enforcar. Ela faz mais sanduíches do que o necessário e os deixa na geladeira até o dia seguinte, por isso não parecem tão gostosos quando eu como.

— SAWYER, você está aí? Por favor, venha comer!

Agosto chegou ao fim, mas, quando estava aqui, era possível ouvir as cigarras cantando em uma frequência que parecia destinada a estilhaçar sua sanidade e enlouquecer qualquer pessoa. Eu abria a janela sem tela e ouvia o estrondo infernal. O terror daquilo.

Elas compunham a sonoridade do meu processo enquanto eu enrolava uma extensão no ventilador de teto.

Jamais estive em sintonia com ninguém.

Na última semana, ouvi a pergunta "como está Sawyer?" mais do que nunca na minha vida. Mamãe sempre põe o telefone no viva-voz antes e depois do trabalho. Tia Celia, tio Rod, vovó e até mesmo meus primos crianças, Connor e Georgie, todos querem saber como estou.

— Ele está bem! — respondia minha mãe. — Descansando bastante e fazendo coisas saudáveis!

Ela sequer me pergunta como estou. Pinta as unhas, assiste à TV e traz homens para casa quando acha que estamos dormindo.

Tio Rod diz que deveríamos nos mudar da floresta.

— Há um mundão lá fora — diz ele. — Não se pode ficar eternamente preso na fantasia idiota de Bill sobre a Geórgia.

É engraçado como tio Rod é igualzinho ao Bill, mas acha que é diferente.

— Estamos bem ajustados aqui — argumenta mamãe.

Jamais me ajustei, e nem ela. Minha mãe observa o acúmulo de pratos sujos na pia até não caber nenhum outro. Então diz:

— Você ou Annie vão dar um jeito nessa louça em algum momento?

Acho que ela tem mais problemas do que eu.

Meu pai, Bill, tinha mais problemas do que nós dois juntos. Ele me batia se eu o encarasse por muito tempo. Vendia remédios controlados e era técnico da TV a cabo. No mercadinho, quando a máquina de autoatendimento disse "A ajuda está a caminho", ele esmurrou a tela e gritou: "Não preciso disso, sua escrota!"

Sua pele parecia uma rampa de skate grafitada. Ele fazia projetos de reforma, como pintar toda a casa de verde-vômito. Moro em um trecho da floresta no fim de uma longa estrada de terra. Veículos comuns não foram feitos para enfrentá-la, mas Bill gostava daqui porque não queria vizinhos.

Meu pai era um sádico que largou um peso de quatro quilos em um pato do lago quando eu tinha cinco anos. Acho que ele forçou mamãe a se casar com ele e constituir família de modo que pudesse se mudar com ela para a floresta e, depois, abandoná-la.

— Sawyer!

A voz da mamãe é mais irritante do que o som de um liquidificador.

Se ela se importa, virá me procurar.

JAKE

Mamãe e Benji discutem sobre tudo, então fico de fone de ouvido o tempo todo.

Estamos a caminho da escola, um pouco acima do limite de velocidade porque estamos atrasados. O Tahoe passa pela Freedom Parkway e pela John Lewis Boulevard enquanto Benji e mamãe gritam sobre... alguma coisa. O código de vestimenta, talvez, ou as notas baixas de Benji.

Minha seleção musical parece um lento gotejar, porque não estou completamente acordado. The Postal Service, SZA e Syd. Estou desenhando rostos na janela embaçada: dragões e demônios. Ontem, um ghoul me seguiu da casa de Matteo até a minha. Não tinha visto uma daquelas criaturas chegar tão perto de mim desde... bem, desde a primeira vez que vi uma coisa desse tipo, no meu quarto, quando eu tinha dez anos.

Mamãe está chamando minha atenção pelo retrovisor, os olhos cansados por causa do jet lag amorosos e impacientes. Tiro os fones de ouvido.

— Sei que está cansado de me ouvir perguntar — começa ela —, mas tem certeza de que não quer tirar sua habilitação?

— Tenho.

Olho pela janela. Jamais poderia confiar em mim mesmo nessas estradas, onde carros se acidentam na mesma frequência com que chegam ao destino.

Quando chegamos, todos os outros já estavam em aula. A grama na frente da St. Clair é tão verde que parece artificial. Provavelmente é. Então as árvores e tulipas no enorme gramado da fachada da escola, onde estacionamos a caminhonete, podem ser falsas também. Folhas de bordo varrem o ar das passarelas de tijolos até o campanário. Em seu posto, a santa de pedra parece mais infeliz do que o costume ao nos ver.

Benji sai do carro primeiro e bate a porta sem uma palavra, como sempre.

Mamãe suspira.

— Tenha um bom dia, Jake.

Ela não soa muito sincera. Acho que a negatividade de Benji a afeta e, então, ela a passa também para mim.

Saio e fico parado ali, no asfalto, observando a caminhonete seguir em uma direção e meu irmão na outra.

Estou sempre sozinho.

A srta. Kingston já começou a aula quando chego à sala de inglês, tagarelando sobre algo que eu não entenderia mesmo se tivesse chegado na hora.

Ela para no meio da frase quando entro, coloca a mão no quadril magro e me encara com um brilho de ódio nos olhos verdes.

— Que gentileza sua enfim se juntar a nós. Sente-se.

Pego a cadeira ao lado de Fiona Chan na roda de discussão. Tudo o que sei sobre ela é que é a única pessoa da turma que não me olha como um prisioneiro fugitivo quando chego atrasado.

A srta. Kingston ainda me observa enquanto tiro o material da bolsa.

— Gostaria de dizer alguma coisa?

— Ah. Desculpe.

Ela tira o cabelo castanho e seco do rosto.

— Então. Agora que todos *chegaram*, podemos voltar ao nosso debate. Vocês deveriam ter lido até a página 109 de *O grande Gatsby*. Chad? Você começou a discussão da última vez. Para quem vai passar o bastão?

Chad Roberts... ele é um daqueles caras que jogam rúgbi que não sabem ficar na deles; masca chiclete de modo superbarulhento e berra na sua cara quando fala. Sente necessidade de ser ouvido. A namorada, Laura Pearson, está sentada ao lado dele, os olhos grandes se agitando toda vez que ele faz um movimento.

— Hummmmm... — Chad pega o livro como se nunca tivesse visto um e, em seguida, bate com ele na mesa. Ele se recosta na cadeira e fixa os brilhantes olhos azuis em mim. — Quero ouvir o que o Livingston achou da leitura.

— Benj... — A srta. Kingston balança levemente a cabeça em negativa. — Desculpe... *Jake*. — Ela quase me chamou de Benji. — Há algo que você achou empolgante ou significativo nessas páginas?

O tom é condescendente, como se ela já soubesse que não li o livro. E eu não li. Mas não porque *não consigo* ler, como ela acha. Apenas porque *O grande Gatsby* é um saco, e, se vou ler palavras, prefiro que sejam as de Octavia Butler, Tananarive Due ou Stephen Graham Jones, em vez das de um cara que escreveu uma história sobre como é difícil ser rico.

Fico em silêncio. Fiona levanta a mão, mas a srta. Kingston não toma conhecimento.

A srta. Kingston volta a silhueta profundamente ofendida em minha direção.

— Além de chegar atrasado, também negligenciou a leitura?

A essa altura, não há como negar.

— Sim — minha voz é um murmúrio. — Desculpe.

— Nesse caso, por que não sai da sala e faz sua leitura? — ela aponta um dedo para a porta como se estivesse adestrando um cachorro. — Pode aproveitar o tempo de aula para recuperar o atraso.

Prefiro não ficar aqui, de qualquer modo, mas é constrangedor precisar dar as costas a todos e ouvir o silêncio carregado de críticas enquanto saio.

— Ok! Vamos tentar de novo.

A voz da srta. Kingston diminui enquanto a porta se fecha com um silvo.

O corredor fica sinistro quando deserto. Silencioso e grande demais para uma pessoa só. Eu me sinto como um pedaço de comida expelido pelo intestino de um gigante faminto.

As luzes do teto brilham o suficiente para incomodar, então fecho os olhos.

— Ah, paz — sussurro. — Um diploma da St. Clair vai te preparar lindamente para uma universidade com uma boa colocação no ranking nacional. Ou algo do gênero.

Quero ser cartunista, mas jamais pensei em um diploma como parte importante de arrebatar pessoas em aventuras visuais. Na verdade, a escola nunca me pareceu muito importante. Não tenho amigos aqui... não que eu tivesse amigos na minha antiga escola, mas aqui tem menos brigas e mais potencial, como diria a minha mãe.

Abro os olhos, chuto um lápis pelo chão e o escuto rolar. A cada sala de aula pela qual passo há algum professor tagarelando como um robô e eu odiaria ser aquelas pessoas lá dentro.

Um documentário monótono vaza de uma sala escura. Uma flauta cria uma melodia no auditório. Trombetas e tubas e triângulos adicionam uma caprichosa batida. A intensidade aumenta, e mais instrumentos se juntam ao ritmo. Um clarinete. Tambores ganhando força, ascendendo como uma tempestade.

Um tiro.

Um tiro?

A música desanda, até parar quando mais tiros estouram.

Corro até as portas e, então, tropeço, o corpo caindo no chão como uma bandeja enquanto um zumbido golpeia meus ouvidos.

Há silêncio por um instante. Alguém irrompe de uma sala de aula e desembesta pelo corredor. Gritos o perseguem da porta.

BANG!

Está vazio e, de repente, lotado. Crianças cambaleiam como zumbis das salas de aula, esbarrando umas nas outras ou caindo no chão. Eu me levanto e me apoio nos armários. Alguém tropeça e cai ao meu lado, livros escapando de suas mãos. Eu me adianto para ajudá-la e uma mão me puxa pela jaqueta e me joga contra os armários.

— SE MEXE!

É Chad. Passando como um ogro no corredor, nos deixando para trás.

Nós ensaiamos os passos milhões de vezes. *Corra. Esconda-se. Lute.* Mas não consigo me mover.

Uma mão me toca o braço, fazendo meu coração quase sair do peito.

— Jake! — grita uma voz. — Precisamos ir!

Uma garota passa por mim. Sigo seu cabelo através do caos. Não consigo pensar com a confusão de gravatas e uniformes se espalhando como formigas de uma colônia perturbada, mãos se fechando e cabeças batendo em costas. Nossos tetos são do tipo com painéis móveis. Eu poderia subir nos ombros de alguém, pular para dentro da cobertura e me esconder.

— Bethany? — grita alguém. —BETHANY!

Confusão e pânico, todos gritando, correndo de um lado para o outro, apenas meio conscientes de que estão aqui. As pessoas freneticamente teclando em seus telefones com dedos trêmulos, silenciando os aparelhos? Digitando o derradeiro adeus?

Minhas palmas batem na barra da porta no final do corredor. Emerjo na luz do sol, o bom-senso retornando na confusão dos degraus. Galhos de árvores balançam como veias arrancadas de suas ligações, mas escondem um sol brilhante, e estou sob eles... não preso naquela escola horrível, não uma vítima do atirador.

Estou vivo. Vou voltar para casa.

É silencioso, inerte e frio. Nada de polícia na faixa reservada. Nada de equipe da SWAT no pátio dianteiro. Todos que escaparam estão apenas... parados por ali. Recuperando o fôlego com as mãos nos joelhos, rindo ou consolando os amigos. Como se a coisa toda já tivesse acabado... ou nunca acontecido.

O diretor Ross e o vice-diretor Davis estão parados juntos — um gordo, outro magro — enquanto estamos em pânico e esvaziando o prédio. Eles estão fora do caminho, mas perto da escola, como se não houvesse nenhum perigo real.

Porque não há. Foi só um treinamento.

JAKE

Quando tudo acaba, a administração nos reúne no auditório para uma assembleia. São uma linha militar no palco, com nosso zelador, o sr. Dao, parado ao lado. O diretor Ross nos pede para aplaudir o sr. Dao pelo modo como sutilmente escondeu alto-falantes nos corredores e, depois, operou o som.

Meu diretor, grisalho e curvado, atravessa o palco.

— Ei, Dentes-de-sabre — Ele sempre parece apático, entediado e com a respiração ofegante —, o que aprendemos?

A princípio, todos ficam quietos. E então os professores começam a falar sobre o que foi feito correta ou incorretamente.

Pelo visto, tudo foi feito de forma correta, porque não há resposta errada.

Afinal, o que você faz quando há um atirador no prédio? Tenta não entrar em pânico, tenta se manter vivo, se esconder nos cantos, barricar as entradas com carteiras e escapar pelas portas ou janelas. Todas as opções estão corretas, desde que você esteja tentando sobreviver.

E se meus colegas fossem assassinados?

E se, em algum momento, não fosse um treinamento? E se eles passassem para o pós-vida e ficassem presos em seus loops de morte, morrendo eternamente? Eu veria as pessoas que conheço em disparada pelos corredores e escadas em terror. Jamais seria capaz de esquecer aquilo porque ficaria na minha cara, o tempo todo.

Mal consigo chegar ao fim do pátio dianteiro no final do dia. Apenas me prostro no parapeito do estacionamento e giro uma pedra de quartzo rosa pela mão. É difícil voltar ao normal depois do pânico da escola inteira.

— Ei, maninho, quer uma carona?

Benji. Ele está contornando o parapeito ao meu encontro. Nada de treino de atletismo hoje, imagino.

— Por que está sentado aí sozinho? Onde está Grady?

— Grady pega o ônibus.

— Vamos... Mahalia está esperando a gente.

Benji me levanta pelas axilas e me conduz pelo estacionamento.

Meu irmão me trata como um merda na maior parte do tempo. Às vezes me trata razoavelmente bem. Odeio quando ele é legal comigo, porque sei que não vai durar.

Mahalia está ao volante quando abro a porta da sua van azul, o cabelo preso em um rabo de cavalo de microtranças recém-feitas. Ela devolve meu sorriso, o rosto alegre e simpático, como sempre.

— Ei, Jake.

Sua pele é linda, de um marrom suave, e ela cheira a chá e flores. Mahalia é a ex de Benji. Ela cresceu conosco na igreja, mora na vizinhança e dirige o carro da mãe, então nós pegamos carona com ela quando Mahalia não está dando aulas particulares ou trabalhando no anuário.

Benji entra e imediatamente começa com os comentários sarcásticos:

— Cuidado para não acertar ninguém ao dar ré, Maha.

— Todos os passageiros no banco da frente devem ficar em silêncio durante a viagem — diz ela, revirando os olhos e ajeitando o retrovisor. — É a regra.

Diferente de mim, ela rebate as observações irônicas do meu irmão. Juro que ele lhe causa mais estresse do que o necessário, mesmo para uma relação de idas e vindas. Por algum motivo, ela atura a situação. Ambos se aturam.

— Terminou sua inscrição? — pergunta ela a Benji, sem encará-lo.

— Que inscrição?

— Georgia State? A que vence em dois meses?

— Isso está a uma eternidade de distância.

— Benji, você vai ficar chapado e, quando perceber, já vai ser janeiro.

— Vou terminar a tempo.

— Você já foi rejeitado na primeira rodada. Quer nunca ser ninguém na vida?

— Valeu, Maha. Muito obrigado. — Benji cerra o punho e olha pela janela.

Benji tem namoradas desde o início do ensino fundamental. Mahalia provavelmente foi a única garota que se manteve porque se importa com ele, ao mesmo tempo em que o desafia. Ela não leva desaforo pra casa.

Eu queria ter um pouco dessa qualidade em mim ou pelo menos o suficiente para atrair alguém que terminaria comigo e aí voltaria de novo.

Em casa, Mahalia dá um longo suspiro e encara meu irmão com firmeza. Ele devolve o olhar, e me sinto sobrando. Quando chega a hora da despedida, é como se eles não soubessem o que fazer quando estou presente.

— Te vejo mais tarde — diz Benji, e salta do carro.

Então Maha e eu ficamos sentados ali, sozinhos, sem o cara com quem é incrivelmente difícil conversar, mas cuja aprovação, por mais estranho que seja, você ainda busca.

— Sinto muito que Benji seja tão babaca — digo a ela. — Fico constrangido com isso.

Ela ri e depois suspira, parecendo triste ao volante.

— Não ficamos todos constrangidos? Só quero mais para ele, sabe? Tipo, por que ele não pode ser mais aplicado, como você?

— Não sou tão aplicado.

— Mas pelo menos você se esforça. Ele é tão inteligente e está simplesmente jogando isso fora. Enfim... Espero que você esteja bem depois de toda a loucura de hoje.

— Estou sim. Obrigado mais uma vez pela carona.

— Disponha.

Salto do carro e encontro meu irmão na entrada da garagem, me encarando com olhos semicerrados enquanto ela vai embora.

— Do que vocês estavam falando? — pergunta ele.

— Eu só estava garantindo que pelo menos um de nós é uma pessoa legal para que ela não se sinta completamente distante da nossa família. — Atravesso a entrada de carros, enfio a chave na porta e giro. — Maha é agora a sua número um ou número três? É meio difícil de acompanhar.

Benji se espreme entre mim e a porta e me acerta no peito antes que eu consiga terminar. A maçaneta vira em minha mão e fico caído contra a soleira, tossindo enquanto a porta se abre.

Há um odor. Sangue? Vem do interior da casa, mas não tem o cheiro da lavanda que a mamãe coloca no difusor, ou do pot-pourri da mesa do hall.

A luz rosa-alaranjada do pôr do sol atravessa a porta aberta, iluminando as letras na parede da entrada.

S.A.D.

As letras foram escritas em vermelho-escuro, como a obra de um vândalo rancoroso sem nenhum talento artístico. Um trabalho de escola de uma criança demoníaca de quatro anos. Uma obra de arte em sangue. Veio de um profundo recôndito corporal, que nunca deveria ter sido tocado para início de conversa. É pegajoso. Sinuoso. Feito, muito provavelmente, com o sangue de alguém.

Não estou respirando. Minha cabeça gira.

— Mas... que... porra? — Benji também está confuso.

— Consegue ver?

Não é algum objeto morto sangrando para a minha realidade... as letras estão mesmo aqui. Alguém escreveu as iniciais com sangue. E queria que as encontrássemos.

SAWYER

14 de outubro

DIÁRIO,

Minha iiiiiiiiiiiiiiiiiiiiiiiiiiiiiiiiiiirmã me deixa louco!!!!!!!!!

Nãoconsigorespirarporra. Acabei de quebrar a mesinha de centro. Eu a virei na sala, a joguei direto no suporte da TV, fez um barulho enorme. O vidro quebrou bem ao meio. Derrubei os livros da mamãe da estante marrom e os deixei caídos atrás de mim.

Ela gritou meu nome e veio correndo, desesperada, da cozinha.

Peguei um castiçal na cornija da lareira e o joguei na parede, então ele ficou preso ali, em um buraco no gesso esmigalhado.

Mamãe bloqueou meu caminho quando tentei pegar o outro, berrando para que eu parasse.

Annie entrou correndo na casa, gritando também:

— Qual é o seu problema, Sawyer?

Eu não estava berrando, mas era eu o maluco? Como isso é possível, me diga? Elas sempre insistem, "Entre, Sawyer!", como se fizesse algum sentido ficar dentro de casa. Agora vão ver por que não gosto de ficar ali dentro.

Mamãe abraçou um vaso junto ao peito e se virou contra Annie, irritada com razão.

— O que você FEZ com ele? — A voz estava carregada de lágrimas.

— Sawyer tinha insetos mortos no galpão, mãe! — Annie também estava histérica, zangada de verdade. — Ele os torturava até a morte e os mantinha prisioneiros em velhos vidros de geleia.

Minha coleção de insetos havia crescido exponencialmente. Cigarras, grilos, mariposas, libélulas, borboletas e besouros atochados como pot-pourris em vidros de geleia vazios ao longo das paredes, vivos e mortos.

Escapei pelo corredor até o meu quarto, deixando a voz anasalada da minha irmã atrás de mim. Quero que aquela voz suma para sempre.

— O que isso tem a ver com você, Annie? — gritou mamãe, em súplica. — O que isso tem a ver com você?

Bati a porta, a tranquei e, então, gritei no tapete. Meu quarto tem uma janela, uma cama e um armário. Um lugar para dormir, um lugar para se esconder, um lugar para escapar.

Annie levou meus vidros para o riacho e jogou todos na água. Jogou fora meus experimentos, apenas para destruir a única coisa que me dava alegria.

E elas se perguntam por que não quero ficar aqui. Por que não quero mais viver.

O lance do diário. Entendo melhor a ideia agora, e por que o dr. Scott me pede para escrever. É para me impedir de machucar pessoas, coisa que esqueço que não devo fazer. Acho que tentei me matar porque, bem lá no fundo, sei que posso machucar seriamente alguém um dia, o que parece injusto pelos padrões normais.

Meu lugar não é aqui.

Ventilador de teto, por que você quebrou?

Eu não devia ter arrastado a cama. Annie só veio correndo porque ouviu o barulho. Sinto falta de quando elas se esqueciam de mim.

Nunca vou superar... serei sempre o garoto que teve um colapso.

Vou sentir mais saudade das aranhas.

Aranhas matam até mesmo outras aranhas. Às vezes aranhas fêmeas comem seus parceiros enquanto acasalam. Às vezes comem as crias. Às vezes as crias comem a mãe. São minhas favoritas. Cuidam do próprio espaço.

A voz de mamãe atravessa a porta:

— O que ele tem a ver com você?

Odeio o modo como elas dizem "ele"; como se quisessem dizer "a coisa".

Usei pinças para arrancar as pernas de um aranhiço, a fim de determinar de quantas ele precisaria para sobreviver. A resposta é cinco, no mínimo. Com quatro pernas arrancadas, ele não consegue sobreviver, porque metade de si está faltando. As aranhas se amontoam e liberam uma secreção malcheirosa quando veem um predador. Juntas, elas parecem um grande retalho de cabelos. Uma unidade, inquebrantável.

Estou tão triste.

Queria que Annie tivesse medo da floresta, como mamãe. Eu quero a mata só para mim.

Não valho muito para minha família, e ela não vale muito para mim também.

JAKE

Alguém podia estar em nossa casa. Estou tonto e caindo na mesinha lateral.

Benji agarra meu braço e leva um dedo aos lábios. Ele me conduz lentamente, em silêncio, pela passagem até a cozinha.

Os armários, gavetas e forno estão fechados, as bancadas exatamente como as deixamos, com a correspondência cascateando em uma pilha caótica ao lado da fruteira.

Um trovão sacode o piso. Benji abre a gaveta de talheres e pega um cutelo. Ele me entrega uma faca também, uma de pão, com borda serrilhada.

Atravessamos a cozinha como intrusos, o cutelo dele erguido e a minha faca como um cajado, porque esse tipo entra melhor de baixo para cima.

Na sala de estar, um relâmpago reluz pela casa. Outro ribombar de trovão surge, baixo e perigoso, enquanto sigo meu irmão pelas escadas. A chuva começa e, então, se transforma em um monstro raivoso, tamborilando no telhado com tanta força que abafa nossos passos.

No andar de cima, Benji pega sua pistola debaixo do colchão enquanto vigio a porta. É assustador que ele tenha aquela coisa, mas não conseguiria fazê-lo se livrar daquilo nem que eu tentasse. Papai lhe deu de presente antes de partir. Pego o taco de beisebol no armário do meu quarto.

Conforme nos esgueiramos pelo corredor até o quarto da mamãe, meu peito sufoca com o medo de morrer. Um homem vai pular do closet e me matar. A única coisa que eu veria em loop, enquanto o sangue escorresse da minha garganta, seria as costas do colete do uniforme do meu irmão, brilhante sob o relâmpago.

Benji bate na porta da lavanderia e eu estremeço. Aquilo faz vibrar o silêncio... uma trilha de fundo para sua voz.

— QUEM ESTÁ AÍ, PORRA?!

O silêncio é sua única resposta. A casa deve estar vazia, mas não é o que parece.

— A gente devia acender todas as luzes — sussurro.

— Boa ideia.

Ele vai para a direita, e eu para a esquerda, para acender interruptores, girar maçanetas e inspecionar tudo — lavanderia, corredor, o banheiro da mamãe. Sua cômoda, com os porta-joias abarrotados de colares, ainda está cheia. Se fosse um assalto, já teriam detonado aquilo...

Encontro Benji no topo das escadas. A casa parece protegida agora, então soltamos a respiração que estávamos segurando. Deixo escapar uma risada tensa e relaxo o aperto no taco.

Em seguida, como se alguém tivesse assistido a nossos movimentos de um quadro elétrico, todas as luzes se apagam.

Benji e eu nos aproximamos na mesma hora, duas silhuetas sob a sombra da nossa casa. A chuva castiga o telhado como se estivesse irritada por existirmos.

— É um fantasma — murmuro.

Benji revira os olhos.

— Não é um fantasma. É um assassino, isso sim. Quem quer que tenha matado o nosso vizinho.

— Está brincando ou falando sério?

Benji pega o celular, liga a lanterna e ergue o facho ofuscante direto na minha cara.

— Por que eu estaria brincando?

Semicerro os olhos contra a luz, erguendo a mão.

Não sabemos como Matteo morreu. Poderia muito bem ter sido um serial killer sádico à solta na vizinhança. Não consigo decidir o que é mais assustador.

Benji liga para a polícia e, depois, para mamãe. No intervalo de uma hora, minha casa se transforma em um episódio de *CSI*.

Saio, caminho até a caixa de correio e deixo Benji cuidar de tudo.

O ar puro gelado toma conta da minha garganta enquanto a neblina e a ectonévoa fervilham ao redor da minha casa e da de Matteo. Dois ghouls estão deitados no gramado, silencioso agora que a cena do crime se transferiu para a minha casa. Estão deitados lado a lado, os braços cruzados, como um casal em um caixão.

O mais próximo que cheguei dos monstros foi quando eu tinha dez anos. Aconteceu no porão da minha antiga casa, o qual fui explorar no meio da noite.

Um tilintar emanou por todo o caminho até o meu quarto, como a melodia de uma caixinha de música.

No pé da escada havia um fantasma. Eu o apelidei de Steve do brejo, porque seu cabelo estava sujo e desgrenhado, como se tivesse acabado de emergir de um pântano. Ele balançava para a frente e para trás, abraçado aos joelhos, cantando para si mesmo em um sussurro:

— Meio quilo de melaaaço. É assim que se gasta o dinheiro.

Achei que era um cadáver à sua frente. Parecia um corpo desenterrado. Um braço fora arrancado, a cavidade como uma fenda cor de malva, os tendões ressequidos pendurados como cabos elétricos. Mas a coisa se ergueu, e me dei conta de que era apenas um ghoul, mordiscando um pedaço do próprio braço.

— *Pop!*, fez a doninha — cantava Steve do brejo, rindo com animação.

Eu me apressei de quatro escada acima, arranhando o joelho. Estava a meio caminho do topo quando uma dura mão fria agarrou meu tornozelo e me puxou para baixo. Dei meia-volta, chutando, e meu pé passou através do rosto do ghoul, reduzindo o seu crânio a nada mais do que fumaça.

Steve recomeçou a cantoria, mais alto:

— Meio quilo de energia sombria! Meio quilo de poder!

Subi dois degraus de cada vez, na direção da luz que jorrava da porta.

— *Pop!*, fazem as pessoas!

— Jake, entre, por favor! — Minha mãe está me chamando para dentro de casa, porque os policiais já estão de saída.

Passo por eles sem dar muita atenção. Mamãe diz que deveríamos instalar câmeras de segurança na porta da frente, na porta do pátio e nas janelas do térreo.

A questão é... nenhuma porta ou janela estava aberta quando chegamos. Também não havia impressões digitais no rabisco de sangue. É como se alguém tivesse conjurado as letras do nada.

Fantasmas fazem coisas que ninguém consegue explicar, porque ninguém pode ver quando acontece. Então todos estão tratando o assunto como uma invasão a domicílio e nada mais.

Mas *é* algo mais. E sou o único capaz de cuidar disso, porque sou o único que sabe que é real.

Eu deveria estar dormindo, mas não consigo tirar da cabeça as manchas de sangue e aquelas letras.

Estou debaixo do edredom com meu laptop, alternando entre uma conversa aleatória com Grady e a pesquisa sobre o tiroteio no Heritage, novembro passado. Matteo ficou conhecido como o sobrevivente, então o noticiário resolveu conectar a sua morte ao acontecimento.

A luz de fundo queima meus olhos quando leio as manchetes arrepiantes:

ATIRADOR DE ESCOLA ABRE FOGO CONTRA COLEGAS E EM SEGUIDA TIRA A PRÓPRIA VIDA

6 MORTOS E 12 FERIDOS EM TIROTEIO DEVASTADOR NO HERITAGE

UM ATO INIMAGINÁVEL
UM MASSACRE CHOCANTE
QUAL FOI O MOTIVO?

O rosto de Sawyer Doon está estampado em cada página; a mesma foto com o moletom cinza de capuz, encarando a câmera, impassível. Um garoto branco comum, nariz adunco. Provavelmente cresceria para terminar usando uma camisa listrada e calça cáqui, e ir trabalhar em um cubículo. Ele não é agradável de se olhar, mas também não é feio. Está apenas... ali.

Tap tap tap tap tap tap

De onde está vindo esse barulho?

Sempre escuto sons, em especial quando escurece, do mundo dos mortos, até mesmo quando estão distantes. O som não é uma propriedade física por aqui. Está por toda parte, mesmo quando você não sabe de onde vem. Poderia ser algo completamente inofensivo. Um pica-pau que se picaria até a morte.

S.A.D.... o atirador do noticiário se chamava Sawyer Doon. Ele matou pessoas na escola de Matteo e, em seguida, a si mesmo, e agora S.A.D. em pessoa podia ter invadido a minha casa e deixado sua marca na parede. Poderia ser o acrônimo do nome completo de Sawyer: Sawyer... alguma coisa... Doon.

Fecho o laptop, o coloco na mesinha de cabeceira e deito no travesseiro.

Há várias teorias sobre o motivo para os loops de morte. A minha é que as pessoas que acabam presas apenas foram pegas de surpresa, então a mente delas ficou emperrada em um bug. Mas algumas pessoas não foram surpreendidas, porque fizeram aquilo a si mesmas. Talvez queira dizer que, quando esses fantasmas fazem a travessia, eles têm mais autonomia.

Eu me encolho em posição fetal e tento relaxar.

O quarto está escuro em todos os cantos, com exceção de dois: uma luminária de sal rosa do Himalaia e o visor vermelho do relógio na mesinha de cabeceira, marcando duas da manhã.

O som parece agora um tique-taque, como o de um relógio quebrado. *Tic-tic-tic-tic-tic.* Ou de alguém com longas unhas tamborilando os dedos em uma mesa.

De onde está vindo esse barulho?

Eu me meto debaixo das cobertas apenas para ficar inquieto na cama, para ficar com muito frio, depois com muito calor, para colocar o travesseiro sobre a cabeça, a fim de mascarar o som do relógio, ou do cronômetro, ou de quem quer que seja o responsável por aquele *tic-tic-tic-tic-tic-tic-tic.*

Pego no sono, minha mente racionalizando o som como um ruído qualquer.

BUM.

Eu me sento de um pulo na cama e me desloco através das cobertas, meu corpo como uma pena flutuando lentamente para o teto. Minhas mãos estão emolduradas em uma cristalina luz azul. O quarto está repleto de ectonévoa e papel de parede verde-menta descascado. As paredes estão enfeitadas com espelhos ovais e fotos em preto e branco de uma família que morou aqui antes... pessoas brancas com jaquetas de cintura alta e vestidos de paetês.

Meu lustre se transformou em um ventilador de teto de latão que roda para a direita, depois para a esquerda, sacudindo ectonévoa das lâminas, como se fosse neve, enquanto gira em seu loop disfuncional.

Eu me deixo cair até a lateral da cama, e meus pés afundam sob a névoa sinistra que risca o piso. O tapete abaixo é ao mesmo tempo vermelho--carmesim e branco, as cores se intercalando em truques de luz.

BUM!

Arquejo com o barulho e sinto o ar do mundo dos mortos invadir a minha garganta como gelo moído.

Alguém está batendo em uma porta no andar de baixo.

O carpete afunda ao redor dos meus pés como areia movediça, me sugando através do piso. A ectonévoa se adensa ao redor dos meus pés para formar um leito de nuvens, que me levanta e me conduz para a frente. Na soleira, espio a minha cama por sobre o ombro e me vejo ali, dormindo profundamente. O edredom azul confortável contrasta de forma gritante com o papel de parede antigo e os espelhos ovais.

A névoa me arrasta para longe do meu corpo, em direção ao *tic-tic-tic* além da porta do meu quarto.

Há tremores no silêncio, na combinação do aqui com o que foi esquecido. Sussurros ininteligíveis sibilam como serpentes enquanto deslizo pelo corredor do segundo andar, e a distante e hostil sonoridade se destacando no silêncio.

Hssssssssssssssss.

A névoa no alto das escadas é tão densa que obscurece toda a extensão e não sei onde eu cairia se o chão desaparecesse por completo. Não existe piso no térreo... apenas pedaços da escada despontando das sombras. Desço os degraus, um de cada vez, mas meus pés não sentem nada além da névoa gelada ao redor. Então ela se ergue, abaixo de meus braços, através das minhas orelhas.

Estendo a mão para o corrimão, mas, em vez do mogno, encontro ferro frio, mergulhando na direção no térreo da casa, como a queda de uma montanha-russa.

Os porta-retratos na parede da escadaria parecem estar levitando por vontade própria, trocando de lugar com fotografias mais antigas. O relâmpago estala pela casa, e o ensaio fotográfico de minha mãe, Benji e eu, feito há cinco anos, se transforma em uma fotografia de uma menininha branca em um vestido xadrez. Ela está de pé em frente a uma casa antiga, dos anos 1800. Atrás dela, o pai segura uma enxada e a mãe uma pá.

No vestíbulo, há um lustre de velas que não é o da minha casa. A névoa se agita.

A cozinha está repleta de coisas que não pertencem à casa hoje — feios balcões verdes. Pão mofado e frutas podres. Um enxame de moscas circula a comida. Panelas estão penduradas em um suporte no teto.

Estou perdendo o controle do meu corpo, me erguendo e então caindo como se as cordas de uma marionete estivessem brincando com os meus membros. A janela para a porta do pátio aparece como um espelho bidirecional em uma parede de veludo, abrindo para a noite lá fora.

O relâmpago entra pelo plástico entre as ripas, junto das sombras alongadas das árvores oscilantes.

Tudo fica escuro, e estou flutuando na escuridão total e observando a janela, como um solitário espectador em um cinema à noite.

Há uma sombra lá fora. Uma pessoa. Um homem, andando de um lado para o outro, como se estivesse nervoso.

Sua silhueta parece a minha, magra; mas ele está curvado, como um gremlin.

Ele rasga o ar, acumulando névoa em um vórtice. Um anel de ectonévoa se forma entre suas mãos quando ele as move em um círculo. Aquela névoa... não é da cor azul-elétrica como estou acostumado a ver. É vermelha, igual a sangue.

Ele caminha para lá e para cá. A floresta geme sob ele enquanto um gorgolejo escapa de sua boa. *Grrblgrrblgblrrrrrrrglbrrrrr.* Como se algo estivesse se afogando em sua garganta.

Seus movimentos se tornam mais abstratos e estranhos.

Ele caminha em pequenos círculos.

— *Estamos ligados agora, Matteo. Por dentro e por fora. Um e então outro. Cuidamos um do outro.*

Um sibilar... um sibilar intenso, como ninhos de serpentes belicosas. Não, um exército de cigarras. Murmurando.

E então, um lamento trágico, como uma mãe enlutada.

— Cala a boca — a voz da pessoa, o poltergeist, estrondeia por toda a parte, como se em resposta aos sussurros. — Cala *A BOCA. CALA A BOCA, JÁ MANDEI!*

Não consigo desviar o olhar da sua cabeça e de seu pescoço, que parece rasgado pelo próprio ar, aberto e se movendo em círculos. A sua pele é muito branca, e está sempre em movimento, um segundo está lá e no outro está sumindo. O cabelo é liso e maltratado como palha. Ele agarra um tufo do cabelo, e o relâmpago brilhante revela seus olhos pálidos e sem expressão. Ele está me encarando.

— Cala a boca... — Ele bate a cabeça contra o vidro... BUM! E de novo, como se a estivesse usando como um aríete.

Minha família vai acordar. Vão escutar isso no mundo deles também.

Será? Ruídos como aquele — batidas fortes — tendiam a ecoar do mundo dos mortos até o reino desperto.

A qualquer minuto alguém vai chegar e me salvar, antes que o vidro quebre...

Ou... essa coisa vai entrar e me matar.

— Cala a boca... — A voz dele soa como uma velha locomotiva enferrujada. — Não!

O rosto dele... é o mesmo do atirador nas notícias.

Eu sabia. O assassino de Matteo não era humano.

O fantasma de Sawyer Doon escapou de seu loop de morte e decidiu, por vontade própria, voltar e matar mais pessoas.

Agora está na minha casa.

— ME SOLTA! — disse batendo a cabeça contra a vidraça, como se estivesse se punindo. — NUNCA.

Ele afasta a cabeça pelo cabelo, e luz varre a cena. Um sopro de vento me arrebata na escuridão. Sou catapultado através do espaço, através das paredes da minha casa, suas fronteiras imateriais no momento. Listras azuis e cor-de-rosa se derramam de meus olhos enquanto ectonévoa percorre o meu corpo como gás vulcânico. Em seguida, acordo ofegante, do frio e opaco estado astral para o meu próprio quarto.

Há um facho brilhante em meu rosto.

— Jake. — Quando Benji desliga a lanterna, a luz do corredor delineia sua silhueta. — Você estava tendo um pesadelo.

Eu... estava?

Eu me levanto, todo suado, finco os pés no chão, afundando as mãos no colchão.

— Ah, cara.

— Ah, cara mesmo.

— O que eu estava falando?

— Humm... *cala a boca, me larga, não...* parecia que estava fugindo de um sequestrador.

O fantasma no pátio... falou através de mim no sono?

— Enfim — diz Benji —, não fique tão assustado. Mamãe disse que vamos instalar as câmeras amanhã.

— Câmeras não vão resolver o verdadeiro problema.

— Credo... Não comece com o papo de demônios do submundo, por favor.

✤

Benji tinha ficado de saco cheio daquilo quando eu tinha cinco anos e ele seis. Interrompi seu jogo de video game para contar que havia um gambá no nosso quintal.

— Você está mentindo — disse ele.

— Não, tem mesmo — insisti. — Aposto dez dólares.

Eu o levei até o trecho de grama onde ouvi a criatura uivando debaixo da terra. Ele cavou um buraco apenas para me provar que não havia nada ali. O que eu encontrei foi um gambá, correndo em círculos ao redor das paredes da sua cova, e o que ele encontrou foi um esqueleto envolto em uma camiseta branca suja, vermes e insetos agarrados aos ossos.

— Você me deve dez dólares.

Benji reenterrou o cadáver com o pé e não falou comigo por três meses.

Benji sai do meu quarto e desliga a luz do corredor antes que eu possa responder. Eu o sigo e me aproximo do topo das escadas enquanto a porta do quarto dele se fecha atrás de mim.

Um ribombar de trovão sacode os alicerces da casa conforme eu coloco o pé no primeiro degrau. Aperto a madeira polida, grato por ter algo firme em que me segurar. Daqui posso ver a entrada e a sala de estar, mas a porta do pátio além da cozinha está escondida.

Desço as escadas e atravesso a cozinha. As persianas estão fechadas. Havia alguém lá fora quando eu estava dormindo, mas pode ter sido um pesadelo. Às vezes não consigo diferenciar os fantasmas na minha cabeça do que é real.

A casa murmura conforme estico a mão para a porta do pátio. Na cozinha, a hora brilha em verde no visor do forno: 2h06. Estávamos sem energia, e eu nem mesmo notei. Não estou presente por inteiro, acho... não acordado por completo.

Através das persianas, vejo o deque do lado de fora vazio. Nada, a não ser os vasos em que as plantas de mamãe morreram.

Nenhuma pessoa, e nenhum fantasma.

SAWYER

17 de outubro

Querido diário,

É tão fácil cochilar nas folhas ensopadas ultimamente. Sei que tenho apenas dezessete, mas já estou pronto para sair de casa. Ir para algum lugar úmido e escuro. Talvez uma casa na árvore. Aqui choveu na noite passada e me aventurei, achei o local onde a maior parte da chuva caía através das copas das árvores, e deitei na lama até me tornar parte da terra derretida.

Amo o cheiro de madeira e chuva.

Em algumas noites, durmo no galpão. Nos dias em que preciso ver meu médico, uma nesga de luz solar me acorda quando mamãe abre a porta.

— Sawyer! Sawyer Adalwolf! — grita ela repetidas vezes. Não me admira que eu odeie o som do meu nome.

Sempre tenho que conversar com alguém. Não é mais um italiano de 1,80 metro, mas um velho que usa suéteres de vovô e cai no sono na minha cara.

O nome dele é dr. Scott. O dr. Scott disse que sofro de uma depressão clínica severa e que "pode ser mais alguma coisa", mas ele "precisa ver".

Nosso primeiro exercício foi manter um diário, portanto estou escrevendo isto.

A ida de carro até o consultório foi silenciosa hoje, porque mamãe não toca muito no assunto comigo... ela toca no assunto com ele.

Para mim, ela diz: "Volto para te buscar em uma hora", enquanto me enxoto sozinho do carro e entro no saguão do hospital de Hapeville, onde todo mundo está rabugento, envergonhado ou paralisado. Pacientes ou seus parentes estressados comem comida de praça de alimentação e contemplam a própria mortalidade.

Pego o elevador até o sexto andar, onde o dr. Scott me cumprimenta com um sorriso forçado. Nós nos sentamos de frente um para o outro, como oponentes: ele na cadeira, eu nas almofadas desconfortáveis do sofá. O silêncio é condescendente.

— Sawyer. — O doutor franze os lábios e se certifica de que o cabelo louro-prateado esteja atrás das orelhas toda vez que conversamos.

Há alguns minutos de silêncio, acompanhados apenas do meu nome suspenso no ar, do ruído de sua máquina de sons.

— Preciso que trabalhe comigo se quiser melhorar — diz ele.

É comovente... a conexão entre seu contracheque e meu bem-estar. Ele realmente não se importa se estou melhor, mas tenho que parecer estar melhor.

Hoje ele se inclinou para a frente na cadeira e jogou uma caneta e bloco no sofá ao meu lado, como se estivesse tentando um cachorro com um osso. Eu deveria escrever meus objetivos para o ano escolar ou algo do tipo.

Se eu pudesse ter sido honesto, eu teria escrito "Minha única esperança para o ano letivo é de que todos os outros sobrevivam". Ele teria considerado isso alarmante, então não anotei nada.

— Acho que você deveria tentar conversar com alguém novo quando estiver finalmente pronto para voltar para a escola. — As sugestões dele eram tão simples. — Faça um novo amigo. Apenas comece com um "oi".

— Não quero fazer novos amigos.

— Por que não?

— As pessoas não gostam de mim.

— Por que diz isso?

— É a verdade.

— Ok, sem amigos então — disse ele. — O que quer fazer este ano que seja desafiador ou empolgante, ou que o motivaria?

— Nada.

— Você gosta da escola?

— Nem um pouco.

— Não gosta de nada? Nenhuma matéria favorita?

Dissecar sapos na aula de biologia era divertido. Ponto.

O dr. Scott parecia realmente hipnotizado pelas coisas de metal espiraladas no telhado do prédio ao lado. Quando acabou o nosso tempo, ele mal podia esconder a animação de passar para um paciente mais interessante e aberto. Até mesmo o cara pago para se importar comigo não se importava de verdade.

— Há mais alguma coisa sobre a qual gostaria de conversar hoje? — perguntou o dr. Scott conforme nosso tempo se esgotava.

Eu queria falar sobre o motivo pelo qual ele nunca fora capaz de me dar uma explicação melhor para a razão de o meu cérebro funcionar de modo tão diferente do das pessoas ao meu redor. Acho que isso é razão para alarme. O dr. Scott, no entanto, boceja em nossas consultas. Tão despreocupado, como se tudo estivesse sob controle.

Todas as noites não sei se vou machucar outra pessoa ou a mim mesmo, e sonho com modos de fazer isto, de infligir dor, e testar os limites do corpo. Não sei por que isso me fascina. Eu deveria estar em um hospício, mas o doutor não vai parar de me tratar com condescendência tempo suficiente para admitir que não tem como me consertar. Ele olha pela janela em meu silêncio, mas eu nunca desvio o olhar dele. Hoje, por motivo nenhum, imaginei sua cabeça em um saco de pão.

Tudo estava quieto na volta para casa. Eu estava decidindo o quanto compartilharia com o dr. Scott quando a hora certa chegasse. Bill acreditava que a medicação interrompia o fluxo natural do corpo, então jamais tive ajuda quando realmente precisei.

Enquanto eu crescia, toda semana Bill me batia, com a mão ou com uma garrafa vazia de cerveja, e me dizia para "eu dar o meu melhor". A primeira vez que revidei, eu tinha quinze anos, e ele me socou com tanta força que perdi um dente.

— Ah, meu Deus! — Mamãe veio correndo com uma toalha de papel molhada e a pressionou em meu lábio.

— É isso que faz um homem — rugiu Bill.

Ambos os meus pais riam.

Foi no mesmo ano em que Bill fez uma viagem de negócios para uma convenção de vendas de TV a cabo, e mamãe disse que ele não voltaria para casa por um longo tempo. Eu não sabia que aquilo significava nunca, mas levando em consideração o quanto eu havia começado a odiá-lo, provavelmente é uma coisa boa ele jamais ter voltado.

JAKE

Na manhã de segunda, eu me sento ao lado de Fiona, na aula de inglês, largo a bolsa a meus pés e pego *O grande Gatsby*. A srta. Kingston chega e nos deseja um esgotado bom dia enquanto se arrasta até o computador da sala.

— Chamada... — resmunga ela.

Ela repassa a lista de nomes. Não fiz a leitura de novo, então abro o livro para dar uma folheada, talvez pescar algumas palavras-chave que vão me ajudar a sobreviver à discussão. Mas... ao correr os dedos distraidamente pelas páginas, noto que parecem estranhas.

— Anna — diz a srta. Kingston, e recebe a resposta *presente!* — Paul.

— Presente.

As páginas estão quebradiças e rabiscadas. Um grande **6** vermelho esconde a introdução. Grosso e denso demais para ser de marcador permanente, e faz toda a página ao redor se enrugar. Na página seguinte se vê outro **6. A 7. R. E. D.** Letras grandes, como uma mensagem, em cada... uma... das páginas. Escritas em sangue seco.

— Que porra é essa? — pergunta Chad Roberts, se metendo onde não é chamado. Ele está a duas carteiras atrás de mim hoje, optando por não ficar bem na minha frente, mas ainda perto. Ele está debruçado sobre Fiona para espiar, boquiaberto, meu livro. — É assim que você marca todos os seus livros, Livingston? — Seu tom soa tão trêmulo como eu. — Em sacrifício de sangue ritual?

Por que você é tão obcecado por mim?

Há alguns risos, algum reconhecimento de que algo estranho está acontecendo comigo. Todos estão pegando os livros. As pessoas esticam o pescoço para dar uma espiada nos símbolos bizarros... a mensagem escrita em sangue. Posso sentir seu cheiro. Como madeira queimada e ferro.

Eles conseguem?

— O que está acontecendo? — A srta. Kingston se aproxima de mim, a mão repousando de modo recatado sobre o cinto da saia-lápis, o pescoço como o de um abutre curioso. — Jake? — Sua boca se abre em horror enquanto as botas ecoam contra o piso. — O que você fez?

Minha mão continua a manter a página aberta. Está paralisada de medo, talvez de vergonha. Não fiz aquilo, mas é como se tivesse feito, porque... quem mais o faria? Estou dividido entre o impulso de esconder o livro e o de pedir ajuda. Mas, lógico, ninguém pode me ajudar.

— Desculpe... — Viro as páginas freneticamente. Parece que o livro inteiro está destruído. — Eu não fiz isso.

Sinto como se a pessoa que fez aquilo estivesse na sala comigo, rindo do meu constrangimento. *Ha ha ha ha ha ha!*

Eles conseguem ouvir aquilo?

Não, todos estão impassíveis, com olhares julgadores. E aquele riso de crianças em coro está vindo do mundo dos mortos, talvez até mesmo da sala ao lado, onde alguém riu tanto que morreu.

Não quero mais ficar aqui.

Fecho o livro e me levanto da carteira. As pernas da cadeira rangem, e a srta. Kingston estremece. Com a mochila, eu me apresso para fora da sala, como uma cápsula de fuga, e disparo até o fim do corredor. A corrida me dá uma sensação boa, como se minha passada fosse longa o bastante para rasgar meu blazer e calça, e tudo cairia de mim. Vou atravessar a janela como um super-herói seminu e voar na direção do sol.

Com a cabeça rodando, cambaleio escada abaixo e desabo no patamar, deixando a mochila cair de um dos braços.

667REDRUTHROAD. 667 Redruth Road. Um endereço, mais à frente do meu. O de Matteo? Sim... deve ser o de Matteo.

É um livro com letras escritas em sangue. O mesmo sangue nas paredes de casa.

Estou sendo levado a ele por uma trilha sangrenta. Mas por quê?

Passos ecoam nos degraus acima de mim. Fiona aparece no patamar com sua mochila, como se ela não tivesse intenção de voltar à aula. Ela se senta ao meu lado, largando a bolsa no colo.

— Oi — cumprimento.

— Ei! — Ela cruza as pernas de modo que a saia xadrez forma um cobertor nos joelhos e pega uma caixa de biscoitos. — Torrone de alga?

— O que é isso?

— É delicioso.

Eu como um biscoito. É gostoso, com recheio doce.

— Isso é bom. A srta. Kingston te colocou pra fora?

— Eu saí.

— Por quê?

— Porque... sinto como se estivessem todos contra você. — Ela mastiga e fala com a boca meio cheia. — Chad e a srta. Kingston. Chad provavelmente fez aquilo com seu livro. Parece uma peça que ele pregaria.

— Você acha?

— Ele te encara muito. Percebi isso. — Ela encolhe os joelhos junto ao peito e pousa a mão sobre os oxford bicolores. Em seguida, olha a escada, de onde os passos de um professor ecoam pelo corredor.

Levantamos em um pulo, ao mesmo tempo, correndo pelas escadas e sumindo de vista. Ela ri como se tivéssemos nos safado de alguma coisa.

— De vez em quando você não odeia este lugar? — pergunta ela.

— Todos os dias.

Ela gira no patamar da escada como uma bailarina esmaecida na luz.

— Quer almoçar comigo hoje?

— Sim!

As sobrancelhas de Fiona se erguem diante do meu entusiasmo e fico um pouco constrangido — em geral não sou tão animado. Ninguém nunca me convidou para almoçar, exceto Grady, e Jalen, da minha antiga escola, a quem não vejo mais e provavelmente nem verei de novo.

As fontes e mesas no pátio do almoço são do tipo que poderiam ser encontradas no jardim de um elusivo aristocrata da Idade Média. Estátuas de querubins segurando cornucópias de frutas. No meio do pátio, uma versão de pedra de Sam, o dente-de-sabre, nosso mascote, esguicha água da sua boca para um laguinho de jogar moedas.

Pegamos uma mesa em um canto formado por uma parede de tijolos e uma cerca viva. Fiona abre a lancheira e encara a minha mão.

A ectonévoa tem estado o dia inteiro mais intensa no ar, irrompendo em rápidas trovoadas, concentrada em bolsões de nuvens carregadas de estática. Deve ser o motivo de ter zigue-zagues e bolhas rabiscadas nos meus dedos. Às vezes o mundo consome todos os meus pensamentos. Às vezes tudo que consigo escutar são gritos — como agora. Alguém está gritando, e parece ser uma pessoa com água na garganta. A boca de Fiona está se mexendo, mas não consigo escutar as palavras.

— Qual é o problema? — pergunta ela.

Eu estremeço, voltando para o presente.

— *AAAAHHHHHHHHHH!* — Me pergunto de onde aquilo está vindo.

Os garotos do rúgbi jogam uma bola em volta das pessoas almoçando Eles despiram os blazers e agora estão apenas com as camisas, algumas com os botões abertos para revelar os músculos do peitoral e as correntinhas com as cruzes prateadas que tantos deles parecem usar.

— Jake?

— Foi mal.

As pessoas chamam o meu nome o tempo todo... acho que mais do que percebo. Tento todos os dias fazer o meu melhor para prestar mais atenção.

Fiona oferece um saco de salgadinho para mim, e eu me sirvo de um ou dois. Não gosto de Doritos, mas gosto que me ofereçam coisas porque faz, de certa maneira, com que eu me sinta acolhido. Não lembro da última vez que almocei com alguém na escola que não fosse o Grady. Mas ele está em tutoria hoje, algo pelo qual fico grato.

Ela olha a carne vermelha passada na minha bandeja.

— Que tipo de carne é essa?

— Acho que é coelho.

— Você não sabe? — Ela sorri, e percebo uma presa em suas gengivas.

Os alunos da St. Clair têm uma queda por carne de caça. Criaturas que você caça na floresta: veado, cabra, corça, alce. Era possível flagrar aqueles garotos com chapéu de caça nas redes sociais, posando com cadáveres, motivo pelo qual tenho medo das redes sociais. Pessoas com que eu nem falo começaram a me enviar pedidos de amizade, e eu preferia não aceitar, mas seria rude negá-los. Então eu deletei todas as minhas redes sociais e assim fico isolado do mundo.

Não comi muito nos últimos quatro dias, exceto alguns pedaços de sanduíches. Benji e eu instalamos três câmeras de segurança no sábado. Figuras vêm aparecendo quando entro e saio dos cômodos, mas nunca estão lá quando olho para elas. O céu tem estado tão sombrio, tão carregado de morte, como um cobertor frio, e tenho quase certeza de que estou lentamente me afundando em direção a ele.

Uma bomba aterrissa no canto de minha bandeja, espalhando a carne e as batatas.

Não uma bomba. Uma bola de futebol, rolando pelo chão perto de nossa mesa.

— *Bola!* — O aviso de Chad chega um pouco atrasado. Ele inclina o corpo sobre mim para recuperar a bola.

— Não pode ser mais cuidadoso? — dispara Fiona.

— Foi mal, garotinha.

Corro os dedos pela gravata e botões de lapela à procura de alguma mancha.

Chad enfia a bola debaixo do braço musculoso e franze os lábios finos em um biquinho.

— Foi mal pelo seu almocinho, Jake — diz indo embora, despreocupado.

Fiona me observa.

— Sinto muito, Jake. Esse cara é tão babaca. Espero que alguém acabe com a raça dele um dia. Coloque ele no lugar. — Ela é pequena, mas robusta, com braços grossos. Provavelmente venceria Chad em uma briga mais rápido do que eu.

E me odeio por ser tão sem personalidade.

Estou cansado de perder essas discussões e ficar sentado com um ressentimento silencioso. Fiona está certa. E Chad é uma das poucas pessoas que eu não ficaria triste se algum grande infortúnio fizesse com que sua vida tivesse um fim abrupto.

SAWYER

21 de outubro

Querido diário,

O dr. Scott e mamãe não chegam a um consenso sobre o que há de errado comigo. O doutor diz: "Não quero presumir o pior. Sawyer é um bom garoto."

Acho que ele está mentindo para tentar deixar todo mundo se sentindo melhor. Ele me pergunta com frequência o que me faria feliz. Acho que ver alguém ruim como Matteo Mooney em dor extrema me traria o que outros chamariam de "alegria". O doutor não para de falar sobre serotonina, como se fosse o segredo da vida.

Mamãe pergunta a ele o que há de errado comigo, e ele responde: "Ele apenas tem dificuldades de relacionamento."

Voltei à escola hoje, dezenove dias depois da alta. Cedo demais, acho, mas não tive escolha.

Notícias sobre minha tentativa de suicídio se espalharam enquanto eu estava fora. Posso ver pelo modo como as pessoas me olham... e culpo a fofoqueira da minha irmã, cujos amigos são populares e se certificam de que todos saibam tudo sobre todos.

A maior parte das pessoas fica fora do caminho quando acha que você é maluco. Todo mundo me encara, mas me deixam em paz. Em toda aula eu era como vidro frágil. Uma bomba que poderia explodir a qualquer momento.

Porém pessoas como Matteo — os alunos populares — estão cagando para a sua tristeza. Na verdade, querem que você fique mais triste ainda. Annie é meio que amiga dele... ela tende a gravitar sobre quem quer que esteja sob os holofotes.

Hoje estamos usando o banheiro na mesma hora. Eu o peguei em um momento constrangedor, quando nos encaramos e de imediato desviamos o olhar. Entrei no reservado e ele esmurrou a porta depois que a fechei.

— Pequeno Sawyer! — Ele colocou um insensível olho cinza na brecha da dobradiça para me observar. — Por que você tentaria se machucar, pequeno Sawyer?

Eu encostei na parede. E ele riu e seguiu em frente.

Fico grato que minha irmã fofoqueira diga a todos que sou frágil.

No segundo ano do ensino médio, quando eu praticava cross-country, o bullying nunca parava. Ele me bateu com toalhas, abaixou minhas calças, escondeu meus tênis em algum lugar e me obrigou a revirar o vestiário atrás deles depois que todo mundo tinha saído. Enfim os encontrei enfiados no buraco de uma privada quando o lugar estava completamente deserto. Matteo estava bloqueando a saída, os braços musculosos abertos na soleira da porta. Ele não calçava tênis, apenas meias, cavilhas presas nos cadarços pendurados em seus dedos.

— Encontrou seus tênis? — Sua carranca era puro ódio naquele dia.

Tentei me esgueirar sob seu braço, e ele me pegou pela camisa.

— Tsc-tsc-tsc. Não tão rápido.

Ele me jogou em um reservado. E me acertou com o fundo das cavilhas.

— Para de me olhar o tempo todo, porra. — Havia desejo assassino em sua voz.

Sangue vivo escorreu pelo meu braço, se agarrando aos pelos. Engoli a saliva conforme ele me arrancava da privada e me jogava em um mictório. Eu me segurei na descarga.

— Ei. — Virou meu rosto para ele e me socou nas costelas. — Revida. Por que você não revida, seu veadinho?

Não respondi. Quem me dera que uma espada voadora caísse do céu para empalar sua linda cabeça.

Admiro sua beleza. A pele marrom, os braços musculosos, o perfume, sedutor e sufocante. Peitoral perfeito, cabelo preto com gel direto dos anos 50. Ele é tão bonito e tão violento.

Meu único amigo naquele ano era Kieran Waters; um moleque vindo de Nebraska, ou de algum lugar perto de Heritage, então parecia completamente perdido. Nós nos sentávamos lado a lado na aula e conversávamos um pouco, mas depois das primeiras semanas ele começou a me olhar de soslaio e franzir o cenho, e eu soube que algo estava para acontecer... Era aquele momento em que ele me deixaria, como todo mundo.

Certo dia, ele me puxou para a escada depois da aula de educação física.

— Sawyer, você precisa conversar mais — disse. — Você ignora metade do que digo, mal responde ao que alguém fala. Você fica sentado no canto, sorri para si mesmo o tempo todo e puxa o próprio cabelo. Por que faz isso? É tão esquisito. Também... desculpa perguntar, mas você é gay?

Eu não tinha resposta para aquilo, porque não era problema meu o que as pessoas pensavam.

Não gosto de humanos, de modo geral. Admiro muito a aparência deles. O cabelo de Kieran... gostava dele porque parecia um kamikaze, uma imensa bomba de fogo destruidora. Seu pomo de adão era grande, seus membros como cordas de arco que você tocava para fazer música. Seus ossos eram tão visíveis.

Eu o observava. Talvez ele pensasse que eu era gay pelo modo como o encarava.

— Você é gay, Sawyer? — Ele me cutucou no ombro. — Hein? Você é? Me responde!

Pisquei e estudei a protuberância de sua clavícula, como duas bolas de gude assadas debaixo de uma crosta. Todos sempre pareciam tão hostis pelo fato de eu admirar o corpo masculino.

Kieran foi embora quando não respondi. Sorri para mim mesmo enquanto ele se afastava. Ele parecia tão zangado.

Imagino que sou quieto assim por não ter obrigação de falar, e as pessoas optam por deixar isto incomodá-las.

Hoje, no primeiro dia da minha volta, nos cruzamos no corredor. Ele havia cortado o cabelo em ondas curtas e espetadas, provavelmente para se encaixar. Ele pareceu muito culpado ao me ver. Meio que me senti mal por ele, mas então isto passou.

Kieran ainda é lindo, mesmo sem o cabelo. Belo e frágil como um jogo de chá de porcelana. Parece impossível transformar algo tão lindo em algo feio, mas não é. Tudo se torna horrível depois da morte.

JAKE

Uma avenida é tudo o que separa a casa de Matteo da minha. Nossas casas são como rostos em uma competição de quem pisca primeiro, e todas as outras formam colunas paralelas daqui até lá, como sentinelas nas laterais, à espera de um confronto.

São 6h55 e está escuro para o dia. Outubro chegou preguiçoso e triste, e estou sentado na cadeira giratória perto da janela, apenas observando. Aquela casa é azul, com dois andares e uma garagem. Janelas retangulares no térreo, quadradas no segundo andar e um círculo no topo.

Fiz um desenho da casa, mas os ângulos ficaram feios. Amassei e joguei fora. O atual esboço em meu colo é de Sawyer Doon — cabelo comprido, olhos distantes, lábios mal visíveis. Mais como linhas.

Como você pôde?

Uma Mercedes preta apaga os faróis na esquina no fim da rua, e estaciona na casa de Matteo. Deixo o bloco de lado e enfio meus binóculos pelas persianas, pego o sr. Mooney na mira, amontoado entre o assento e o volante. O carro para e ele fica sentado ali, olheiras de tristeza parecendo casulos sob os olhos. A aura de luto brota como gás residual de suas orelhas, enchendo o carro com um nevoeiro índigo.

Ele abre a porta, coloca uma perna para fora. A calça social comprime sua coxa. Há um ghoul ao lado da caixa de correio, inclinando a cabeça para ele, mas nos binóculos parece uma silhueta fugaz na neblina. O sr. Mooney e seu ghoul... espelhados um no outro. Flagrados naquele momento de *O que vai ser? Vida ou morte?*

O pai se levanta, inquieto e tenso. O ghoul também, alto como uma casa, projetando sua sombra no rastro do homem. O sr. Mooney entra. O ghoul observa, como um titã silencioso, um mau presságio de coisas por vir.

Eu me afasto da janela e acendo o incenso silvestre em meu carrinho de livros, pego meu anel de quartzo rosa e o coloco no dedo.

Se ao menos eu pudesse usar essa deslumbrante pedra rosa em público. É suave e me protege. Mas alguém iria zombar de mim.

Derramo óleo de eucalipto no difusor e encosto meu elefante de cerâmica no peito.

Sinto algo me revirando as entranhas. A morte quer algo com este lugar e é atordoante. Fantasmas, ghouls e ectonévoa não foram feitos para ter tanta importância e, de repente, decidiram se esgueirar perto demais da minha vida.

O rosto de Sawyer me encara do bloco de desenho. Talvez eu tenha feito os olhos tão escuros que veem tudo e acompanham quem os observa. Sou bom apenas em desenhar as coisas ruins.

Mais tarde naquela noite, pelo Messenger, Grady tenta chamar minha atenção para uma banda:

GRADY: CARA. Ouça Pushing Crazies...
"Death on a Lollipop." Sensacional.

EU: Vou ver quando tiver um tempo.

GRADY: Provavelmente você não vai gostar.
Não é R&B alternativo e melancólico.

EU: Não ouço só isso.

GRADY: Certo. Tanto faz.

Há uma batida na porta e minha mãe já está entrando antes que eu responda. Quando ela era comissária de bordo, minha mãe passava dia e noite sorrindo para os passageiros e lhes dizendo "Bem-vindos!". Agora que ela é piloto, usa um uniforme diferente, com uma camisa branca e gravata azul-marinho. Trocou a saia por calça, mas manteve os saltos grossos e os brincos pendurados de ametista. Quando não tem aviões para pilotar, quando está em casa, passando a noite comigo e com Benji, costuma usar um lenço de cabeça preto e uma camisola de seda, a pele marrom luminosa e sem maquiagem.

Ela se senta ao pé da cama.

— Você está bem?

Respondo com um aceno desanimado. Não estou bem, mas na verdade nunca estou. Apenas finjo.

— Acrescentou mais alguma faculdade na lista?

Balanço a cabeça.

— Só Augusta, Kennesaw State, Georgia Southern e o Savannah College of Art and Design.

— Não acha que vai precisar de outras? Seria bom começar com pelo menos dez. Você precisa ter as faculdades mais difíceis de entrar, as que são mais prováveis e aquelas para ter como plano B.

Mais uma vez, ela parece preocupada com a minha falta de ânimo. Ela sabe que eu nunca fui um grande aluno. Notas medianas, no máximo. Mas às vezes é difícil para mim perder tempo pensando para onde irei quando sair de casa, quando mal consigo lidar com a minha vida no dia a dia.

— Ainda estou vendo — asseguro.

— Tudo bem. Não se esqueça de que vou para a Jamaica neste fim de semana — diz ela.

Não fico feliz com o lembrete. Ela voa apenas metade do mês, mas, quando viaja, é por dias e, às vezes, até por uma semana inteira. A maioria das crianças ficaria empolgada com a ideia, mas isto apenas faz com que eu me sinta sozinho.

— Conto com você para segurar as pontas — continua ela. — Para se certificar de que os pratos sejam lavados e de que seu irmão não deixe as cuecas no chão.

Não posso ser o irmão mais velho do meu irmão mais velho.

— Vou tentar — prometo, mas o que quero mesmo dizer é: *Não posso controlar o que Benji faz. Gostaria de não precisar pensar nisso.*

Minha mãe é meu único progenitor decente, mas ainda me sinto sem voz perto dela. É como se eu não fosse a pessoa que ela esperava e acabarei desmascarado se eu falar demais. Sobretudo eu me sinto vazio e perdido com perguntas como "Você está bem?". Não tenho referencial para saber o que é bem e mal. Estou apenas existindo. Acho que isso quer dizer que estou bem.

— Obrigada por ser responsável, Jake — Ela beija minha testa e sai do quarto.

Olho para a casa mais abaixo no final da rua, através das persianas entreabertas. As luzes estão apagadas nas janelas superiores.

Acho que há algo ali que eu deveria ver.

Eu costumava acordar incapaz de me mover. Adormecido e desperto ao mesmo tempo. Consciente e inconsciente. Enxergava figuras paradas no canto do quarto. Sombras enormes, sem olhos, pressionadas contra a parede.

Essa noite, quando acordo, é em um cômodo silencioso, cheio de lixo. Um abajur de vidro em uma antiga mesinha de cabeceira se assemelha a asas de uma libélula. Há um guarda-roupa, com uma ferradura acima da porta. Há um excesso de cômodas velhas com espelhos acoplados, as molduras abarrotadas de ingressos para a ópera. Tacos de golfe e raquetes de tênis flutuam, água escorre do reboco no canto.

A névoa desce do teto em fios que se enrolam em minha alma e a erguem. Minha alma sai do corpo e flutua até a janela. Atrás de mim, meu corpo físico está encolhido, as mãos sob o travesseiro, como um anjo.

Estou me afastando de mim.

Adeus. Nunca me senti casado com meu corpo. A projeção astral às vezes parece até mais natural, porque eu não preciso fazer nada — a névoa guia a minha jornada por mim.

A vidraça da janela se aproxima e, atrás das persianas, está Redruth Road, as casas da minha avenida, as pinturas brancas e os telhados azuis. Atravesso o reboco da minha casa, um frio profundo se formando na minha garganta. Os tijolos me desintegram e me reagrupam sobre a garagem. O céu é um espaço intenso de vermelho escuro e preto, lançando uma sombra infernal sobre as casas.

E as casas estão caóticas. Chaminés se corroem na própria fumaça, cercas desmoronam como os portões de um castelo sitiado. Uma casa queima em chamas eternas. Um homem — o pai de alguém ou um carpinteiro — tropeça e rola para trás de um telhado, caindo sobre a própria cabeça e explodindo em luz.

Sou como um astronauta orbitando um perigoso aglomerado de galáxias. No final da rua, está um planeta devastado.

Um tiro rasga o silêncio e, com ele, a lâmpada de um poste explode. Então se reconstrói enquanto o asfalto brilhante seis metros abaixo se transforma na entrada de garagem da casa de Matteo. Flutuo sobre a cerca, através da vidraça das janelas, que me cortam como um vento ártico.

Essa casa foi feita sob medida. Não há nada de antigo no cômodo. Os sacos de areia, prateleira de troféus e banco de exercício, tudo pertencia a ele. Música toca através da porta entreaberta do banheiro adjacente, de onde um facho de luz escapa. Em seguida, estou afundando pela porta do banheiro no instante em que Matteo Mooney pisa no tapete, pega uma toalha e a enrola na cintura.

Ele cumprimenta a si mesmo no espelho, puxa o cabelo castanho molhado para o lado e pincela a barba a fazer com creme de barbear.

Naquele espelho, sou invisível como um fantasma. Posso muito bem ser um fantasma. Tudo o que vejo em meu lugar é a pedra bruta de seu chuveiro — um nível acima do ladrilho no meu.

Matteo se encharca de desodorante conforme alguma coisa se esgueira no canto do espelho.

É uma faca. Um cutelo, despontando pela fresta da porta e virado para baixo, como se alguém o estivesse segurando, pronto para apunhalar. Matteo sai do transe da música. Ele vê a lâmina. Hesita. Arregala os olhos e...

— Porra! — Ele se corta com o aparelho de barbear e cai contra o porta-toalhas. — Mas que porra é essa?

A faca vai em direção ao seu peito. Matteo mergulha na banheira, agarrado na cortina do chuveiro. Um elo se rompe e ele encolhe as pernas ao cair de lado.

A faca acerta a parede, se afasta, gira pelo ar.

— Ei, ei, ei, *peraí*! — Matteo ergue as mãos em um gesto de rendição, como se pudesse argumentar com a lâmina. — Para!

A faca não consegue ouvi-lo... ou qualquer que seja o fantasma a segurando não o escuta.

O cutelo traça um *S* no ar sobre o corpo de Matteo. Ele se levanta na banheira de modo que fica cara a cara com a arma.

Fuja!, penso, e a palavra ressoa como um eco do fundo de uma caverna.

— *Fuja!*

É tarde demais. A faca chegou ao fim de seu acrônimo. **S.A.D.** As mesmas letras rabiscadas na parede da minha casa. A mesma coisa que as escreveu matou Matteo. A coisa que estava em meu pátio e cujo rosto estampava os noticiários. A ameaça chegou na minha vizinhança.

Sawyer Doon.

A faca empala o abdômen de Matteo, transformando seus músculos em estômago flácido. Ela se desenterra e se crava outra vez, mais fundo.

— Par-pare... — A voz dele soa fraca enquanto o garoto desliza pela parede, olhos agonizantes, sangue brotando do umbigo.

A lâmina se prepara para outra punhalada conforme o vento astral me arrasta pelo espaço, me mandando em um voo às avessas pelo quarto de Matteo, através das paredes e de volta ao ar livre.

Já vi o que precisava ver.

A rua rebobina sob mim enquanto a casa que acabei de deixar simplesmente encolhe. Pela janela, vejo Matteo rastejar do banheiro, um gêiser de sangue jorrando queixo abaixo.

Socorro, articula ele sem som, e sua cabeça acerta o piso.

É a primeira parte a sumir. E então as estrelas comem o restante, reduzindo seu corpo a nada.

JAKE

Na sexta-feira, passo o tempo de estudo com Grady na biblioteca. Ele me desconcentra, mas é o que preciso.

Três dias se passaram e não fui capaz de digerir nada. O terror mexeu com meu trato digestivo. Até mesmo iscas de frango não passam sem se transformar em vômito ou diarreia. Vejo uma cortina de sangue escorrendo pelo lado de dentro das minhas pálpebras quando fecho os olhos.

Grady fica cutucando meu ombro e sussurra:

— Teve chance de ouvir a banda que mandei?

— É... humm... Pushing Daisies?

— Pushing *Crazies*, cara.

Certo. Pushing Crazies.

— Não acho que seja meu estilo.

— Tá me zoando, cara? Primeiro você detona Junkman's Mistress, e agora me diz que *não* gosta de Pushing Crazies?

— Sim. Isso mesmo. Culpado.

Há coisas mais importantes em jogo. Posso ter que queimar *O grande Gatsby*, apenas para esquecer que alguém com ânsia homicida está perto o suficiente para estar mexendo com os meus livros. Alguém que pode estar me atraindo para uma armadilha fatal.

Volto a atenção para o problema de matemática quando cruzo os olhos com Fiona, que está com a amiga Amanda na frente das enormes janelas do outro lado da sala. Ela parece tão entediada quanto eu, e, sinceramente, não sei por que simplesmente não andamos juntos.

Grady me observa e depois volta o olhar para a tela de seu laptop, no qual está digitando.

— O que está rolando entre você e a Fiona?

— Como assim?

— Quero dizer, vocês ficam se encarando.

— Ficamos?

Fazer novos amigos é estranho demais. Contar aos seus velhos amigos que você quer novos amigos? Ainda mais estranho. Eu me pergunto se Fiona também está às voltas com esse dilema.

Grady suspira e volta a digitar.

— Enfim, soube que seu irmão vai dar uma festa de Halloween na sua casa esta noite, é verdade?

— Se é, não fui informado.

Mas faz total sentido, já que minha mãe viajou para a Jamaica esta tarde. Estou desapontado, porém não surpreso que meu Benji vai dar uma festança na ausência dela. Não seria a primeira vez que eu falhei em ser o irmão mais velho do meu irmão.

— Sim, mas é para, tipo, os jogadores de basquete, atletas e maconheiros, sabe? — diz ele. — A galera maneira. Não recebi convite, mas estava com esperanças, já que você é o irmão dele...

— Se é um bando da galera popular ficando chapada na minha casa, provavelmente não vou conhecer ninguém além de você.

— Isso é um sim, né? — Ele sorri, animado. — Consegue me colocar para dentro?

— Não é o Met Gala, Grady... é uma festa na minha casa.

— Então vamos ficar chapados hoje à noite?

— Eu não bebo.

Grady revira os olhos, em seguida acena para chamar Fiona e Amanda até a nossa mesa. Para minha surpresa, elas de fato se aproximam.

Quando chegam, Amanda se senta primeiro.

— Algum motivo para vocês estarem nos encarando?

Amanda tem a pele clara, cabelo escuro que emoldura seu rosto de um jeito gótico, e uma eterna expressão séria.

— Eu... não estava encarando — respondo.

Fiona se senta na outra cadeira, e Grady junta as mãos na mesa como se fosse um crupiê numa mesa de jogo.

— Vou ser direto com vocês, senhoritas. Somos apenas dois caras solteiros indo à festa do irmão de Jake hoje à noite.

Ah, cara...

Fiona está franzindo os lábios e mal tentando disfarçar.

— Humm... Não sabia que ia rolar uma festa.

Grady se inclina para a frente.

— Não estamos contando para todo mundo. É só para algumas pessoas, sabe?

Amanda pisca os longos cílios enquanto olha de Grady para Fiona.

— Algumas *pessoas*? Não sei o que isso significa, mas detestamos festas.

— Eu não detesto festas. — Fiona revira os olhos como se literalmente não a conhecesse.

— Você disse que detestava festas — argumenta Amanda. — Conversamos sobre isso.

— Não me lembro de dizer isso.

Ela segura o pulso de Fiona.

— Você *definitivamente* disse isso. Fomos ao jogo de rúgbi e você especificamente disse que não queria ir à festa depois da partida. Eu lembro porque precisei devolver meu vestido.

Fiona desvencilha o braço.

— Isso foi sobre *aquela* festa. Eu não queria ficar perto de jogadores de rúgbi bêbados. Não significa que eu deteste todas as festas.

— Então, tipo, *qual* é a diferença? — Juro, parecia que os olhos da Amanda iam sair das órbitas.

— Entendo que não queira ir ao gueto — digo, chamando finalmente a atenção dela.

Ela faz uma careta em minha direção.

— O... *gueto?*

— Clark City. Bem, é perto do gueto. Ainda não completamente gentrificado.

Seus olhos parecem círculos petrificados.

— Por que teríamos uma festa lá?

Amanda é de Sunwood, bairro batizado em homenagem a sua prestigiosa universidade particular, famoso pelos shopping centers e sorveterias com sabor abóbora no menu. Para ela, *gueto* e *perto do gueto* são a mesma coisa.

— Vou ver o que farei mais tarde — diz Fiona.

A boca de Amanda se abre em ofensa. Ela arranca a bolsa das costas da cadeira e se levanta.

— Vejo você depois da escola. — Ela marcha pelo piso até as escadas, abraçada a uma pilha de livros.

E o ar ondula no rastro de Amanda, conjurando um fantasma, que vem em nossa direção.

Eu recuo na cadeira, mas não tanto que alguém perceba.

É o atirador do retrato no noticiário. Sawyer. Cabelo louro balançando como feno oleoso na frente dos olhos gélidos. Um moletom cinza-chumbo com um buraco de umidade em um dos ombros. Jeans desbotado com mal caimento.

Não pode ser...

Grady e Fiona estão falando, mas suas vozes parecem vir de dentro da água. *"Qual é o problema dela?" "Ela tem vários."*

O assassino do Heritage está na minha biblioteca em pela luz do dia... caminhando. Livre. Transitando fora de seu loop.

Isso é real?

Minhas mãos estão trêmulas e opacas contra o livro na minha frente. *Eu sou real.*

Sawyer está olhando direto para mim, olhos focados e sem vida.

Equações de álgebra nadam através da luz, misturando-se uma à outra.

Você sabe onde moro? Sabe que escola frequento?

Sawyer está de pé bem atrás da cadeira vazia de Amanda.

Eu me afasto da mesa com um sobressalto e caio, minha mochila tombando comigo.

— Jake? — chama Grady.

Sawyer levanta o braço e revela um AR-15, despontando de seu moletom como uma prótese robótica. Mas ele não o ergue mais além. Ele começa a afundar para dentro do chão. O piso o engole como areia movediça.

Eu me inclino sobre a mesa para observá-lo desaparecer. Ele parece calmo, indiferente, como se tivesse a intenção de que aquilo acontecesse, ou não se importasse que o chão o digerisse. Seus olhos se erguem para mim, sorridentes antes de submergir.

Então ele se foi.

Uma mão pousa em mim e estremeço.

Fiona se afasta, as sobrancelhas arqueadas franzidas em preocupação.

— Você está bem?

Não. Nunca.

O sinal toca... a campainha despertando a atividade na sala de estudo, reverberando através dos troncos e nervos da minha coluna.

— Ótimo. Preciso ir. Prova hoje. — Não existe prova alguma, mas preciso fingir normalidade.

Pego a mochila e saio apressado, sem ideia de para onde estou indo, até enfim me ver em um reservado no banheiro, trancado ali dentro, sentado com os pés na privada.

Preciso respirar. Ficar sozinho e processar aquilo. Estou sendo seguido por uma ameaça. Ele sabe onde moro e que escola frequento.

Ele é um atirador de escola.

E posso, seja qual for o motivo, me tornar sua próxima vítima.

— Tem certeza de que está bem? — Grady me encontra no fim do dia, quando estou a caminho da saída.

— Sim, estou legal. Acho que comi algo estragado no almoço.

Ele me segue para fora da escola, então agarra meus ombros e me conduz para longe do pátio e pelos degraus de pedra até o campo de rúgbi.

— Para onde estamos indo?

— Confia em mim — responde ele.

Acabamos embaixo das arquibancadas. Grady olha ao redor como se estivesse prestes a conduzir uma venda de drogas.

— Não quero crack — anuncio.

— Não é crack. — Ele pega um frasco prateado dentro da jaqueta. — Apenas uma coisinha pra te deixar animado. Você precisa começar a fazer coisas legais, Jake. Você é tímido demais. Isso aqui é o mais perfeito pra um esquenta.

Não sei nem se quero segurar aquilo enquanto estou no terreno da escola.

— O que é isso?

— Apenas um pouco de uísque do Tennessee. Toma, cara. Você precisa. É tão reprimido.

Hesito. Álcool? Eu? Nunca foi algo que fiz. Por que seria?

Por outro lado, não quero ser uma Amanda, dando um ataque só porque Fiona queria ir a uma festa. Não quero ser um chato. Jamais experimentei álcool, mas talvez tenha chegado a hora. Talvez diminua a sensação de terror em minhas entranhas.

Aceito o frasco, guardando no bolso-canguru do moletom. Grady abre um sorriso.

— É disso que estou falando — diz ele. — Vejo você à noite.

Não tenho certeza se deveria ver alguém. Minha mente parece ainda mais desconectada do que o normal.

Passo a maior parte da tarde desenhando coisas. Tenho desenhado obsessivamente nos últimos tempos. Triângulos e relâmpagos na maioria — quebra-cabeças de nuvens, fogo e caos em vez de personagens.

Sawyer me seguiu até a escola. O pensamento não saía da minha cabeça, despertando mais reflexões lúgubres. *Sawyer podia matar a todos. Amanda, Fiona, Grady, Benji... todo mundo.*

O frasco de Grady me observa da mesinha de cabeceira, como algo que não deveria estar ali. Algo de que preciso me livrar antes que acabe comigo.

Tenho me sentido trêmulo desde o que testemunhei na Redruth Road, e agora nem posso ir à escola em paz. Aquele fantasma matou Matteo Mooney. E eu posso ser o próximo.

Mas por quê? O que ele quer?

Deixo de lado meu bloco e lápis. O frasco acaba em minhas mãos; desenrosco a tampa e bebo. Continuo a beber mesmo quando o líquido quente e tóxico queima meu peito.

Nojento, nojento, nojento.

A possibilidade de Sawyer me matar no meio da noite parece muito mais provável do que ele o fazer à luz do dia. Haveria menos testemunhas para me acudir, acender as luzes, se reunir ao meu redor e extinguir meu pânico.

Então talvez minha primeira reação seja dormir um pouco antes que o sol se ponha completamente.

Eu me encolho na cama, seguro o frasco como uma mamadeira e despejo o conteúdo na boca.

E despejo.

E despejo.

E...

SAWYER

26 de outubro

Querido diário,

Tudo o que faço é ficar deitado na cama, curvado como uma lua minguante, imaginando quando minha casa vai parar de parecer uma prisão. A única pá quebrada do meu ventilador de teto me observa através da fresta em meu armário, me lembrando do tumulto que causei.

— Há há, você perdeu — sussurra ela.

Depois que a pá quebrou, Annie veio correndo até o meu quarto e chamou a ambulância. Perdi a consciência por conta do estresse que o fio da extensão causou na minha garganta.

— Aguenta firme, Sawyer! — choramingou ela, enquanto meus olhos se fechavam. — Aguenta firme!

Quando nos cruzamos pela casa, ela me olha como se eu fosse desaparecer bem debaixo do seu nariz e sempre precisasse manter o controle. Mais cedo, eu estava indo até a cozinha. Ela estava na porta da frente, se olhando no espelho, retocando a maquiagem de Halloween para alguma festa. Mamãe estava na sala de estar, a meio caminho, os olhos grudados em um reality de namoro na TV. Peguei um pacote de Dots na tigela de Halloween sobre o balcão.

— Para de ler o meu diário, Sawyer — a voz de Annie surge vinda do outro cômodo.

— Não li o seu diário — respondo. — Não leio o seu diário.

— Acha que sou idiota? Percebo quando você o coloca do jeito errado na prateleira.

Era muito estranho que pensasse que eu tinha interesse em saber o que ela pensava. Com certeza eu escolheria invadir os pensamentos de alguém com mais talento e ambição.

— Não me importo com sua vida imbecil, como você parece obcecada com a minha.

— Fala sério. — Ela riu. — As pessoas só são obcecadas por você porque as forçou com suas ações impulsivas.

— Annie... — mamãe falou em um tom de aviso enquanto assistia à TV. — Não começa, por favor. Não arranjem problema.

Provavelmente foi mamãe que leu o diário de Annie. Mamãe adora saber tudo sobre nós. Ela bisbilhota nossos quartos e jura que não o fez. Ela encontrou meu estoque de revistas pornôs gays debaixo da minha cama e não me olhou nos olhos por uma semana.

Não pede desculpa mesmo quando sabe que alguém está levando a culpa por algo que ela fez.

Annie fez mil perguntas:

— Está aí dentro pegando doces? Não está velho demais para isso? Não quer ir a uma festa?

— Não preciso de festas, nem de amigos.

Jamais serei uma pessoa que anda em bandos. Ela pode me provocar o quanto quiser e me tratar como um problema. Nunca serei uma dessas pessoas.

— E imagino que também não queira uma namorada?

Volto com raiva para o meu quarto e bato a porta com tanta força que o pedaço de madeira fajuto se abre de novo e precisei batê-la novamente. Amo o som de uma boa batida.

Minha mãe começou a gritar:

— SÉRIO, Annie?

Ela esquece que há apenas dois meses quase morri.

Annie veio bater na minha porta como um reloginho. Ela sempre faz a coisa errada e se dá conta logo depois. Mas, diferente da mamãe, ela tenta se desculpar, muito embora nunca diga as palavras “me desculpe”.

— Abra a porta, Sawyer. Você precisa deixar a porta aberta agora, lembra? Como o doutor falou.

Ela sabe tudo o que o doutor falou, exceto a parte sobre ser legal comigo. Contar à galera do colégio sobre a minha tentativa de suicídio não é legal. Assim como não é me criticar.

Então não respondi porque ela não merecia.

— Sawyer, POR FAVOR — implorou ela. — Só abre. Não pode se machucar por causa de uma briguinha de nada. Não pode resolver seus problemas dessa maneira.

Mas eu posso.

— Sawyer?

Quieto agora. Silêncio e pânico.

Um espasmo repuxou o canto da minha boca. Aquilo era divertido.

— Sawyer? — chamou Annie.

Gosto de ouvi-la enfraquecida e assustada de que seja ela a me levar ao limite. Faz a minha dor ir embora. Imaginar a minha irmã explicando o comportamento DELA na sequência da minha morte prematura.

— Sawyer? — O tremor em sua voz é música para os meus ouvidos. — Sawyer?

Repita meu nome. Repita meu nome para sempre.

JAKE

GRADY: JAKE!!!
GRADY: CARA, CADÊ VOCÊ?
GRADY: Seu irmão não está me deixando entrar.
Diz que não estou na lista.
GRADY: Ah! PQP!
GRADY: VOCÊ TÁ DORMINDO????
GRADY: VOCÊ TÁ TRANSANDO COM FIONA???

Mensagens de texto. Inúmeras mensagens de Grady quando acordo. Queria que Grady não fosse tão carente. Ele devia esperar eu responder uma mensagem antes de mandar mais seis.

É sábado, certo? Sim, deve ser.

Largo o telefone, aperto os olhos com força, cambaleio para fora do colchão e fecho as persianas. Estou com dor de cabeça e a luz não ajuda.

Entro no piloto automático mesmo quando durmo. Acordo e escolho voltar a dormir, às vezes por catorze horas seguidas. Meu corpo parece tão pesado na cama.

Aos tropeços, me levanto e saio pela porta. Há um solitário stiletto dourado abandonado no corredor. Quanto mais exploro a casa, a caminho das escadas, mais a cena de crime da festa da noite passada se torna evidente — copos de plástico vermelhos, guardanapos gordurosos, glitter preto e laranja, serpentinas coladas nas paredes.

Estou me lembrando...

Na noite passada, acordei na forma astral. Dois garotos fantasmas estavam se pegando, encostados no armário de mogno do meu quarto do mundo dos mortos. Vestiam blusas cropped, disco pants e sapatos néon. Um era negro, com um penteado do tipo permanente, o outro branco, com cabelo liso preso por uma faixa. Despiam um ao outro com sofreguidão.

Eu me levantei na cama, ectonévoa se erguendo comigo, se desprendendo dos lençóis e das fibras do carpete como bruma de verão — laranja doce e roxo vibrante. A maçaneta brilhava como uma gema de vidro. Uma forte batida de rap pulsava além dela.

Os garotos chupavam o pescoço um do outro e tiravam as camisas, as roupas desaparecendo em explosões de glitter elétrico quando se separavam da pele. Um deles pressionou o outro contra a parede e começou a mordiscar a sua pele.

— Vocês não podem encontrar um quarto melhor? — perguntei, enquanto eles ficavam progressivamente pelados.

— *Você* não pode? — retrucou o da faixa de cabelo, voltando a beijar o namorado. — Você não é dono de todos os reinos.

Ele tinha razão. O armário, o espelho, a pintura daquela igreja branca. Nada daquilo era meu.

A dupla atentado ao pudor fez o chão tremer tanto que a ferradura em cima da porta ficou de ponta-cabeça.

Acontece às vezes, fantasmas sencientes usam os cômodos e depois vão embora. Imagino que os dois garotos morreram naquele estado — fazendo sexo —, e imagino que signifique que se sintam atraídos pela batida alta e energia sexual de cenários de festa conforme singram de um mundo a outro.

Mergulho de volta em meu corpo, me encolho e tento dormir outra vez, me sentindo com inveja e solitário.

A lição que aprendi é: jamais vou aceitar álcool de Grady novamente, porque aquilo me nocauteou e meu estômago está às voltas com algum veneno que me sobe à garganta como vômito.

Há um zumbido no banheiro. O barbeador elétrico de Benji caiu atrás do suporte de papel higiênico e está vibrando pelo piso. Eu o recoloco no lugar. Uma barata atravessa rápido o azulejo. Corro para pegar um tênis, a mato e jogo no vaso, dando a descarga.

Minha cabeça ainda lateja enquanto desço as escadas. Há copos espalhados pela cozinha. Uma caixa de pizza vazia no meio do chão. O cheiro de suor de algum atleta que ignorou o banho ainda permanece no couro do sofá.

Benji transformou o lugar em uma catástrofe. Seu quarto tem uma cafona placa amarela de ÁREA INTERDITADA. Interessante que isto não me impede de esmurrar a porta e abri-la.

— Espero que não esteja achando que vou limpar toda essa...

— Não sabe bater, porra? — resmunga ele, cansado e irritado. Ele se encolhe na cama, puxando a coberta sobre a cabeça de alguém. Uma garota. Tudo o que vislumbro é um emaranhado de cabelo castanho desaparecendo debaixo do cobertor.

— Merda... foi mal. — Fecho a porta o mais rápido possível.

Nossa. *Nossa. Ok.*

Benji está sempre com uma garota diferente, então não fico surpreso. Apenas enojado.

No andar de baixo, encho sacos de lixo com copos descartáveis e pratos de papel. Varro as migalhas e saio para o pátio.

Quem me dera aquela noite fosse um sonho febril, mas o som da cabeça de Sawyer batendo contra o vidro está gravado em minha memória. Como se cada vidraça estivesse em risco de se estilhaçar sob a força de seu crânio. Não consigo dormir à noite sem ouvir aquele vidro se quebrar.

Diria que está fazendo uns 7 graus. A planta que lembra um cogumelo tristonho e nossos crótons parecem palha marrom-cinzenta. Uma figueira--folha-de-violino está morrendo aos poucos. Essas nunca ficam vivas por mais de um ano.

A brisa balança os sinos de vento com xícaras em uma canção sinistra. Da última vez que olhei, duas noites antes, a câmera estava sobre a porta, mas agora desapareceu; há quatro buracos em seu lugar.

Um ghoul está parado sob o carvalho no meu quintal, escondendo seu sorriso atrás das folhas de bordo.

Corro para dentro e fecho a porta. A coisa ainda está de vigia. Como um sádico em busca de vingança. Na verdade, tem olhos. Dentro das reentrâncias em sua cabeça, onde os olhos parecem queimados por brasas, jazem círculos brancos incandescentes.

Pego o meu celular. O iSpot app de meu telefone mostra o retorno das câmeras de segurança. Porta da frente, sala de estar... e a terceira está agora no quarto de Benji. A imagem é da garota que estava em sua cama, vestida e de pé, correndo pelo quarto, procurando pelas suas coisas em pânico. Reconheço as coxas, sempre em short jeans, e o cabelo sempre em um rabo de cavalo. Laura Pearson.

— Ah, meu Deus.

A namorada de Chad Roberts. A namorada do meu arqui-inimigo dormiu com o meu irmão. É o tipo de fofoca maldosa que eu adoraria se fosse mais vingativo ou se ligasse para os draminhas de colégio.

A única vez que me lembro da presença de Laura na minha casa foi em uma reunião da equipe de corrida, dos dois meses do semestre em que eu e Benji corremos no ano passado. Oito atletas jogaram beer-pong e ficaram batendo papo na cozinha enquanto eu fiquei encostado no balcão, comendo nachos.

Chad Roberts pegou suco de maçã da nossa geladeira e deixou o líquido cascatear para dentro de sua boca.

— Posso pegar um copo para você — ofereci.

Ele continuou a beber e soltou um *aaah* quando terminou.

Laura apareceu, toda em cima dele.

— Você está bebendo todo o suco dele? Para de fazer bullying! — Ela falou rindo, mascando chiclete e afastando o cabelo do rosto.

— É um país livre — disse Chad. — E eu sou visita.

— Exatamente — concordei. — Você é visita. Benji?

Benji veio da mesa de beer-pong, parecendo levemente desligado e um pouco bêbado.

— Por que você convidou a galera da St. Clair para a nossa casa? — perguntei.

Chad riu entredentes.

— Jesus. Meio racista, hein?

— Se o nome da escola pode ser traduzido como sinônimo de branquitude, então provavelmente o problema é da escola.

— Usar palavras grandes como *branquitude* não faz você parecer mais inteligente.

Chad e Laura riram.

Benji fez um aceno com a mão.

— Jake, em vez de fazer uma cena, talvez você pudesse tentar se dar bem com as pessoas, pra variar.

Ele observou a reação de Laura, como se a aprovação da garota para sua afirmação importasse, e então baixou o olhar, triste, quando ela caiu nos braços de Chad.

Foi difícil fazer qualquer coisa no fim de semana, mas também não consegui dormir. Eu merecia uma soneca depois de limpar a casa inteira. Mamãe voltou e não viu nada fora do lugar.

Em geral, tento ficar acordado na escola, exceto na aula de psicologia, que é um ótimo lugar para um cochilo. O sr. Morrison exibe documentários todos os dias para não precisar ensinar, então tiro uma soneca.

Minha cabeça está completamente apoiada no caderno, os olhos quase fechados, quando uma voz me acorda com um sobressalto:

— Licença.

Limpo a baba e ergo apressado a cabeça da carteira. A luz fria do documentário pisca sobre mim e sobre a pessoa que falou. Ele está parado no corredor, pacientemente. Não é o sr. Morrison... é um aluno.

— Só... tentando passar.

— Ah — afasto a mochila do corredor para debaixo da mesa.

Ainda está escuro, mas poderia jurar que é outro garoto negro que está se sentando atrás de mim.

Mais um de nós na St. Clair?

— Obrigado — sussurra ele em meu ombro.

Não tenho como dizer pela voz, e seria esquisito se eu me virasse. Parte de mim quer olhar para trás e apertar sua mão. Outra parte está na defensiva... e se ele for um daqueles garotos que odeiam outros negros e for um babaca comigo? É a última coisa de que preciso em minha vida no momento.

Grady me encurrala no banheiro depois da aula, quando estou dando uma mijada.

— Cara, que merda aconteceu? — Ele está zangado por algum motivo, e um de seus cotovelos está apoiado na válvula da descarga do mictório ao lado.

— Grady... por favor. Isso é tão anti-higiênico.

— Mandei várias mensagens e você só me ignorou, cara! Por quê?

— Foi mal, estava dormindo. — *E lidando com problemas mais urgentes do que aquela festa estúpida.*

— Dormindo? A gente combinou de ir à festa. E você cai no sono? — O rosto dele é como um tomate maduro quando ele me encara, e parece que lágrimas estão prestes a escorrer dos olhos brilhantes... uma combinação bizarra de raiva e tristeza. — Peguei uma carona até lá só para voltar para casa meia hora depois, porque seu irmão não me conhece, porra?

— Nunca concordei com nada, Grady...

— Não é justo, cara! Era a minha chance!

— Sua chance de quê? De ser amigo do meu irmão? — Fecho o zíper e me desvio dele, caminhando até as pias. — Peguei no sono. Fiquei cansado por causa do álcool que *você* me deu. Desculpe.

— Está falando sério? — Ele ainda está me observando, mesmo enquanto lavo as mãos. — Você age como se estivesse distraído o tempo todo, Jake. Acho que você é só um péssimo amigo.

Ele sai furioso do banheiro.

Bem, acho que acabou. Talvez tenha sido para o melhor. Grady estava apenas na expectativa de uma expedição proibida até a minha casa todo esse tempo. Jamais ganhei muito com essa amizade, afinal.

Por outro lado, sou um péssimo amigo? Talvez seja por isso que não tenho muitos.

A porta do reservado se abre enquanto me inclino sobre a pia, refletindo se estou errado e se há algo que deixei passar.

— Que confusão, hein? — É o outro garoto negro. Pele mais clara do que a minha, cabelo recém-cortado, curto, e uniforme. Ele é mais alto uns três centímetros e seu blazer envolve os braços musculosos.

— Tudo bem. Não gostava daquele cara mesmo. — Eu me contemplo no brilhante porta-papel prateado, onde uma mossa distorce meu reflexo.

Parece que jamais consigo usar uma folha só de papel-toalha, então arranco quatro. O garoto fecha a torneira da pia e pega duas das minhas mãos.

Depois de secar as dele, ele estende uma das mãos para mim.

— Allister.

— Jake Livingston.

Ah, Deus. O nome completo? Por quê?

Quando nossas mãos se tocam, uma luz verde brota de nossos polegares, envolve nossos dedos e serpenteia pelos nossos braços. Como um sopro de gavinhas criando uma aura entre nós. Flores cor-de-rosa desabrocham para enfeitar o cipó e... posso dizer com sinceridade, em todos os meus anos como médium, nunca vi um jardim florescer entre mim e outra pessoa.

Quando soltamos as mãos, a aura se desloca para a sua cabeça e se transforma em uma enevoada guirlanda cor-de-rosa-clara.

O que alguém tem que pensar sobre si mesmo para usar uma coroa em sua aura? Ser um rei?

— Então... você é novo? — pergunto.

— Sim. Devia ter começado no mês passado, mas houve um problema na matrícula. Eles me colocaram em uma lista de espera, mas então esqueceram de me *avisar* que fui admitido. Meu pai é um hacker ético. Constrói sistemas de segurança com o propósito de testar invasões de rede. Ele deu uma bisbilhotada e descobriu que os dados de contato da minha família tinham sido apagados do e-mail deles. Precisou cutucá-los duas vezes antes de conseguir resposta.

— Que coisa... horrível.

Eu me olho no espelho e lembro o quanto detesto ser o único negro em cada uma das aulas. Jamais encarei esse sentimento de frente, porque minha média decadente já é estressante o bastante, além do fato de que estou confuso sobre como fazer amigos de que eu realmente goste. E talvez... apenas talvez... eu queira um namorado em algum momento. O único problema é que outro garoto teria que retribuir os meus sentimentos.

Allister me observa como se soubesse no que estou pensando.

É esquisito, mas de um jeito bom. Por ora, parece que posso ser eu mesmo.

— Seus dentes são muito brancos — digo a ele.

Ele ri. Parece um milagre que eu tenha despertado essa reação. Em geral sou muito desajeitado para falar qualquer coisa engraçada.

Quando o sinal toca, ele dobra a manga do suéter sobre um relógio prateado.

— Bem. Acho que a gente devia voltar à aula, agora que o sinal já tocou. Prazer em te conhecer, Jake.

Ele pisca para mim, tão rápido que me pergunto se imaginei aquilo. Ele sai do banheiro, determinado a chegar a algum lugar mais importante. Toda aquela interação não fez seu coração martelar um milhão de vezes por minuto? Parece que foi somente comigo.

Penso nele em minha caminhada rotineira entre as prateleiras da biblioteca enquanto mastigo meu sanduíche.

Allister... que nome. Como um alquimista de uma era distante.

Quanto tempo levaria para chamar Allister de amigo? Não quero apressar as coisas, mas me sinto confortável com ele.

Há um vislumbre de movimento no final da estante. Uma pessoa loura desaparecendo na esquina.

Sawyer.

Eu o sigo conforme ele caminha pelo corredor seguinte. De trás, posso dizer que é Sawyer, porque ele está com aquele combo jeans-moletom. Ele está rígido, mas sem pressa enquanto anda, os pés quase invisíveis e pousados no nada.

Ele para assim que chega ao fim do corredor, e paro atrás dele, com medo de que se vire e faça alguma coisa... atire em mim, não sei como, usando uma arma fantasma.

Em vez disso, ele começa a flutuar lentamente, como um anjo, em direção ao teto. Mais e mais alto, através das lâmpadas, até o andar seguinte. Como um elevador.

Disparo pelo corredor e derrapo ao fazer a curva, as etiquetas das prateleiras de livros passando por mim como borrões coloridos. Irrompo pelas portas da biblioteca. Alguém esbarra no meu ombro em seu caminho para o saguão.

— *Ei!*

— Desculpe... desculpe...

As dobradiças chacoalham atrás de mim enquanto mergulho na direção das escadas e pulo os degraus até o terceiro andar.

Terceiro andar. Um túnel vazio de armários. E então um rastro de fumaça preta e vermelha desaparecendo na esquina do fim do corredor.

— Onde diabos você está indo?

Continuo a correr, as alças da mochila pressionando meus ombros, o peso de tudo golpeando minha lombar. Preciso alcançá-lo para saber o que ele quer.

As luzes apagam, deixando uma escuridão interrompida apenas pela luz do sol nas extremidades do corredor.

Arquejos vindos das salas de aula — todos estão empolgados com o momento de súbita escuridão.

As luzes reacendem, piscando pelo corredor, como se alguém as estivesse ligando uma a uma. Pego o celular no bolso e ligo a lanterna — uma fonte de luz para me manter aqui, caso aconteça outro apagão.

Recobro o equilíbrio e começo a correr.

Sawyer está esperando por mim depois da próxima curva no corredor. Ele fica ali por um instante, então trespassa a porta e sobe até o telhado.

Eu avanço, abro a porta com o quadril e subo a escada. Agarro o corrimão gelado conforme pulo os degraus, o facho da lanterna ricocheteando nas paredes.

Abro a porta do telhado, e o vento rouba da minha garganta o último suspiro. Em geral, daqui é possível ver a ala de ensino fundamental da St. Clair, depois do pátio em frente à escola. O campo de rúgbi e as quadras de tênis nos fundos. A silhueta da cidade a leste, o mar de árvores intercalado com a cidade. Hoje está enevoado demais para ver além do telhado. E não há ninguém aqui em cima.

Ninguém, exceto Sawyer.

Sawyer, de costas, observando o horizonte.

Ele caminha pelo pavimento, deixando uma trilha vermelha em seu encalço. Sua aura, vermelha com detalhes em preto, sangra de suas orelhas, goteja de sua pele. Uma horrível cor moldando a energia da atmosfera ao redor dele. Uma nuvem de fumaça e poeira forma uma cobra, que se enrosca ao redor de seu pescoço; e em seguida vespas, que zumbem ao redor de sua cabeça; e depois um demônio, que pula de seu corpo com os punhos cerrados, então rasteja de volta para dentro, rápido como uma aranha em um buraco.

O que está acontecendo? Ele parece chuva; ali, e então não mais. Fluido, e sólido.

Ele para na grade — a única coisa entre o parapeito e uma queda do edifício.

— Você diria que odeia a escola?

— Me deixa em paz. — Eu me aproximo com cautela.

— Você diria que odeia seus colegas e professores e o modo como eles o trataram? — Seu sotaque sulista é antiquado e assustador.

Com mais firmeza agora. Vamos lá, Jake.

— Me. Deixa. EM PAZ.

— Por que eu faria isso? — Sawyer ri... a princípio como uma criança, em seguida o som se adensa na risada de um homem. — Não quero! Não quero! — Mas a voz... ainda é a de uma criança.

As nuvens escurecem sobre a escola, na ameaça de uma tempestade repentina, e noto uma mancha de sangue na lateral direita da cabeça de Sawyer, onde o cabelo surge como uma crosta loura sobre a testa.

Meus pés começam a escorregar sob mim, me puxando na direção dele, e caio sentado no piso.

Sawyer se atiça sobre mim como um predador. Sua aura me levanta como ganchos sob os meus braços, então estou pendurado ali, bem na sua frente, ligeiramente sobre ele. Os olhos azuis de antes desapareceram. Abismos sombrios tomaram seu lugar. Um vácuo, alimentado pelo seu rosto, arranca oxigênio e vida da medula de meus ossos. Meus músculos doem e eu desmorono, esgotado, exausto, tonto.

Quero pegá-lo pelo cabelo e bater sua cabeça no parapeito. Matá-lo, aqui, agora.

Mas estou... muito... fraco... para me mexer? Não consigo... tocar... posso sentir o... não consigo ver o... não consigo... respirar...

Um vento morno golpeia o meu rosto e me gira no ar de modo que beijo o chão, caindo sobre o estômago e o queixo, pontos cinzentos explodindo por toda a parte.

— Qual é o problema? — A voz dele está na minha cabeça e brotando das rachaduras nas pedras, da fonte, dos alicerces da escola. Possuindo o mundo dos mortos e o dos vivos ao mesmo tempo.

Tusso até recuperar o fôlego e me levanto.

— O que quer de mim?

Afaste-se do parapeito. Eu fiquei mais próximo da beirada. Acho que ele queria me jogar.

— *O que quer de mim?*

Ele entra e sai de existência, desfocando e retornando como acontecera na entrada da minha casa. Em um instante, é um garoto completamente sólido; no outro, a mera sugestão de uma figura, uma tela de proteção com as árvores aparecendo por trás dele.

— O que as crianças querem dos brinquedos? — Ele vem na minha direção.

— Querem... querem brincar com eles? — Não sei por que estou respondendo à pergunta. Minha mente parece do avesso. Minha cabeça está fervilhando. Meu estômago afundando.

Minha energia retorna, pouco a pouco. Zonzo, e sem ânimo, mas pelo menos consigo ficar de pé. Meus pensamentos parecem estar em decomposição, e o piso é cinza, e tudo é cinza.

— Eu o *expulso* — aquilo sai em um choramingo. — Eu disse que estou te expulsando.

— Eu escutei. — A voz dele é forte o bastante para me fazer erguer a cabeça e encará-lo.

Na névoa de sua aura surgem serpentes prontas para o bote, um falcão em pleno mergulho, um enxame de moscas. Visões temporárias de predadores e pestes, pulando no ar e escapando por ele.

Tudo o que sei sobre fantasmas parece irrelevante no momento.

Sawyer levita, veias inchadas com energia carmim, a aura o erguendo em um voo frágil.

— Como se sente ao se ver no meio de algo que não tem nada a ver com você? — Sua voz soa como dez vozes de dez círculos do inferno. — *Ouço uma pergunta de Matteo Mooney?* Matteo quer saber... você ficou com pena de mim, Jake? Quando viu como morri?

— O quê?

— *Responda ao garoto, responda ao garoto!* — uma voz soa como um horrível jingle de um comunicador de circo, e eu fico perdido no meio de tudo.

Fiquei com pena de Matteo? Lógico. Ele foi assassinado por uma faca flutuante. Isso é uma merda. Mas o que aconteceu entre eles não tem nada a ver comigo, e não consigo ver por que qualquer coisa entre os dois diria respeito a mim.

— Você não teve pena dele — argumenta Sawyer, e de repente ele está de novo no chão, a aura se recolhendo para dentro de seus poros e folículos, se enterrando debaixo de sua pele. Há um rubor nas bochechas pálidas, um brilho nas espinhas. — Talvez não devesse ter tanto poder, se não é capaz de impedir a morte das pessoas.

— Do que você está falando? Por que está me perturbando?

— Porque talvez você devesse entregar seu corpo a alguém que saiba usá-lo. — Ele inclina a cabeça na minha direção, como um robô, os olhos são pura lógica e nenhuma empatia. — Sim, seu corpo seria uma boa estrutura para mim.

Aquela deve ser sua afirmação derradeira, porque ele está indo embora. Uma brisa sussurra áspera em seu encalço, criando um redemoinho de folhas. A lateral sangrenta da sua cabeça se dobra para dentro e para fora do ar enquanto se move e ele caminha.

Nenhum movimento em seus braços ou torso — apenas uma corcunda em seus ombros. Ele dá pequenos passos para a frente, até atravessar a parede de tijolos, desaparecendo tão rápido quanto surgiu.

JAKE

Há menos de mil alunos na St. Clair, mas os corredores sempre parecem tensos e lotados.

Ouve-se uma comoção crescente de vozes em resposta a alguma gritaria. Adiante, mais pessoas do que o de costume estão reunidas em uma rodinha. Está rolando uma briga... está rolando uma briga? Na St. Clair é raro ver pessoas com os celulares erguidos em um círculo como aquele.

Corro até a multidão, ansioso para ver duas pessoas quebrarem a cara uma da outra. Acho que é simplesmente catártico testemunhar algo novo.

O que vejo é Benji e Chad em uma luta corporal. Benji dá um soco no nariz de Chad, fazendo sangrar. Chad agarra a camisa de Benji para prendê-lo em uma chave de braço.

Alguém bloqueia a minha visão e estala os dedos para chamar a minha atenção.

— Eu preferiria que você me procurasse pessoalmente, mas fico feliz em saber. — Mahalia. Ela está sempre arrumada e sorridente, mas hoje seus olhos parecem chamas por trás dos óculos empoleirados no alto do nariz, os lábios vermelhos franzidos de indignação. — Apenas me diga, Jake. Por quê? Por que você postou isso?

Ela estende o telefone para mim como se fosse um artefato imundo que precisaria colocar em um saco plástico. Um vídeo está em reprodução... na minha conta esquecida do TikTok? Minha foto de perfil é a da minha carteirinha da escola. Do ano passado. Mal tiro fotos, e definitivamente não curto redes sociais. Prefiro me distrair com um álbum de música ou desenhar algo. Não entrava naquela conta havia meses.

Então como um vídeo da nossa câmera de segurança chegou ali e teve setecentas visualizações de um dia para o outro?

— Eu... eu não fiz isso — gaguejo.

— Humm, Jake? — Os olhos de Mahalia se arregalam. — Parece que você fez!

Se eu quisesse atacar meu irmão, ou seu estilo de vida, não o teria feito dessa maneira.

Mahalia não está nem prestando atenção quando Benji soca Chad no estômago, atrás dela. Ela respira fundo e pisca para o teto.

— Óbvio que eu sabia como ele era. Todo mundo sabe que Benji, Livingston é um playboy narcisista. Foi uma idiotice me doar tanto a ele. Admito — ela me encara. — Não entendo você. Achei que fosse um garoto maneiro. Sei que não conversamos sobre essas coisas, mas isso magoa. E é constrangedor demais. Por quê?

— Eu não... — sei que pareço um idiota, então apenas fecho a boca.

Ela está perplexa.

— Então como veio de sua conta? Por que ele diria que foi você?

— Ele disse?

— Benji está bastante convencido de que você fez isso para criar problemas entre ele e eu. Não que eu pretenda jamais deixá-lo chegar perto de mim. Porque mesmo que você seja culpado, não muda o que ele fez.

O rosto vermelho e o cabelo rebelde de Laura aparecem por entre as cabeças dos espectadores.

— Parem de brigar! — grita ela para Benji e Chad. — Vocês, parem de brigar!

Mahalia revira os olhos para ela.

— É com *isso* que estou competindo? Ele podia ter escolhido *qualquer* uma. Laura nem mesmo é da turma avançada! Há quanto tempo sabe disso, Jake?

— Mahalia, eu não sabia... juro, por favor, me escuta. Eu ignoro o meu irmão! Eu ignoro tudo o que ele faz. Não fui...

Não fui eu. Não posso ter cometido um crime dormindo. Não é possível, a não ser que o meu corpo astral tenha pegado a câmera. Mesmo que isso fosse possível (o que talvez seja), por que o meu corpo astral iria querer fazer algo tão caótico?

Todos estão se virando para me olhar, como se fosse eu quem tivesse começado a briga. Essas pessoas cujos nomes só sei porque sempre são barulhentas quando conversam umas com as outras: Katie, Chip, Steven.

Devo ter continuado conectado ao celular e alguma pessoa cruel decidiu baixar o vídeo e postá-lo no TikTok. Qualquer um com acesso ao celular, e a minha impressão digital, poderia ter feito isso enquanto eu estava dormindo.

S.A.D. O assassino que rabiscou o próprio nome no ar sobre Matteo Mooney. Que escreveu a mesma coisa na parede da minha casa, de modo que o sangue de sua vítima cintilava no gesso. Ainda vejo as letras quando caminho até a cozinha ou a sala de estar, embora Benji e mamãe digam não ver.

As iniciais de Sawyer podem muito bem estar impressas na minha mente, afetando o modo como enxergo o mundo real. Ele vandalizou o meu livro porque sabia que me deixaria constrangido na sala de aula. Ele vazou o vídeo do meu irmão transando porque... me deixaria constrangido na escola... e em casa.

— Jake, você está sonhando acordado? — Mahalia está acenando na frente do meu rosto. Ela parece estar mais tranquila, e coloca a mão no meu ombro. — Não quero te dizer o que fazer, mas se os seus amigos realmente fizeram isso, então talvez devesse considerá-los *inimigos*. E limpe a barra com seu irmão, já que ele acha que foi você.

Com isso ela me deixou para trás e foi para a aula, os passos ecoando com determinação.

O diretor Ross chega um instante depois, avançando como um touro na direção de Benji.

— Ei! Ei! Ei!

Ele o arranca da briga, e Chad cai sobre um dos joelhos, sangue pingando do queixo.

— Fiq-fiq-fique longe dela.

O diretor dispara dali, agarrado ao cotovelo de Benji.

Meu estômago dói. Sinto como se eu tivesse feito aquilo, muito embora saiba que é mais provável que Sawyer tenha postado o vídeo. Logo depois que ele esticou a mão do mundo dos mortos e arrancou a câmera do suporte.

Sawyer está superciente de tudo que se passa na minha vida, e sente satisfação em provocá-los, provavelmente na esperança de que a coisa toda desmorone, porque é divertido e alimenta sua bizarra obsessão em semear o caos no próprio caminho.

Como se sente ao se ver no meio de algo que não tem nada a ver com você?

No ônibus daquela tarde, alguém me observa. Do outro lado do corredor, perfeitamente ereto, com um sorriso implacável. Ele me olha através do estreito canal da Ponce de Leon Avenue, sob o bosque de Fairview e Lullwater. Ele sorri para mim, inclinando a cabeça lentamente, se aproximando conforme o ônibus deixa os subúrbios na direção do Centro.

Eu o encaro e vejo um homem magro lendo um livro em uma cadeira dobrável, uma perna cruzada sobre a outra, sem prestar atenção em mim.

Eu imaginei tudo.

Meu reflexo na janela me desconcerta. Não escovei os dentes o suficiente ou limpei a remela dos olhos.

Puxo a corda na Euclid e pulo uma poça para chegar à calçada. Água suja espirra das rodas e, quando o ônibus se vai, há alguém atrás dele, avançando na minha direção do outro lado da rua, uma faca empunhada e pronta para atacar.

Estremeço no ponto de ônibus e pisco.

Não era nada. Apenas um poste telefônico no cruzamento das ruas e trilhos do bonde.

O sol do meio da tarde ameaça escurecer. Passo apressado pelos murais, brechós e restaurantes, meu destino me aguardando depois de um artista de rua e seu cachorro. Uma pequena cabine entre becos, tão escondida que mal se consegue encontrá-la.

Entro, atravesso uma cortina de contas. Luz de velas queimando suavemente sobre as vitrines de vidro. Braceletes e cordões, ametistas e esmeraldas em fios de ouro. Latas de manteiga de karité, livros sobre vodu e iorubá.

A srta. Josette está parada no corredor dos fundos da loja. Um vestido verde e dourado a envolve como uma serpente. Seus dreads são compridos e recém-trançados, o brilho cintilando à luz das velas.

— Engraçado — diz ela, a voz como um oráculo. — Alguma coisa me dizia que eu receberia a vista de um certo Jake Livingston hoje.

— Oi, srta. Josette.

Ela está quieta e pensativa, olhos cheios como a lua, boca franzida em desaprovação.

— Você ignorou minha última ligação.

— Ah. — Solto uma risada nervosa. — Desculpe. Na verdade, não falo com ninguém. Estou tentando melhorar nesse quesito.

Ela vem na minha direção, seu andar lânguido e gracioso — uma confiança difícil de desafiar —, e me dá um abraço apertado.

— Bem, pelo menos você está aqui agora. Estou captando... *pânico crescente*. Medo pela própria vida.

Incrível como ela faz isso.

— Algo do gênero.

— Venha até os fundos.

A câmara tem um intrincado tapete de caxemira, com flores, cata--ventos e rostos nas estampas. Sento no chão e apoio os cotovelos na mesa baixa. O alfabeto forma um arco-íris na madeira. Há números por baixo, e ADEUS entalhado no fundo.

Pego uma almofada e a abraço sobre o colo.

A srta. Josette se joga em uma poltrona verde na minha frente e se serve de uma xícara de chá.

— Só pego pesado com você porque quero ter certeza de que está a salvo — explica ela. — Como está sendo administrar as percepções?

— Tudo bem, no geral. Estou melhor agora. Melhor do que costumava ser.

— Nenhum ghoul passando o tempo no seu quarto?

— Vi um no quintal do vizinho. Bem, também vi um no meu quintal hoje.

A srta. Josette inclina o bule até um gotejar.

— Não parece nada bom. Em geral eles aparecem nos lares em que toda a alegria se extinguiu. — Ela pousa o bule, cruzando as pernas. — O que está acontecendo, Jake?

— Eu... Eu não sei. — *Acho que não existe alegria na minha casa.* — Não são apenas os ghouls. Temo que outra coisa esteja atrás de mim. Meio que me sinto não é um problema, e que aquilo não pode me machucar, mas então tenho a impressão de que pode. E está apenas esperando o momento certo, ou planejando cuidadosamente a minha morte. Um fantasma. Um vingativo, que está tentando me assombrar por algum motivo, e não sei qual, porque não fiz nada contra essa pessoa. Jamais a conheci.

Também há uma lua e um sol esculpidos na mesa. Um SIM e um NÃO.

— De que modo esse fantasma está assombrando você?

— Aparecendo na minha casa. No pátio. E na escola, na biblioteca. A coisa aparece e, em geral, não faz nada, mas hoje fez. O fantasma estava flutuando através das paredes, e eu o segui até o telhado. E ele me disse...

Música de flauta está vindo de algum lugar. Uma canção de ninar substituindo as lembranças em meu cérebro. Aquela conversa com Sawyer mal pareceu compreensível. Não me recordo do que ele disse, porque ele parecia falar por cima de mim. Não posso confiar que aquilo aconteceu de fato, ou que exista qualquer razão para minha presença ali.

O que Sawyer realmente fez comigo?

Profanou o livro. Sinistro, mas aquilo poderia ter sido ignorado e, se eu tivesse ignorado, talvez a ectonévoa não acabasse me empurrando até a cena do crime. A névoa espreita na parte do meu cérebro que tento desligar — a que deseja saber mais sobre Sawyer. Quem ele era antes do tiroteio da escola? O que o motivou a fazer aquilo? Qual *foi* o motivo? E por que ele está tão interessado em mim?

— O que ele te falou, Jake? — pergunta a srta. Josette.

Esqueci que comecei a frase.

— Não sei. Ele vai para onde bem entende. Faz o que quer. Ele não está em um loop, não do modo usual, e tampouco no modo estendido. Não está preso no momento da própria morte. Não está preso com a arma que o matou ou nos limites do prédio. Não está nem um pouco amaldiçoado. Ele tem passe livre.

A expressão da srta. Josette é séria.

— É possível. Fantasmas que não cruzaram os reinos por conta de um acidente bizarro podem chegar ao mundo dos mortos completamente livres de qualquer loop.

— E se cruzaram por suicídio? Isso conta como acidental?

Ela fecha os olhos e balança a cabeça lentamente.

— Suicídio interrompe todo o ciclo. — Ela pega um pêndulo de Newton de uma mesinha lateral... um pêndulo com cinco bolas. Toda vez que uma bola na extremidade golpeia as demais, aquilo afeta a da outra extremidade. — A bola em uma das pontas é o Aqui, o mundo real, e a bola na outra é o Além. As bolas entre as duas são o mundo dos mortos... a Divisa. Os fantasmas podem estar mais próximos dos vivos, como nós, se não forem jogados tão para o Além como esta bola aqui. Eles continuam presos, mas em diferentes níveis de consciência. Baseado em suas circunstâncias individuais.

O estalar das bolas me lembra do tique-taque que ouvi em casa naquela noite.

— O que faz a diferença? — pergunto. — Quero dizer, como um fantasma poderia se manter próximo à vida se está morto? Por quê?

— Vários motivos. Qualquer motivo. *Supõe-se* que o universo tenha uma relação fixa com a vida humana. Nossa expectativa de vida *deveria* ser programada, predeterminada desde o dia em que nascemos. Então, quando um acidente bizarro acontece, isto perturba o esquema. O universo não consegue processar o fato e armazena a vida daquela pessoa como um bug.

O pêndulo balança e estala por trás da voz dela.

— Mas uma morte súbita pelas mãos da própria pessoa, por vontade própria... — continua ela. — É complicado. Poderia desbugar o bug. Digamos que o suicídio da pessoa seja baseado em baixa autoestima ou desespero. Bem, eu esperaria que a pessoa entrasse em um loop; sentisse uma perda de controle que *se transporta* até a Divisa. Mas digamos que a pessoa se machuque como uma maneira de ferir os outros... para fazer os entes queridos chorarem por ela, ou para fazer alguém pagar. Bem, ela cruzaria os reinos motivada pela vingança.

— E a vingança a amarraria ao mundo dos vivos.

— A vingança tende a amarrar a pessoa a coisas que ela deveria esquecer. Um espírito como o que você está descrevendo poderia muito bem ter calculado as circunstâncias da própria morte muito antes que a Morte em pessoa tivesse tempo de acompanhar.

As rosas secas penduradas de ponta-cabeça nos cantos me lembram a aura de Sawyer: o continuum sangrento e decadente de vermelho. E os espectros, surgindo em visões sombrias. Pássaros e vespas.

Corro até a prateleira, pego um baralho de cartas de espectros e as espalho sobre a mesa.

— Fique à vontade. — A srta. Josette se senta à minha frente.

Eu abro as cartas e observo as manchas de tinta de animais com as descrições sob elas.

ARANHA

o isolamento desagradável da negligência se desdobra
dentro de você como oito pernas

FALCÃO

você pressente um inimigo perspicaz
de presença sábia e letal

VESPA

você pode se tornar a vítima
da vingança equivocada de alguém

— Espectros — diz a srta. Josette. — A mais falsa das coisas falsas que você jamais verá.

— Então não são reais? — pergunto. — São apenas projeções?

— Projeções de um fantasma, exacerbadas pelo seu próprio medo. É o que o assombrador experiente vai usar para assustá-lo até um estado de ansiedade tão grande que ele pode usar essa ansiedade para assustá-lo ainda mais.

Havia outra coisa que eu vi... como um demônio de cinzas, entrando e saindo do corpo de Sawyer.

— Existe uma dessas para, tipo, uma figura demoníaca?

A srta. Josette mexe o pulso e um vórtice de ectonévoa dispõe as cartas em um círculo perfeito, deixando uma no centro.

— Desamparado.

Pego a carta da mesa e estudo a figura curvada e macilenta.

DESAMPARADO

você teme que seu corpo
em breve lhe seja tomado

— Um fantasma que projeta isso pode possuir o meu corpo? — pergunto.

Pelo tamanho dos olhos arregalados dela, a resposta se parece demais com um sim.

— Uma coisa de cada vez. — Seu tom é sóbrio. — Você controla a si mesmo. Seu corpo é o seu corpo, e lembre-se disto todos os dias. Algo como o que está descrevendo quer colonizar seu senso de identidade. Então você estabelece limites. Em resumo, você manda a coisa cair fora. — Ela se levanta em um pulo, contorna a mesa, segura o meu rosto entre as mãos e obriga a minha coluna a se endireitar. — Não deixe que afete você, e talvez ele o deixe em paz.

— Isso é... tudo o que é preciso?

— É preciso acreditar. — Ela se vira abruptamente e atravessa o cômodo, o vestido se arrastando a suas costas. — É preciso *autoestima*. É preciso a noção de que a sua realidade não está em discussão. E por último, mas não menos importante: é preciso *assertividade*. Diga o nome do fantasma se souber e mande-o cair fora. Você quer mesmo que se afaste de você? Funciona.

Eu tentei. Não funcionou.

— E se não funcionar?

— Bem, então talvez você precise trabalhar a sua objetividade ou autoestima. Também verifique seus cheiros. Odores que eles lembram com carinho fortalecem a energia de fantasmas. Os errados os afastam.

Sempre acendo incensos de bosques e flores silvestres no meu quarto. Mas talvez Sawyer também goste desses aromas. Talvez se sinta atraído pela floresta, pela natureza, ou talvez apenas goste das mesmas coisas que eu.

Se Sawyer é responsável por tudo o que está acontecendo, e se quer me possuir, ele me deixaria perturbado antes. Brincando com a minha sensação de segurança, sondando um caminho e destruindo a minha moral. Sawyer tem ao mesmo tempo uma lista de alvos e a intenção de me possuir.

Eu me levanto de súbito.

— Obrigado, srta. Josette.

Ela não se move de imediato... ainda não terminou.

— Já vai? Você despejou muitas coisas em mim em pouco tempo.

— Você me ajudou. Melhor eu terminar o trabalho do fim de semana... há muito o que fazer.

Se a ideia é reduzir a presença de Sawyer na minha mente, então preciso desviar meus pensamentos dele; e me ver cercado de toda essa parafernália metafísica não está exatamente ajudando. Aqui, toda a minha existência parece atrelada à minha maldição.

A srta. Josette me segue até a cortina de contas na frente da porta.

— Vai ficar tudo bem, Jake?

— Sim, vou ficar bem!

Não quero deixá-la preocupada, mas me sinto inadequado. Não sou bom o bastante. Não sou destemido o suficiente. Definitivamente, não sou decidido o bastante. Na maior parte do tempo tenho medo do julgamento dos meus professores e colegas, ou de apanhar do meu irmão, ou de desapontar a minha mãe.

Sou apenas um garoto comum. Economizo o dinheiro do aniversário e compro algo novo a cada seis meses. Fones de ouvido, uma gravata-borboleta, um minitrampolim. Fico obcecado com alguma novidade e dedico todo o meu tempo e emoções a ela.

Talvez porque não quero encarar as minhas emoções ou a verdade: não confio tanto em mim mesmo. Não sei no que acreditar.

Porém, se eu pensar assim, significa que já perdi.

Benji está na entrada de carros quando chego. Ele empurrou o meu carrinho de livros para fora da casa. Um livro queima na lata de lixo, e Benji está destruindo a minha jarra de incensos com o taco de beisebol. Há vidro por toda a parte.

— O que está *fazendo*? — grito, correndo da rua até a garagem.

— Destruindo tudo o que você ama, assim como fez comigo. — Ele quebra meu elefante sem remorso.

— *Por quê?*

— Porque você pegou um vídeo meu transando com alguém e o vazou para a internet, seu doente.

— Eu não vazei o vídeo! Por que eu faria isso? Seria nojento!

Chad machucou tanto o olho do meu irmão que ele mal consegue abri-lo, então é difícil ver se ele está sequer olhando para mim.

— Então está dizendo que outra pessoa na festa hackeou o nosso circuito de câmeras de segurança e decidiu fazer um filme pornô estrelado por Laura e eu?

— Sim, foi exatamente o que aconteceu.

— Quem fez isso?

— Sawyer.

— *Quem?*

— Sawyer Doon.

Ele fica imóvel.

— Quem?

— O fantasma. — Começo a caminhar de um lado para o outro. — O fantasma que escreveu as iniciais na parede... eu te disse. Ele fez outras coisas também. Rabiscou um monte de letras sangrentas no meu livro e apareceu na biblioteca. Ele está me seguindo. Esteve no quintal, na escola, e foi *ele* que levou a câmera até o seu quarto para provocar algum tipo de escândalo...

— Jake... para. — Benji solta um gemido, fechando os olhos. — Jake, nunca ouvi falar de alguém que coloca a culpa das merdas que faz em fantasmas, a não ser você. Você tem um problema na cabeça. Tem mesmo.

Ele pode estar certo.

— Não foi minha culpa — a voz sai em um sussurro, contida.

— Acho que você quer chamar atenção. É sobre isso a parada do fantasma. Você quer ser especial, misterioso e *alternativo*, mas é apenas esquisito e precisa de ajuda.

— Lógico que preciso de ajuda... e você não ajuda, nem nunca ajudou. — Lágrimas se acumulam nos meus olhos. — E você também trata as garotas de um jeito horrível. Talvez quem seja que tenha feito isso soubesse que você devia ser desmascarado como o babaca que é. Talvez *você* precise de ajuda.

Benji não se mexe, mas a fúria fervilha em seu olhar e peito. Sei que qualquer coisa pode acontecer. Ele pode acabar comigo ou simplesmente ir embora.

Depois do impasse, ele larga o taco aos meus pés.

— Espero que o fantasma mate você.

A pilha de sal da minha jarra de incenso é varrida pelo vento enquanto o taco rola para longe, e Benji caminha para a casa, batendo a porta atrás de si.

SAWYER

1º de novembro

Querido diário,

Para minha mãe, momentos de vínculo familiar não a envolvem, em vez disto abrangem a mim e a um homem mais velho. É por isso que ela sempre quis que Bill me ajudasse a construir uma casa na árvore, mas não queria ela mesma me ajudar.

Sempre a ouço ao telefone com o tio Rod no outro quarto.

— Conversa com ele? Acho que ele só precisa de alguém com quem conversar.

Meu pai se foi, então momentos de vínculo familiar se resumem a fins de semana de caça com o tio Rod. Ele deixa o cooler aberto para poder beber e atirar ao mesmo tempo.

Os médicos de Hapeville foram taxativos quanto a eu não ter acesso a armas ou proximidade com substâncias psicodélicas. Não creio que mamãe estivesse prestando atenção. Talvez não se importe.

Escolhi a Mossberg padrão militar e Rod ficou com a clássica Remington. Armas de fogo táticas são brinquedos divertidos, mesmo quando seus alvos são apenas tonéis e garrafas. Por que atiramos em latas de refrigerante e cerveja se existem veados, coelhos e raposas na floresta? Parece sem sentido não fazer um animal de presa, fatiá-lo e comê-lo.

— Fiquei preocupado quando você ficou internado no verão passado — disse tio Rod. Ele baixou a arma e se sentou em um tronco com os cotovelos nos joelhos. Um verdadeiro momento de conexão. Tomou um gole de cerveja desajeitado e continuou: — Depressão não é eterna. Deve ser porque o sacana do seu pai te deixou. Você vai superar.

Engraçado. Bill e Rod pareciam ótimos amigos quando ambos estavam aqui.

— Quer saber por que te dei essa arma? — perguntou Rod. — Por que te trouxe aqui? Porque um homem precisa sentir esse tipo de poder nas mãos para saber do que é capaz. Meu tio, seu tio-avô Jimmy Beasley, pensou que havia algo de errado comigo porque minhas primeiras amizades foram com garotas. Ele me disse que eu tinha que fazer esportes. Respondi que as garotas estavam na quadra de espirobol, não na de beisebol. — Rod riu e olhou com tristeza para os pinheiros. — Gostava das garotas desde novinho e queria ficar perto delas... não há nada de errado nisso. Começar cedo. Você já transou, Sawyer?

Balancei a cabeça. Não tinha pensado muito nisso, muito menos tentado fazer. Mas estava bem intrigado com essa abordagem. Não fazia sentido.

Ele correu para colocar a garrafa de Heineken vazia em uma tora, o macacão largo ameaçando escorregar dos ombros ossudos. Sua silhueta é longilínea, mas com uma barriga redonda. Ele tentava acertar a Heineken, mas ficava errando, até que, enfim, gritou:

— PORRA!

Com o rosto vermelho, ele baixou a arma e passou a mão na testa. Estava muito irritado consigo mesmo e eu entendia o motivo. Também me odiaria se toda a minha personalidade fosse baseada em disparar armas de fogo e eu não pudesse nem mesmo fazer isso direito.

JAKE

Nos dias seguintes à minha visita à srta. Josette, percebi que a melhor maneira de trocar medo por alegria era pensar em Allister Burroughs. Eu me sinto ridículo por deixar alguém me afetar tão depressa, mas ele *tem* sorrido quando nos cruzamos no corredor desde aquele primeiro dia.

E finalmente há outro aluno do terceiro ano que sabe o que é remar contra a maré.

Hoje, quando entrei na sala de aula, ele parecia muito ocupado, rabiscando para me ver sentar no lugar à sua frente. O sr. Morrison iniciou o documentário e de imediato pegou no sono na própria mesa.

Estou acordado, mas por pouco, até Allister me cutucar no ombro e me passar um bilhete, que desdobrei logo.

Cupcakes ou brownies?

A caligrafia é impecável, o que, sinceramente, me excita.

Com o coração acelerado, pego minha caneta para responder. Todo mundo ao redor, felizmente, está cuidando da própria vida.

Depende do sabor do cupcake e da calda do brownie.

Cupcake de baunilha com cobertura de cream cheese. Brownie com calda gotejando.

Não gosto de brownie muito molhado. Prefiro uma textura de bolo úmido. Cupcake.

Parece que você nunca teve uma experiência correta com caldas.

O sorriso que rasga meu rosto parece mais forte que eu. Mas também me sinto triste e sobrecarregado. A escuridão da sala de aula, onde todos estão meio adormecidos, mantém esse pequeno *rendez-vous* em segredo. Se alguém me flagrar aos risinhos por causa desses bilhetes, vai ter a impressão errada e... bem, não sei o que aconteceria. St. Clair presume que todos são héteros, e esses bilhetes parecem misteriosos e escandalosos.

Talvez eu esteja imaginando coisas.

Tenho certeza de que existe um brownie supermolhado por aí que me faria mudar de ideia.
Devíamos encontrá-lo.

Meu coração começa a bater alto o suficiente para ser ouvido. Isto é o que chamam de flerte? Mais importante: isso é um convite para sair? Escrevo a pergunta e a rabisco. Não posso passar dos limites. Óbvio, Allister não poderia *gostar de mim* daquele jeito. Óbvio que ele não estava a fim de garotos dessa maneira.

Pizza ou massa?

De longe pizza. Cor favorita?

Verde-esmeralda. Você?

Rosa.

Rosa-choque?

Rosa-bebê.

Rosa-bebê... soa meio que...

Sinto um par de olhos em mim, o que atrai minha atenção para Chad Roberts uma carteira adiante. Ele está meio dormindo, meio assistindo a meu lance de um modo nada sutil.

Allister me cutuca sob o braço com um novo pedaço de papel. Está tão ansioso para conversar que nem me deu tempo de responder, e evidentemente não se importa se alguém está vendo.

Sua próxima aula é matável?

Não mato aula.

Ah, você é tão nerd.

Não... só não quero me meter em encrenca.

Isso é o que ser um nerd é, nerd. Me encontre depois da aula.

Após o sinal tocar, espero por ele na porta da sala. Allister sai depois de todo mundo, como se quisesse me fazer esperar de propósito.

Ele passa por mim e, então, dá meia-volta de um modo dramático.

— Ah! Oi... não vi você aí.

Quero sorrir, mas não o faço.

— Sim, você me viu. — Puxo a alça da minha mochila e o alcanço.

— Então você é um matador de aula? Me pegou de surpresa. Você parece tão... *erudito.*

— Como se fosse possível usar este uniforme e não passar essa impressão. Não sou um matador... não de raiz. Sou apenas um cara que aprecia as vantagens de ser o novo aluno enquanto pode. Ainda estou um pouco desorientado. Quer ser meu guia?

Ele me dá uma piscadela e estoura uma bola de chiclete. Posso sentir o cheiro de goma de mascar mesmo à distância.

— Qual é a minha desculpa? — Eu me aproximo mais dele para que a conversa seja abafada pelo burburinho do corredor... e fique só entre nós. — Nunca perdi uma aula em toda a minha vida.

Ele dá de ombros.

— Quer viver um pouco?

Ele tem certa razão. Sempre chamam minha atenção ou sou convidado a me retirar. De que vale aparecer afinal? Faz diferença? Uso meu uniforme, fico quieto e não faço uma cena. E, mesmo assim, alguém está sempre me observando, procurando um motivo para apontar o dedo para mim ou me ferrar. Talvez seguir as regras não esteja me mantendo tão em segurança por aqui quanto eu pensava.

Allister acena com a cabeça para um casal no maior amasso contra um armário e sussurra:

— Nojento.

Porque estão se beijando em público? Ou porque são um garoto e uma garota?

Na escadaria, ele escorrega pelo corrimão, quase trombando em um sujeito que desvia.

— Se anima, cara... Foi mal! — Com um salto desajeitado, ele aterrissa sobre um pé no patamar, a gravata voando nas costas como uma capa. Ele gira ao redor de alguém. — Licença. Sim, perdão.

Eu ando em ziguezague, rastreando-o pelo lance de escadas seguinte, com medo de perdê-lo.

As pessoas desviam para abrir caminho para ele. As pessoas nunca se movem quando peço licença, deve ser porque eu não falo alto o bastante ou talvez porque não ande com tamanha confiança.

Ele olha por cima do ombro e estica o braço para trás, como se quisesse que eu pegasse sua mão. Então o gesto se transforma em um sinal de *me siga.*

Eu imaginei o convite para segurar sua mão? Talvez eu tenha apenas perdido o juízo. Talvez eu seja o único garoto em um raio de mil quilômetros que pensa nos outros garotos daquela maneira.

A porta dos fundos nos leva até uma pequena escadaria, que nos leva a uma velha quadra de basquete de asfalto. A cesta é só um aro sem rede. Parece uma relíquia de uma vizinhança que existia antes da St. Clair.

Allister escorrega pelo corrimão de novo. Quero tentar, mas sei que vou me ferrar.

— Não está preocupado que a gente seja gravado pela câmera? — pergunto.

— Não! — Ele pula, dá um tapa no aro e pousa, se afastando, equilibrado em seus pés. — Não está preocupado porque acha que cupcakes de baunilha são melhores do que brownies com calda?

São onze da manhã. O sol está brilhando, as folhas varrem o concreto em redemoinhos dramáticos. Há algo de romântico no caos... talvez porque ele ameace nos surpreender. Allister se vira e se aproxima de mim enquanto cruzamos a quadra. Estamos nos dirigindo para as estradas residenciais, que serpenteiam sob e através de árvores caducifólias. Folhas de elmo e faia se acumulam no meio-fio como roupa molhada, em tons de bronze, meloa e sangue.

Allister salta por cima de uma raiz quando atravessamos um trecho de gramado.

— Então... ouvi dizer que o sr. Morrison e a srta. Kingston sempre são vistos entrando juntos no campus por este caminho, por volta das 14h30, ela descabelada, ele com a gravata um pouco torta... é verdade?

— Não sei. É meio difícil para mim acompanhar as fofocas por aqui.

— Você fica na sua — disse ele. — Gosto disso.

Vamos ao centro comercial primeiro. Todas aquelas hamburguerias e quiosques de frozen yogurt encrustados entre os prédios altos, condomínios de vidro espelhado, arranha-céus corporativos, mercadinhos de vários andares e badaladas cadeias de fast-food.

Sunwood é o confortável paraíso residencial dos meus sonhos, e odeio que seja assombrado pela branquitude do lugar e pela minha escola. Odeio que a cada quatro segundos eu tenha que olhar para trás e verificar se Sawyer está sentado no carro, esperando a minha morte.

✤

Cake Bunny é um quiosque, pintado de verde, onde Allister abre a porta para mim.

— Obrigado. — O calor da loja nos atinge em cheio, em seguida refresca quando nos aproximamos da garota no caixa... seu crachá diz SHAUNA. Ela usa um gorro verde com orelhas de coelho que contrasta com sua franja preta.

Ela estreita os olhos para Allister e eu, e masca o chiclete com a indiferença preguiçosa de uma universitária sobrecarregada.

— Vocês estão matando aula?

— Não — responde Allister com um sorriso malicioso. — Estamos pedindo dois sundaes de brownie, com calda de chocolate.

Ela abre um sorriso, porque o dele é contagioso, e então digita na tela.

— Dois sundaes de brownie, com calda de chocolate. É tudo?

— Sim!

É mesmo fácil assim? Por que ela não está chamando a polícia?

— Está nervoso? — pergunta ele, enquanto esperamos no caminho entre a porta e as mesas.

— Não sei... Só não quero que liguem para a minha mãe ou algo assim. Tenho a impressão de que estão sempre me vigiando.

— Quem?

— Professores. Alunos. — *Sawyer.*

A porta se abre e uma brisa gelada invade a loja, mas ninguém entra.

— Maldita porta assombrada! — resmunga Shauna, enquanto deixa duas taças no balcão.

— Obrigado — dizemos Allister e eu, quase em uníssono, conforme a porta treme no batente.

Cada movimento irritante de um fenômeno estranho, que pessoas normais podem ignorar, agora soa como uma cuidadosa mensagem cifrada. Uma mensagem de Sawyer.

Caminho até uma mesa com meu sundae, e eu gostaria de um momento de paz de novo. Queria poder sentar à mesa e desfrutar de um doce sem me preocupar que tudo de bom é apenas temporário. Sem o sentimento de que um assassino está respirando no meu cangote.

O concreto dá lugar a tijolos conforme Allister nos leva do centro comercial e atravessamos os portões da Universidade de Sunwood. O quadrângulo é como um monastério medieval. Estudantes universitários relaxam no gramado, em jeans e envoltos em cachecóis, aqueles totens de liberdade. Nada de azul-marinho, nada de sapatos brilhantes e duros. As pessoas estão aqui porque querem, não porque foram aprisionadas. Ao mesmo tempo que sonho com a mesma liberdade, sinto como se nunca fosse alcançá-la.

O vento é uma navalha. Allister parece sentir menos frio. Estou de capuz, e ele não usa chapéu ou está com a cabeça coberta. Reparo em suas orelhas, grandes e peculiares. E o short azul-marinho sem pregas, que vai até os joelhos, criando um espaço entre ele e as meias da mesma cor.

— Não sente frio nas pernas? — pergunto.

— Não. Eu sei, é esquisito; mas gosto do vento gelado. Me mantém acordado.

Não acho esquisito. Na verdade, não acho muita coisa esquisita.

Allister para de repente perto de uma estátua esverdeada no gramado; um homem branco em um cavalo.

— General confederado Buford Buck. Na sua opinião, qual seria o modo mais fácil de derrubar isso?

Inspeciono o monumento de todos os lados.

— Bola de demolição?

— Fala sério, Miley Cyrus.

— Ou talvez fogo para desestabilizar a base, depois corda para colocar tudo abaixo. Não detonei muitas estátuas no meu tempo.

Ele segura um dos cascos, testando a firmeza.

— Amo seu estilo, Jake. Simplesmente incendiá-la. — Ele tira a tampa do sundae e enfia uma colher cheia na boca. — Ok, hora do brownie. Me avisa se mudar de ideia.

Britadeiras e escavadeiras soam ao longe enquanto nos sentamos em um banco. Estreito os olhos para observar as folhas caírem e pousarem sobre os tijolos.

— Tomara que não caia uma folha no meu sundae.

— Melhor comer rápido, para evitar que isso aconteça — Allister se vira e cruza as pernas, debruçado sobre o sorvete. — Vamos ver quem termina primeiro.

Ele devora seu sorvete com o entusiasmo infantil de alguém comendo um sundae de brownie. Mas nem mesmo consigo comer o meu. Estou rindo demais e a cada colherada meu cérebro congela, e não sou capaz de abocanhar tanto quanto ele, que está tratando a competição como uma modalidade olímpica.

— Ok, ok. — Engulo um bocado de baunilha e tusso. — Isso dói. Você venceu. Está indo rápido demais.

Allister raspa a colher na borda, lambe e joga a embalagem fora. Seus olhos sorriem, mesmo quando a boca não o faz. São castanhos e confiantes, com o formato de folhas de nogueira, repuxados perto das têmporas.

Ele coloca as pernas para baixo e agarra o banco, sorrindo de esguelha para mim.

— Consegui convencer você que sundaes de brownie são infinitamente superiores a cupcakes e seja lá o que for?

Enfio fundo a colher no sorvete, ansioso para desafiá-lo no próprio jogo.

— Acho que pode ter me convencido.

SAWYER

2 de novembro

Querido diário,

É o meu aniversário de um mês no mundo livre. Tenho continuado a atirar com o tio Rod e a encarar o teto. Não faço nenhum dever de casa. Todos os meus professores sabem que estou me esforçando, mas continuam a me pedir para seguir as regras.

Não estou mais seguindo nenhuma regra. Estou comendo e dormindo e me escondendo no galpão sempre que quero. Faço o que me dá vontade. Quanto mais as pessoas me pedem para ser legal, mais quero fazer coisas ruins.

Mamãe forçou Annie a ser mais simpática comigo. Era o que eu queria semana passada, mas não mais. Às vezes acho que devemos brigar um com o outro. Às vezes quero que ela preste atenção em mim, e em outras quero que ela suma da minha frente para sempre.

Eu me sinto mais forte. Como se, talvez, o que esteja me incomodando não fosse tão ruim quanto eu pensava, e eu consiga controlar minhas emoções, contanto que mantenha uma distância saudável e continue a fazer o que me dá na telha.

Preparei um sanduíche mais cedo na cozinha, não notei minha mãe sentada à mesa até muito mais tarde. Ela estava sentada lá, com uma cerveja meio vazia tombada no colo, e os olhos pareciam transbordar, como se ela tivesse derramado a bebida direto neles.

Cheguei a me perguntar por um minuto se ela havia caído no sono ou se havia morrido sentada. Era intrigante.

— Sawyer, você e seu tio estão se dando bem? — Se cigarros falassem, a rouquidão na voz deles seria páreo com a dela. Uma voz esfarrapada.

— Sim — respondi.

— Vocês estão criando laços?

— Defina criar laços.

— Se divertindo?

Defina diversão. Eu assinto.

Não sinto nada pelo meu tio, a não ser sentimentos objetivos que qualquer pessoa normal nutriria. Ele é um palhaço de mente limitada. Todos os homens que minha mãe elegeu como bons homens têm sido palhaços. Não acho que Rod seja a melhor pessoa com quem alguém mentalmente instável deva passar tempo. Não acho que mamãe entenda minha condição. Nem o médico entende.

— Como o doutor está te tratando? — perguntou ela.

— Ele é legal.

— Só legal?

— Só legal.

Ela estava acendendo o isqueiro incessantemente e o xingando pela falta de fluido. Ela me perguntou se a medicação estava fazendo efeito. Não tive coragem de dizer a ela que eu havia esmagado a maior parte e polvilhado em um vespeiro.

Não quero deixar de sentir, e a medicação me faz não sentir nada.

— Acho que você está bem o suficiente para dar um fim a essas conversas — disse mamãe.

Achei aquilo interessante. Foram quatro semanas de terapia e centenas de semanas de péssima maternidade.

Não é apenas o centro de tratamento que constrangia minha mãe... mas ter um filho em terapia. Ela se apressa em supor que estou melhor quando, no geral, sou a mesma pessoa que era.

Ela tem vergonha de si mesma, imagino. Fala sobre se mudar. Nós nunca mudamos. Acho que, secretamente, minha mãe gosta de ficar aqui, escondida de todos.

Ela é uma garçonete. Um emprego razoável. Ela devia cozinhar melhor e me dar mais dinheiro nos aniversários. Mas não o faz. Ela me visitava em Hapeville apenas para atormentar meu conselheiro sobre quando eu teria alta. Deu um piti quando Tom disse que eu teria que decidir por mim mesmo.

— Vamos tirar você da terapia. — Ela foi até a gaveta da bagunça e procurou por algo, sem nem mesmo me encarar. — Que tal?

Debaixo das tesouras, fósforos e utensílios de plástico estavam os formulários com os quais Tom me dispensou, acompanhado do aviso: "nada de armas, cordas, extensões ou qualquer coisa que possa ser transformada em uma forca; um programa de seis meses com um terapeuta; e consultas regulares com um psiquiatra."

Ela encontrou fósforos, fechou a gaveta com violência e acendeu um cigarro.

O problema da minha mãe é que ela está ocupada demais fingindo que os problemas não existem para de fato resolvê-los.

JAKE

Depois do encontro com Allister, meu corpo parece leve como uma pluma e inquieto.

Eu me reviro nos lençóis às 23h59, desesperado para me prender aos fragmentos de positividade daquele dia e manter a empolgação. Meu cérebro não está programado para se agarrar à esperança por muito tempo. Meus olhos são projetados para capturar as tragédias de completos desconhecidos. Então, quando estou feliz, apenas imagino quanto tempo levará para minha gangorra de alegria descer, e quando inevitavelmente vou cair no chão.

Meu telefone toca... o toque de meia-noite. Aperto soneca.

Sou atormentado por esse medo, que começa a parecer real: Sawyer vai aparecer com uma faca flutuante. Ele vai me matar enquanto durmo e manchar meus lençóis com sangue. Não sei se prefiro isso ou que ele mate mais estranhos e me leve a testemunhar os crimes até minha mente se tornar tão macabra que se desconecte de todas as coisas positivas e meu corpo se transforme em uma casca de trauma.

Fico deitado na semiescuridão sob o luar e a caminho do sono, refletindo sobre raiva e crueldade. De onde aquilo vem? Como se sustenta além da vida?

Queria ser feliz e deixar as pessoas em paz. Por que as pessoas não querem o mesmo?

O despertador me acorda à 1h30. Soneca.

2h30. Soneca.

Projeções efêmeras. Vespas rodeando uma cabeça de cabelo louro com um buraco sangrento na têmpora. E o aviso daquela carta fantasma: *você pode se tornar a vítima da vingança equivocada de alguém.*

Levar uma arma para a escola e começar um tiroteio... para matar aleatoriamente. Sem planejamento ou cuidado. Nada razoável. Apenas transtornado. Então por que não poderia ser eu o próximo? Por que não qualquer outra pessoa?

O xilofone toca às 3h15, quando o luar parece mais brilhante do que nunca naquela noite. Ele se infiltra pelas frestas, lançando uma luz suave às paredes.

Parece vigilante, como se o céu estivesse observando o que acontece aqui. Faltam apenas quatro horas antes de eu ter que levantar.

Desabilito o restante dos alarmes e me viro, deixando o braço cair em um dos lados da cama.

Talvez somente por esta noite ele me dê uma folga.

Há uma sensação de paz em meu peito quando fecho os olhos. Um ruído sussurra pelo tapete, debaixo da cama, mas tenho certeza de que tudo é fruto da minha imaginação — não há nada ali, além da minha paranoia.

E aquela mão segurando o meu pulso.

Ela me puxa do colchão. Meu corpo chacoalha o piso. Ela me puxa cada vez mais para baixo. Meu queixo acerta o estrado da cama, interrompendo meu avanço.

Há um demônio debaixo da cama, dor reverbera em minha cabeça, pelo ombro e desce através do complexo de veias contraídas por aquele aperto. Meus ossos estalam entre seus dedos.

— *Seeseeseeseesee.* — O sussurro vem acompanhado de risadas.

O tapete está rasgando meus joelhos. Minha palma agarra a grade da cama, meu coração cospe fogo em minha corrente sanguínea. Há algo muito raivoso naquele cabo de guerra.

— Desculpe — lamento. — *Por favor.* — Devo estar sendo punido por algo. Se eu conseguir argumentar com aquilo, talvez o faça parar.

Suor escorre pelos ângulos do meu corpo. As unhas do demônio se cravam em meu pulso.

Há um estalo.

— *HA HA HA HA HA!*

Há quanto tempo está aqui? Vivendo sob a minha cama? Sou tão distraído. Nunca vejo o que está acontecendo bem na minha frente.

Essa luta é desigual, e o inimigo é alguma entidade metamorfa invisível, alterando seu método de dano. A mão é agora um bracelete de arame farpado, cravado cada vez mais fundo... na minha pele.

— SOCORRO! — grito para a casa. — ME AJUDEM!

E então a criatura me solta. De repente.

Puxo a mão e a seguro, só para me certificar de que ainda está ali. Está.

Minhas costas acertam a parede. Não há sangue. Graças a Deus não há sangue nem dor.

O estalo sumiu. O caos cessou. O luar ainda emoldura o meu quarto como um holofote de segurança, silencioso e insensível, como se Deus visse tudo o que aconteceu e simplesmente não se importasse.

O demônio retorna.

Ele rasteja pela quina de duas paredes do lado oposto do quarto, como um esquilo raivoso. Veste um moletom cinza, as omoplatas caídas na tentativa de se encontrarem, braços encolhidos como os de um velociraptor, as mãos pálidas — o traço mais humano da criatura.

Esqueça que estou aqui. Esqueça que estou aqui. Meus pensamentos parecem explosões químicas... componentes sem equilíbrio, apenas pânico.

Óbvio que ele não vai esquecer que estou aqui. Sou a razão da sua presença, como uma barata ou uma aranha, descuidadas, se movimentando em padrões rastejantes e desorientadas pelas paredes.

O demônio saltita pelo teto, tamborilando pelas paredes, e se detém onde a luminária engole sua cabeça.

Seu corpo se vira para me encarar e se solta do pescoço. Ele fica pendurado ali como um abutre com o pescoço quebrado. A lua ilumina um par de olhos azuis, cintilando dentro da cúpula de vidro. Arregalados, como se pudessem ver tudo, e brilhantes, como se por si só fossem uma fonte de luz. De algum modo, ainda muito morto por dentro.

Corro até a gaveta da mesinha de cabeceira, pego um frasco de Axe e aperto a válvula, de modo que uma nuvem de desodorante explode entre nós. O jato atravessa a base de uma perna.

Sawyer sibila e se debate com braços e pernas. Seu corpo cai através do chão.

O quarto fica em silêncio assim que ele se vai, o remanescente cheiro almiscarado do desodorante aerossol é a única prova de que algo sequer aconteceu.

Horas se passam. Continuo acordado. As paredes se iluminam com o amanhecer. Às 7h em ponto recebo uma mensagem de texto:

ALLISTER: Panquecas ou waffles?
Estou muito sonolento e paranoico para isso.

EU: Panquecas, acho.

ELE: Você acha?

EU: Depende?

ELE: Tudo "depende" pra você.
Nunca é uma escolha definitiva? rsrsrs.

Estou desligado. Sei que deveria rir, mas estou muito distraído.

Em meio à minha rotina matinal, penso em como retrucar e me pergunto se respostas sequer importam. Dois garotos diferentes conseguiram rapidamente se infiltrar na minha vida: um parece ser um assassino psicopata, e outro que...

Bem, não sei quem é Allister. Ele parece legal, mas o que quer? Sua bondade soa suspeita.

Eu me visto e desço até o térreo, onde encontro Benji já acordado e assistindo à TV, paralisado pela manchete:

**CORPO DE ESTUDANTE DESAPARECIDO DO HERITAGE,
KIERAN WATERS, É ENCONTRADO NUMA VALA**

Jovem de dezoito anos é encontrado morto no Parque Natural de Jefferson, em Heritage.

— Não é aconselhável a pessoas sensíveis — avisa o âncora. — As imagens que estão prestes a ver podem ser perturbadoras a alguns espectadores.

Quero desviar os olhos, mas não consigo. Uma foto aparece na tela, de um torso pálido, sem sangue nas veias. O corpo está nu; abdômen e peitoral expostos, com as partes íntimas desfocadas. Uma carcaça.

— Temos que ir. — Minha mãe entra na sala vestindo um casaco.

Ela pega o controle remoto e congela quando o âncora retorna com uma nova manchete:

**ARDILOSO SERIAL KILLER DE ATLANTA
SUSPEITO DE NOVO HOMICÍDIO**

Ardiloso é apenas metade da história. É um demônio aterrorizando a cidade.

— O que está acontecendo? — pergunta mamãe, o tom de voz suave e petrificado.

Ela não está falando com ninguém em particular. Faz a pergunta para o mundo.

Aquela é a última vítima de Sawyer Doon. O garoto frequentava a escola dele.

Na caminhonete, pesquiso o nome da vítima mais recente.

Kieran Waters Heritage traz à tona um monte de fotografias do atual time de futebol do Colégio Heritage. O garoto das mais novas manchetes está nas fotos. Um ruivo em um uniforme vermelho, com os braços ao redor dos companheiros de time. A segunda vítima de Sawyer. Bem, tecnicamente é a oitava.

As perguntas sobre o lugar que ele ocupa no pêndulo entre a vida e a morte seguem se desdobrando.

Como você enterrou alguém?

À noite, cogito pegar as chaves na bolsa da minha mãe. É quase meia--noite e ela está dormindo. Provavelmente jamais descobriria. Mas, mesmo que eu esteja explorando um lado mais audacioso de mim mesmo, ainda não sou corajoso o bastante para ir tão longe. Além do mais, não sei dirigir.

Então, em vez disso, afano o vidro de pílulas para dormir do armário da minha mãe e arrasto a bicicleta da garagem pela casa, para que o barulho não alerte ninguém.

Luzes de LED com sensor de movimento presas às rodas iluminam os raios com feixes de cor. Uma luz traseira lança um brilho na escuridão.

Eu me mantenho no acostamento. Todo carro que passa zunindo me atinge com uma lufada de ar, e me imagino esmagado em um cruzamento, condenado ao loop de morte, ossos se quebrando repetidas vezes.

Casas térreas e igrejas de comunidade se fundem a trechos da cidade. Meu GPS dispara instruções pelo fone de ouvido e entro nos subúrbios, passando por janelas escuras de negócios familiares, restaurantes, mercados de agricultores, a prefeitura da cidade anunciando tradição sulista.

A escola está localizada em uma área residencial. Aqui, os postes criam pequenas poças de luz dentro de extensões de sombras. Avenidas parecem estar em chamas com as folhas caídas.

Os quebra-molas se tornam cada vez mais dramáticos conforme placas de plástico amarelo no formato de crianças aparecem perto de garagens e caixas de correio. DEVAGAR!, avisam aos motoristas.

Heritage é uma escola como outra qualquer, com tijolos vermelhos, mastro de bandeira, faixas para carros e ônibus. Pedalo por uma passagem de pedestres até alcançar a faixa reservada e, em seguida, passo por um letreiro com a pergunta TEM PAR PARA O BAILE DE BOAS-VINDAS?. Sonho com um mundo em que posso responder sim, mas agora não é o momento.

Uma coisa distingue essa escola. Aciono os freios e paro de supetão, me equilibrando com um pé no chão quando o vejo.

Sawyer, atravessando as portas com uma metralhadora nas mãos. Ele passa por mim sem me notar.

Não é ele de verdade. Apenas um fantasma... uma imagem residual de um loop de morte de uma vítima. Ele é uma projeção de algo real, uma silhueta vermelha esfumaçada, com olhos mortiços e sem inteligência própria. Como o dardo arremessado e a faca que mata Matteo.

Dou a volta até os fundos do prédio. Ali, de frente para as quadras de esportes e para uma fileira de salas de aula externas, baixo o descanso da bicicleta, engulo duas pílulas para dormir e me sento, apoiado nos tijolos do prédio.

Melhor das hipóteses: algum segurança simpático me encontra, me acorda, faz algumas perguntas e me libera. Pior das hipóteses: uma racista qualquer olha pela janela e chama a polícia por causa do garoto negro desmaiado na frente da escola.

Posso ouvir os gritos mesmo daqui de fora.

Respire... respire... respire...

Estou aterrorizado, mas não posso me dar o luxo de escutar aquela voz interior me dizendo para voltar para casa. E, além do mais, minha casa já não é segura e, se eu não parar Sawyer Doon, jamais será.

Dúvidas invadem a minha mente enquanto caio no sono.

Por que você fez isso?

O que você queria?

O que você quer?

Acordo deitado em um piso gelado. Uma cerâmica dura e lustrosa encoberta por uma neblina macabra de ectonévoa... o corredor da escola do mundo dos mortos.

A bruma é tão densa que apenas o topo dos armários é visível. Ela me levou para o interior das paredes do Heritage, como achei que aconteceria. Está por toda parte, como na época da polinização, impregnando tudo com um brilho eletromagnético. As paredes se alongam e desaparecem a céu aberto, um abismo de sombras, carregado de nuvens de ectonévoa. No fim do corredor, o piso termina em uma queda letal do terceiro andar. Depois daquele vão, uma parede de nuvens turvas estala com faíscas de luz conectando-se entre postes de telefone. É tudo uma gigantesca nuvem de tempestade.

Há um Sawyer fantasma arrastando o tambor de sua metralhadora pelo chão, batendo a coronha nos armários. Cápsulas de bala e poeira permeiam o ar. Uma pilha de livros explode dos braços de uma garota e se espalha pelo chão; as páginas se desintegram como cinzas.

Os Sawyers desaparecem e reaparecem, renascem e morrem. Sua canção maníaca reverbera pela escola, amplificada dezesseis vezes. Uma caixa de música gigantesca ecoando uma melodia ilusória:

— Saiam, saiam, de onde quer que estejaaaaam!

Ele aparece em flashes terríveis, cortes rápidos, para onde quer que eu olhe. As luzes piscam para revelá-lo com a coronha da arma pressionada na bochecha de um garoto, então diminuem ao som de Sawyer abrindo a porta de uma sala com um chute. Um pandemônio de gritos, armários vibrando como grossas baquetas em taróis.

Uma sirene de polícia soa, mandando ondas de choque pelo chão, transformando toda a fundação do prédio em água caudalosa. O piso desaparece debaixo de mim e despenco, me chocando contra a cerâmica, cabeça e articulações explodindo como se fosse a vida real.

Estou sobre o piso sólido de um banheiro, entre as portas azuis dos reservados e as pias brancas. Uma delas está com o registro rompido, cuspindo água como um hidrante aberto.

Há um garoto vestindo camisa social e calça do outro lado daquele fluxo, enrolando a manga do suéter e levando uma agulha até a dobra do cotovelo. Ele hesita e olha para mim.

— Quem é você? — Ele enfia a agulha na pele e aspira uma golfada de ar. As botas se dobram sob seu peso e ele se inclina. As paredes se inclinam com ele, jogando o cômodo de lado como um cubo.

Acerto o chão com as costas e encaro um teto de portas de reservado, que estão fechadas no momento, mas em seguida se abrem, como uma colônia de morcegos despertando do sono.

O corpo de um garoto cai de uma privada e aterrissa com força no chão ao meu lado.

As portas rangem nas dobradiças conforme eu me levanto no rio de água, que fica rosado por causa do sangue do garoto do reservado. Seus olhos estão abertos, fixos no nada. Minhas roupas estão encharcadas, uma pequena explosão, faíscas estourando através da fonte infinita. Eu escalo até a saída, os garotos mortos se dissolvendo, varrendo o banheiro com luz de estrelas.

O corredor é um disco giratório de armários, como um escorrega de parque de diversões; um brinquedo de circo no qual eu jamais tive o desejo de embarcar, já que sabia que me deixaria tão enjoado quanto estou agora.

— *Já vi o bastante.*

A névoa sibila *shhhh*, como uma entidade viva dando as cartas. Ela me faz dar cambalhotas pelo teto e através de outra parede, onde sou recebido por uma fábrica de ruídos.

POP! CRASH! CLINQUE! BUM! Bancadas de pia. Gabinetes com tubos e vidros. Um cabideiro para jalecos. Um piscar de uma chama. Uma rolha estourando de um suporte para tubos de ensaio. Uma mão fantasma flutuando sobre um frasco. Explosões. BSSHHH! Acidentes bizarros acontecendo sem o envolvimento humano.

Um ribombar me alcança em meio ao barulho. É um som familiar, porque o ouço com frequência no meu mundo.

É um celular... vibrando em um armário para produtos químicos no canto da sala. Cerâmicas aparecem quando me aproximo das portas... quadrados verdes e cor-de-rosa, surgindo em uma passada, sumindo na seguinte.

Ele está atrás da porta? Esperando para atirar em mim?

Talvez eu seja um idiota que mordeu a isca e esse cenário de pesadelo, esse longo e angustiante loop de morte, é para onde ele enfim quer me atrair...

Meus dedos se fecham ao redor da maçaneta prateada e abro a porta.

Há alguém ali dentro, no lado direito do armário, que estremece quando escancaro a porta. Uma garota com pele marrom-clara e rosto triangular, encolhida, os joelhos junto ao peito e um telefone pousado perto dela.

Eu me ajoelho para encará-la.

— Oi.

— Oi?

Delineador exagerado. Piercing de cartilagem e um pingente de lua que se entranha em seus seios como um reator arc. O cabelo liso cai em um dos olhos e nos ombros, balançando de leve como cortinas finas. Um pouco da luz às minhas costas reflete em seus óculos e pele. Muito embora tenha morrido, ela permaneceu mais perto do Aqui do que do Além. Parece presa em alguma espécie de estado entre viva e morta.

— Quem é você? — pergunta ela.

— Jake. E você?

— River.

— Oi. É legal encontrar outra... humm... pessoa *consciente* neste pesadelo escolar.

— Nunca vi você antes — diz River. — Você frequentava a Heritage?

— Na verdade, sou médium. Nem sou daqui... sou de DeKalb. Clark City.

— Um médium? — Ela estica os joelhos. Há uma grande mancha de sangue escuro na frente de sua blusa. — Então você está se comunicando comigo do mundo dos vivos?

— É estranho. Meio que simplesmente vou para onde a névoa me leva. Bem, vim aqui por conta própria, porque queria ver.

— Ah. O grande espetáculo da escola, no local onde aconteceu.

River levanta o braço, aparentemente para afastar o cabelo do rosto, mas a mão não está ali. Seu antebraço acaba em um coto de membrana exposta, cauterizado em uma crosta de luz cintilante.

Ela rasteja para fora do armário, e eu me afasto para lhe dar espaço, verificando se ainda existe piso atrás de mim.

— Afinal, como é feito? Como os médiuns cruzam os mundos?

— É tudo novidade pra mim. Não deveria ser, porque tenho dezesseis anos, mas passei a vida toda, até duas semanas atrás, tentando ignorar o meu dom. Tentando fugir. E então Sawyer apareceu.

River estremece e, em seguida, prende a respiração.

— E eu aqui imaginando que o reinado dele tinha chegado ao fim aqui na escola — diz ela. — Ainda o ouço constantemente. *Saiam, saiam, de onde quer que estejam.* Mal posso dizer se é real ou a minha imaginação. Assim como com qualquer outra coisa neste mundo. — River se volta para o seu celular; a cada momento livre ela parece obcecada em pegá-lo, mas não tem mãos. — Dizem que, quando você é um fantasma, devia ser capaz de se conectar com os vivos. Mas nem consigo me comunicar com a minha mãe.

PAF! Batidas nos armários.

— Você perdeu as mãos — comento.

— Por alguma razão elas não fizeram a passagem comigo.

Encolho os joelhos junto ao peito e olho ao redor, para os buracos no piso, ardentes nas bordas, como o cume de vulcões.

— O que aconteceu com Sawyer aqui? Se não se importa que eu pergunte.

Leva um minuto. Seus lábios dançam nas palavras e, quando ela fala, é em um sussurro:

— Ele simplesmente surtou. Não sabia que ele era violento, até que... Quero dizer, você nunca espera que isso aconteça, certo? Eu costumava observar Sawyer cutucar e roer as unhas. Arrancar o cabelo, deixar os fios na mesa. Sempre pensei: *aquele garoto é tão estressado, aquele moleque vai surtar, é melhor ser legal com ele.* Então tentei ser. Estava voltando do banheiro quando ouvi os tiros, todo mundo estava correndo da sala, mas imaginei que seria mais inteligente me esconder. Me escondi aqui pensando... Cumprimentei Sawyer mesmo quando os outros o ignoravam, então achei que ele não atiraria em mim... mas então ele atirou. Primeiro derrubou o celular da minha mão para que eu não pudesse mandar nenhuma mensagem.

River parece ter passado séculos tentando encontrar uma resposta para aquela pergunta sem resposta.

— Ele está obtendo seu poder das vítimas. — Eu me dou conta, em voz alta.

— É disso que se trata?

— Talvez seja o que ele está me desafiando a descobrir. E é o motivo de ele me seguir por todo canto. É um jogo para ver se consigo salvar as próximas vítimas antes que ele as mate. Devem ser quem ele queria matar, mas não conseguiu na primeira chacina.

River franze as sobrancelhas.

— Por alguma razão, sempre achei que teria uma vida curta. Mas não queria isso para os meus amigos.

Não sei como é possível, mas no estado astral sempre me senti completamente exposto. Como se nada me segurasse... nem mesmo o meu moletom, que obviamente está vestindo meu tronco, nem meu jeans, que cobre minhas pernas, apesar de estar meio engolido pela atmosfera ao redor.

Sssssssssss. Névoa dança ao redor dos ossos do meu pulso e se infiltra nas linhas da minha mão, como plâncton incandescente. Aquilo se ergue da minha palma, primeiro como uma espiral, depois como um canal que se estende até River, acariciando a garota como se fossem cordas de marionete, erguendo seu braço.

— O que é isso? — Ela soa confusa e intrigada. — Uma mola eletromagnética?

— Talvez o mundo dos mortos esteja nos pressionando para conectarmos nossas energias.

— Por quê?

A bruma se crava até o nosso peito e mergulha dentro de nós, nos aproximando e unindo, até que nos tornamos um só, colidindo com um estalo de cotovelos, um tremor nos pulmões. A minha mente é preenchida por luz termal, com sons: um cortador de grama, um cachorro latindo. Visões... um homem negro de meia-idade e short, aparando a grama, um pit bull correndo para me receber no gramado.

Em seguida, abro os olhos para a sala, que parece diferente agora, mais completa, com colunas de janelas que mostram o céu. Um quadro-branco se materializa, flutuando contra o branco apagado da parede da sala de aula. E então a porta... um painel de madeira.

Isso é psicodélico, pensa River. *Pra caralho.*

Escancaramos a porta e disparamos aos tropeços pelo corredor infinito, onde o piso se inclina no final. Nossos pés se movem, sem muita sincronia. Ela diz esquerda quando eu digo direita, então tudo o que o meu corpo pode fazer é cambalear.

Contudo, estamos seguindo na direção da borda do edifício, a ectonévoa criando uma câmara criogênica em minha caixa torácica conforme coordeno os movimentos de River aos meus. Toda a sua postura é diferente; os ombros mais curvados, os pés mais pesados. Eu me ajeito, encolhendo o pescoço e renunciando o uso dos braços.

Um clarão de relâmpago rasga a atmosfera do lado de fora, acertando uma árvore, que se inclina como um titã caído. Toda uma rede de casas está sendo esmagada pela queda de árvores e postes, e, na estrada, um ônibus tomba. Ele desliza até o meio-fio e acerta um poste de telefone.

No fim do corredor, caio de joelhos, apertando os dedos ao redor da cerâmica e do concreto na beirada do prédio. Meu corpo lá embaixo é como um ponto distante na calçada margeando a parede da Heritage. Sawyer, aparentemente o verdadeiro, a julgar pela sua imobilidade, está parado sobre o meu corpo. Os olhos sem vida, os braços abertos como os de um espantalho. E pareço refleti-lo, esticado na parede como Jesus na cruz, um vórtice preto viajando do vão da minha boca até a dele conforme Sawyer me drena a vida.

River e eu nos separamos do chão e acabamos flutuando no meio do ar, a ectonévoa rasgando as nuvens escuras sobre nós e lançando seu vento em um vórtice que nos puxa para baixo, a fim de encontrar meu eu físico.

A bruma percorre o meu corpo, como se fosse parte de mim, se entranhando nos poros da minha pele enquanto me aproximo do meu eu físico e percebo meus pés na terra.

Pego um tijolo do prédio e o imagino mais denso, até que ele se solidifica na minha mão.

Atire. É um sussurro, não da mente de River para a minha, mas da própria névoa.

Atiro o tijolo e ele se quebra na cabeça de Sawyer em uma tempestade de partículas esvoaçantes.

Ele se vira para mim, devagar e calmo.

— Você me encontrou. — É como se ele estivesse me esperando. Sua energia o circunda em faixas de vermelho e preto.

— Você não esperava isso? — Minha voz sai justaposta, duas vozes em uma.

Sawyer olha como se suspeitasse de algo.

— Você está ficando melhor em usar essa coisa.

— E você está mais feio do que nunca.

River. Definitivamente aquela era a voz dela.

Sawyer levanta um chicote e o estala no ar. Névoa lambe meus braços como fogo, formando uma espada de energia azul. Sawyer golpeia com o chicote. Eu faço um arco e o corto, um borrifo de luz empoeirada fragmenta as duas armas.

Ele se lança ao céu, para o topo da escola, e disparo atrás dele, tão alto que uma vista aérea do edifício surge abaixo: paredes inacabadas, pisos em ângulos irregulares, colunas estruturais despontando do telhado. Eu me forço a descer e acerto a plataforma de asfalto, meu peso envia um tremor pelo telhado, os pés afundando ligeiramente ali.

Sawyer me espera no fim de um vão no corredor. Os olhos incandescentes e vermelhos, como cerejas esmagadas. Acne aparece e, em seguida, pipoca em suas bochechas. Os lábios desbotam de branco para azul, de azul para cor-de-rosa.

Seus olhos escurecem, e ele lacera o pescoço, rasgando a pele para que aquelas gavinhas de energia vermelha possam rastejar para fora. Elas amarram as mãos vermelhas em fios de seda. Espectros, que vêm em minha direção.

Eles me agarram pela garganta e me erguem, a escola encolhendo conforme uma cortina preta se fecha sobre meus olhos. A aura de Sawyer se acalma. Agito as pernas freneticamente, desesperado por alguma noção do meu entorno. Porém tudo escurece quanto mais alto subo, como se estivesse me afogando na direção errada.

NÃO. Uma voz irrompe da escuridão.

— NÃO.

Névoa lambe a extensão dos meus braços até o pescoço, até me cegar.

Mate-o, sussurra. *Mate-o.*

É uma ordem, não uma sugestão. Não de River, nem de mim, ou da voz de qualquer pessoa. É um coro delas, em um único ritmo, todas dizendo a mesma coisa. *Mate-o, ssssssssissssss.*

Caio sobre o telhado, pousando como um dançarino, uma rede de poder fluindo através das minhas mãos. Eu o atinjo uma vez no peito, desequilibrando-o. Ele avança, as pernas saindo do chão como um cavalo de corrida, e me ataca. Caio em uma pilha frágil conforme River e Sawyer rolam para fora do meu corpo, um emaranhado de mãos e pernas, mal perceptíveis através da estática de ambos.

O impulso os leva até o meio do telhado. River recua sentada, e Sawyer, erguido sobre ela, aponta a arma para sua testa.

Disparo outra ectorrajada, que acerta a arma de Sawyer e a arranca de suas mãos em um rodopio. Ele vira o rosto para mim, e River se levanta, conecta os próprios braços aos dele, então os arranca, recuperando as mãos.

Elas se acoplam às extremidades de seus antebraços, já cerradas em punhos cintilantes. River dá um soco, e sua mão o deixa fora de ação, desaparecendo através do rosto dele e retornando ao pulso dela um instante depois. Ela o derruba e ataca seu rosto.

— *AHHHHHHH!* — grita ela, a fúria rugindo de sua garganta com os socos... socos com força suficiente para se ouvir as rachaduras se formando no âmago do ser dele. Pedaços do rosto de Sawyer se quebram em explosões de poeira vermelha, desfigurando-o.

Logo ele se transforma em vapor evanescente, se dilacerando nas mangas, pernas e pescoço, um ser inconsciente, derretendo através do telhado como açúcar na água.

River volta a ficar de pé e olha para as mãos, o peito trêmulo com alguma essência de vida, se não a respiração que os humanos exalam, então algo ainda mais forte. E ela começa a flutuar, as costas ligeiramente arqueadas, braços e pernas ondulando como as listras de uma bandeira. Partículas de luz se desprendem de seus pés e pernas, e pedaços dela partem como pombos cintilantes pela escuridão.

— O que está acontecendo? — A ectonévoa absorve seus tênis de skate, sobe pelo jeans, pelo tecido de sua camiseta de banda... estrelas minúsculas fixam residência em seus ossos e pele. Seu cabelo queima em branco, cada mecha incandescente formando uma aura ao redor de sua cabeça. Uma serpente de luz se afivela em volta de sua cabeça, como uma coroa.

— Acho que você está... fazendo a passagem para o Além.

Com uma das mãos na frente da testa, assisto o rosto de River rachar em uma fissura constelada e explodir em névoa. O corpo atravessa a escuridão, que me levanta em seu vento elétrico. Meu suéter e camisa ondulam como as velas de um veleiro conforme o fluxo brilhante me joga no asfalto, em seguida rasgam como um peixe obstinado pela escuridão adiante.

Observo aquilo se elevar, então desaparecer no escuro, além do alcance dos meus olhos.

A derrota de Sawyer estava interligada ao loop de morte de River? Em caso afirmativo, a passagem da garota significava que o tínhamos derrotado. Mas não é o que parece. Eu poderia jurar que o vi partindo de propósito, como se a sua energia tivesse se esgotado e ele precisasse restaurá-la.

O vento me empurra para trás, e meus olhos se abrem para o mundo real, onde eu havia desmaiado em um pedaço de asfalto. Fecho meus olhos com força por conta da luz de segurança acima de mim.

— Porra... — Uma dor de cabeça invade o meu crânio enquanto noto o prédio da escola. O celular está na minha mão, meu polegar se agitando sobre uma nova mensagem de texto. Caracteres aleatórios é tudo o que há na caixa de mensagem.

O meu rosto está sangrando. Hematomas amarelados se amontoam ao redor dos pulsos. Cotovelos esfolados em carne viva. Sangue mancha os joelhos do jeans. Cortes se espalham pelos nós dos dedos, como se eu tivesse esmurrado uma pedra. Coloco as mãos no couro dos tênis e, depois, disparo como um raio do pavimento.

— Ai! — Minha voz é um lamento.

Encontro minha bicicleta encostada na parede e a levo até a pista.

— Nunca mais. Nunca.

Acabou? Eu me pergunto ao passar a perna sobre o assento e dar impulso. Meus pés afundam e se erguem conforme as rodas giram, me levando pela pista de carros, através do Sawyer fantasma. Suas brumas passam pelos meus ombros como cheiro de pólvora.

Você vai voltar?

Em frente até a faixa de pedestres, para fora da área escolar, minha segurança é maculada pelo terror quando, atrás de mim, um ônibus bate de novo e de novo.

JAKE

A paisagem infernal do Heritage deixa a manhã de sábado parada. Preparo um sanduíche de ovo, dou uma mordida e o largo na geladeira. Tiro o pó da bancada de quartzo extremamente branca. Meu próprio peso parece disforme... opressivo e curvo, como se a minha coluna estivesse tentando me transformar em um besouro lenhador. Meu estômago não tolera comida.

Sawyer está sugando da sua escola toda a energia para os ataques. Por quanto tempo terei que lutar com ele? Fantasmas comuns exaurem seu medo, pânico e dor ao piscar luzes, virar cadeiras e bater nas janelas. São sedentos de atenção. Depois que a conseguem, ficam satisfeitos.

Sawyer... ele nunca vai ficar satisfeito até eu morrer, vai?

River fez a passagem. Agora ela deve ser parte de toda aquela poeira sibilante eclipsando a luz do sol entre a janela e a cozinha. Alguma coisa no confronto com Sawyer, em derrotá-lo na segunda vez, a arremessou para o pós-vida. Mas isto não significa que Sawyer se foi... apenas que sua memória na vida de River não tem mais poder para prendê-la.

Aquela nunca foi a minha luta. Sawyer ainda aguarda por mim. Posso sentir. Ainda parado na sombra de algum adolescente perturbado que encontrou o fim sob o cano de sua arma, sugando um pedaço deles para a sua forma derradeira.

✤

Na segunda-feira a escola é um borrão lúgubre: tudo monótono e menos importante do que de costume. O vestiário da educação física parece um caos de vaias e vandalismo, o cheiro de garotos brancos seminus gerando um fedor.

Eu me troco no banheiro, em um nicho longe da área principal. Meus joelhos ardem, meus dedos tremem ao redor do elástico da calça de moletom conforme a puxo para cima. Há cortes em minhas mãos onde uma faca de cozinha parece ter destrinchado a pele. Hematomas formam vales no meu pulso. Eu deveria saber quando todo esse estrago aconteceu, mas nem mesmo me lembro.

Depois de me vestir, fico prostrado encostado na parede, ainda sofrendo com uma extrema sensação de jet lag pós-astral. Há sussurros em minha mente, e a imagem de Sawyer apontando uma arma para o meu rosto. Estou meio com medo de que tudo comece a cair e me acerte na cabeça.

BANG! A porta treme.

— Vimos você entrar aí, Jake.

Chad. Um ressoar de risadas o encoraja... ele sempre tem um público maior do que merece.

Verifico o trinco para me certificar de que está mesmo fechado, porque se ele abrir, estou perdido. Chad deve odiar toda a minha família, já que meu irmão pegou a namorada dele. Mas ele já me odiava antes, acho que por um motivo pior. Acho que é porque sou negro.

— Qual é o problema, Jake? Está com medo de se trocar na frente dos outros caras? Com medo de que alguém veja seu micropau?

A risada é estrondosa e o som me deixa enojado; é tão feio tirar sarro dos outros, e de algum modo aquilo os deixa tão felizes...

Não digo nada. Apenas fecho os olhos e respiro.

Ele esmurra a porta de novo, com tanta força que as dobradiças rangem. Ele sussurra pela fresta da porta:

— Vou começar a te chamar de Jake Pauzinho. Todos os homens da sua família devem ter pau pequeno.

— Não estou interessado em um encontro com você, Chad. — Minha voz soa frágil.

As pessoas riem da minha resposta, mas sem tanto entusiasmo. É constrangedor, e o meu ataque não foi incisivo nem plausível o suficiente, motivo pelo qual, em geral, não respondo nada. Não tenho músculos ou pratico esportes, e se lutasse com ele, acabaria com um rosto mutilado e sem nenhum apoio. Grady está lá fora também, e não diz nada. Acho que deixei nossa amizade na mão.

Chad está em silêncio. Ganhei o round.

Eu me sento na privada e espero todos se retirarem antes de sair para o vestiário silencioso. Vou lançar jatos de vômito por todos os azulejos se não controlar meu estado de espírito.

Valentões do mundo real também precisam ser enfrentados. Queria que o meu poder fosse mais do que apenas morte e projeção astral. Se não consigo lidar com a vida, como diabos vou banir Sawyer?

Quando saio, todos já estão na corrida de aquecimento. Abraço minha camiseta e enfio o gorro até as orelhas.

Não desmaie ou vomite. Um passo depois do outro.

A ectonévoa está ocupada hoje. Estalando como estática no alambrado da quadra de tênis, espiralando dos arremates do campanário da St. Clair.

Tudo aquilo é para meu uso e controle?

Duas pessoas param junto a mim, cada uma de um lado. Fiona e Allister. Allister, cuja camiseta dos Dentes-de-sabre da St. Clair está tão apertada nos braços que quero que ele me dê uma gravata.

— Sabe, você nem sempre precisa correr sozinho, Jake — comenta Fiona. Ela meio que corre como uma necrófaga, pequena e determinada, o corpo todo engajado no movimento. Allister corre como um triatleta olímpico, torso ereto, os punhos encolhidos na altura do peito.

— Vocês se conhecem? — pergunto.

— Nós nos aproximamos na aula de trigonometria por causa do amor mútuo por *Fruits Basket* — responde Allister. — Eeeee, em certo momento, percebemos que tínhamos um amigo em comum.

— Quem, eu?

— Dã, você — diz Fiona.

— Onde está Amanda?

— Em outro lugar. Nem sei ao certo se ainda somos amigas.

— O que aconteceu? — perguntamos Allister e eu em uníssono.

— Peguei no verde! — brinca ele. — Você me deve... humm... — Ele olha para Fiona e interrompe o pensamento.

O que você ia dizer?, eu me pergunto. *O que eu te devo?*

Fiona aperta mais o rabo de cavalo e os fios balançam em sua nuca.

— Não aconteceu nada. Ela só julga demais. Só quer falar sobre o que as pessoas *não deviam* estar fazendo.

— Parece um verdadeiro inferno — argumenta Allister.

Allister enfiou as roupas de ginástica sem sequer aparecer no vestiário. Talvez ele se troque nos reservados como eu, porque também fica desconfortável.

— Enfim — continua Fiona —, vocês gostariam de embarcar em uma aventura pós-escola pela minha trilha favorita?

— No que implica sua aventura pós-escola? Caminhada?

— Poderia ser qualquer coisa que quisermos, contanto que seja espontânea. Planejamento mata o objetivo.

— Com certeza. — Allister começa a estalar os dedos com alegria. — Estávamos justamente conversando outro dia que o Jake poderia se permitir sair mais de casa.

— Não me lembro de nada disso. — Quero dizer, não com essas palavras.

— Já esqueceu o nosso encontro?

— Não! Óbvio que não, mas nunca conversamos sobr... — *Calma aí.*
— Encontro? Foi isso que aconteceu?

— Bem, Fiona, como eu estava dizendo — Allister retoma a conversa —, você não pode se reprimir ou apenas se manifestar para o benefício de outra pessoa.

Suave, cara... O ar congelante dá um tom azul-polar aos lábios dele. Ele é lindo.

Fiona passa a correr em marcha à ré para nos encarar.

— Pergunta rápida. Por acaso vocês estão namorando?

— NÃO! — gritamos os dois.

— Ok. — Ela parece não acreditar ao dar meia-volta. — Foi só uma pergunta.

Allister e eu talvez estejamos um pouco perto demais. Nossos braços se tocam e os pés golpeiam a pista ao mesmo tempo.

— Ei, Jake! — diz Grady, correndo atrás de mim.

Ah, cara.

Grady estava amarrando os tênis no banco quando entrei no vestiário, e não disse nada enquanto os outros me zoavam. Fiona teria me apoiado se estivesse lá. Allister também, mas ele não trocou de roupa no vestiário.

Qual o sentido de ter amigos se eles simplesmente ficam calados quando você precisa de apoio? Se eles apenas o ignoram caso você não agregue valor a seu círculo social? Agora ele quer a minha atenção. E não vai receber.

Allister olha para trás.

— Humm, Jake? Seu amigo está te chamando.

— Eu sei. — Estou o ignorando. — Conte comigo para a aventura pós-escola.

— Sim!

Fiona soca o ar, e fico empolgado por três segundos, antes de ser tomado pela realidade esmagadora de que Sawyer pode nos acompanhar.

O que você está fazendo agora?, eu me pergunto conforme passamos o castelo da escola e damos a volta na baliza. *Quem será o próximo alvo?*

Não durmo há dias, porque estou paranoico pra caralho e não posso nem tocar no assunto. Se eu falar, os únicos amigos de verdade que já fiz na vida vão pensar que sou maluco.

✤

Seis horas e um almoço mais tarde, Fiona, Allister e eu nos encontramos mais uma vez no estacionamento e seguimos para o Parque Natural de Sunwood, a cinco quarteirões do campus. É legal ficar ao ar livre. Fazer trilha não parece tão ruim quando é com pessoas de que você gosta.

Allister sobe os degraus de um mirante, girando os braços e dando piruetas. Fiona o imita, então também sigo até o mirante, que forma uma plataforma na floresta e proporciona uma vista de 360 graus.

Há um loop de morte acontecendo a uns cem metros de distância. Um homem está cavando um buraco. Há um saco de lixo gigante ao lado dele, que faz uma pausa, apoiado na pá, limpando o suor da testa.

Fiona se senta e abre a bolsa. Depois tira dali um saco pequeno, com algo verde. Maconha?

De volta ao homem. Ele pega o saco de lixo. Cabelo escapa pela abertura. A esposa, provavelmente.

— Seu irmão consegue a *melhor* parada — diz Fiona.

Eu me contraio. É um lembrete constrangedor de que o meu irmão é o mais renomado e confiável traficante de maconha da St. Clair. Não me admira que ele tenha conhecido Fiona antes de mim.

Allister está pulando no assento.

— Acende, acende.

— Vocês vão mesmo fumar aqui?

— Óbvio que vamos — responde Allister. — Este tem sido o pior dia de todos. O sr. Shaw quase me causou um aneurisma na aula de química. Me perguntou a fórmula da amônia. Quem diabos sabe isso? Odeio quando os professores perguntam coisas só para te constranger. Mereço um agrado.

— E se aparecer alguém? — pergunto.

— Não vamos oferecer nada a *eles* — responde Fiona, e os dois soltam uma gargalhada enquanto ela enrola um baseado. Olho ao meu redor freneticamente. Não há ninguém por perto, a não ser o homem fantasma, que quase acabou seu buraco.

Se Sawyer é mesmo o responsável pela morte de Kieran Waters, isto significa que ele matou o garoto e trouxe o corpo até aqui para escondê-lo. O que quer dizer que ele aperfeiçoou as próprias habilidades desde o assassinato de Matteo, que foi um serviço tosco e acabou naquele exato lugar, o quarto do garoto.

Até mesmo uma pessoa viva tem dificuldades em mover um corpo, mas Sawyer parecia fazer aquilo sem problemas. Talvez ele passe tempo no Colégio Heritage porque é a fonte do seu poder. Pode ser que aquele poder venha de sua lembrança do tiroteio.

Como posso apagar essa lembrança?

Fiona me passa o baseado.

— Sou o segundo?

— Dê um tapa de leve — instrui ela.

Levo o baseado aos lábios, dou um trago e começo a tossir. E tossir. Minha garganta arde como se alguém tivesse atirado cinzas nela.

— A ideia é parecer que você está... humm... *morrendo*?

Allister tira o cigarro da minha mão.

— Tente não tragar tanto de uma só vez, amigo.

Ele se inclina para trás e, em seguida, sopra fumaça no ar gélido, sem o menor sinal de desconforto respiratório.

— Desculpe. — Baixo o olhar para a franja dos meus mocassins. — Sei que não sou tão descolado quanto o meu irmão.

— Fala sério. — Fiona acena com a mão. — Na verdade, você é bem descolado. Só que de um modo diferente, meio taciturno, desligado. Há mais de um modo de ser descolado.

— Papai e mamãe sempre nos deixavam fazer nossas próprias coisas. Deve ser por isso que somos tão diferentes.

Já estou doidão. E a pessoa a enterrar aquele corpo se desvanece na névoa, e as pazadas de terra se assemelhavam a poeira. O fantasma some pouco a pouco. O mundo dos mortos está desaparecendo, o mundo real se tornando mais nítido, o canto dos pássaros se propaga sob o dossel de árvores, o céu laranja-rosado é como um delicioso sorvete.

Fiona pega um par de luvas de escalada de sua mochila.

— Se me dão licença, tem uma árvore enorme ali implorando que eu a escale.

— Você *não* vai subir em uma árvore — diz Allister, aos risos.

Ela desce do mirante com um sorriso malicioso, olhos ligeiramente vermelhos e semicerrados.

— Sinta-se à vontade para me acompanhar.

— Estou legal.

— Por favor, tome cuidado — peço, enquanto ela corre até as árvores.

Fico muito satisfeito com a oportunidade de ter um momento a sós com Allister. Sinto que posso confiar nele.

— Se eu te contar algo sem noção, você vai me julgar? — pergunto.

— Depende do nível da falta de noção — argumenta ele.

— Você acredita em fantasmas?

— Com certeza. — Ele olha para mim. — Pode vê-los?

Fico em silêncio. É a resposta. Podia ter negado, mas estou atônito diante da rapidez com que ele chegou àquela conclusão.

Ele sorri.

— É incrível. Queria ser capaz.

— Humm... não é sempre incrível. Normalmente é bem assustador.

— Então é por isso que você é tão quieto? Fica distraído com os mortos.

— Eu... eu acho que sim. Entre outras razões, talvez. Não sei por que sou tão quieto, na verdade.

Nem todo mundo acha que sou desequilibrado, mesmo que minha família pense assim. Sinto uma onda de alívio me invadir. Jamais vi o assunto ser encarado com tanta seriedade, exceto pela srta. Josette e minha comunidade on-line. Quando era criança, sempre tinha que me explicar e implorar que acreditassem em mim, então parei de contar às pessoas.

— O que está rolando? — pergunta Allister. — Por que parece tão perturbado?

— Meu vizinho foi morto há duas semanas e meia. — Sou incapaz de me conter. — Matteo Mooney. Tenho estado bastante preocupado porque todo mundo pensa se tratar de um serial killer, mas foi um fantasma quem o matou. Um vingativo, que quer matar mais pessoas. E fiz o que posso para me livrar dele, mas continuo a achar que não acabou... Ele ainda está por aí, e planejando me atacar de novo. Não sei. Eu sei que parece loucura.

Seu rosto está genuinamente sombrio. Ele também pode sentir o medo.

— Não parece loucura, mas parece assustador. Alguma pista de quem possa ser?

Hesito. Parece errado pronunciar seu nome. Como se fosse amaldiçoado. E tenho medo de que Allister vá me evitar, assim como Benji.

— Está tudo bem, Jake — assegura ele. — Pode me contar.

— S-S-S... — gaguejo no som. — Sawyer Doon. Do tiroteio no Colégio Heritage. — O nome escapa da minha boca antes que eu esteja preparado.

Fiona volta antes que eu seja capaz de dizer mais, pulando no meio do círculo, tomando fôlego.

— O que eu perdi?

— Nada — respondo.

Ao mesmo tempo, Allister diz:

— Nada... apenas Jake revelando que pode ver os mortos.

Uau.

— Sério, Allister? *Por quê?*

— O quê? Está tranquilo e Fiona é de boa.

Ela não parece surpresa. Apenas intrigada.

— Minha avó também via espíritos.

— Mesmo?

— Sim. Eles nos assombravam discretamente na minha infância, mas ela era capaz de diferenciar os bons dos maus, então nunca foi tão assustador.

Sempre esqueço que fantasmas tem toda uma mitologia. Não estou propriamente esbanjando amigos médiuns, mas mesmo uma pessoa comum pode sentir uma assombração em um ambiente, uma estranha melodia no vento, um barulho.

Ver a escuridão tão nitidamente sempre me leva a pensar que sou o único que pode enxergá-la.

No caminho para o estacionamento, desabafo com Fiona e Allister sobre projeção astral... como ainda não sei bem controlar, mas que continua a acontecer e que inevitavelmente vai se repetir. Conto a eles do sangue na parede, as frases em meu livro, a conexão com o suposto assassino do noticiário, cujos crimes estão misteriosamente ligados aos antigos alunos do Heritage.

Como todos que frequentaram aquela escola e sobreviveram podiam estar correndo risco de morte.

— Sim — diz Allister, enquanto entramos na arena de árvores em que seu carro está estacionado. — Definitivamente temos que matar esse filho da puta. — Ele tira um laptop da bolsa e se senta no porta-malas.

Nós nos juntamos a ele, um de cada lado, pernas balançando.

— Vamos ver se podemos descobrir um pouco mais sobre essa família — diz Allister. — Desculpe, pai. Não acho que você esperava que eu invadisse o sistema de registros do tribunal de justiça quando me ensinou sobre cibersegurança, mas conhecimento gera conhecimento.

Seus dedos voam sobre as teclas.

— Então o endereço no livro o levou até a casa de Matteo — diz Fiona. — O que deve significar que Sawyer quer você no rastro dos crimes dele. Como se tentasse envolver você em algum jogo doentio.

— Ele me quer morto no final — revelo —, mas vivo, de certa forma. Ele quer que eu veja o que está acontecendo até que fique tão traumatizado que mal tenha forças para revidar. E então, quando meu corpo estiver enfraquecido e minha mente cheia daquela merda terrível, ele vai entrar em ação.

Allister digita com força no teclado, e me inclino no porta-malas para observar a tela, inspirando um aroma embriagante de loção ou perfume... algo doce. Ele está agindo como se tivesse apenas um minuto para inserir um código que salvaria o universo.

— Eeeeee... voilà! — cantarola ele. — Existe uma Joy Doon em Heritage. Parece certo? O cadastro eleitoral mostra como endereço Morningside Drive.

— Você a encontrou assim tão rápido?

A lista de nomes na tela aparece em fontes verdes, como uma matriz de códigos. Há apenas três deles: Joy, Mary e Steve. Não há muitas pessoas de sobrenome Doon na cidade de Heritage.

Na casa de Sawyer deve haver alguma redação que ele escreveu, ou cartas que contenham informações sobre suas fraquezas ou motivações, ou os tipos de energia das quais se alimenta especificamente, para que eu possa privá-lo das mesmas.

Com as mãos nos bolsos do moletom, começo a caminhar entre os dois, relembrando as ferramentas que Sawyer usou para me enfrentar: chicotes, depois os punhos, espectros horripilantes conjurados do ar. Eles me pegaram de surpresa, talvez por serem tão efêmeros e assustadores. Se eu tivesse acesso a todas as suas memórias, saberia as suas armas prediletas e os seu objetos de medo que eu poderia usar para derrotá-lo.

— Um diário. Talvez Sawyer tivesse um diário.

Allister levanta as sobrancelhas, e sei que está planejando algo.

— Acha que o guardariam na casa?

— Talvez. Se não fosse muito perturbador. Talvez como uma bugiganga para se lembrarem de Sawyer.

— Você vai ter que procurá-lo. — Fiona está recostada na porta traseira, mordiscando uma bala e anotando algo no caderno. — O que é possível com uma desculpa e uma distração. Você vai precisar de alguém que pareça inofensivo e que possa inventar uma história convincente.

Allister continua pesquisando.

— Parece que Joy Doon está envolvida com o Found Project. Uma organização que ajuda jovens LGBTQIA+ sem teto.

— Ouvi falar deles! — exclama Fiona. — Eles ajudam pessoas queer sem teto. Então vamos dizer que estamos lá para defender programas habitacionais em Atlanta.

Allister fecha o laptop.

— Por mim, tudo bem!

— Esperem um minuto. — Eu me sinto um pouco tonto com tudo aquilo. — Vamos mesmo... fazer isso?

Minutos depois, seguimos para a casa de Sawyer. As janelas estão abertas, mas não consigo respirar.

Estou segurando o puxador da porta traseira.

— Então... vamos invadir a casa de alguém. Ok. Legal. Tranquilo.

— Não vamos invadir. — Fiona me corrige do banco da frente. — Vamos bater de *porta em porta*.

— Ok, bater de porta em porta. Quem abre a porta de casa nos dias de hoje?

— Confie em mim. Vou entrar na casa e mandar uma mensagem de texto para vocês se esgueirarem pelos fundos quando a barra estiver limpa. Apenas sejam o mais silenciosos que puderem.

— E se o diário não estiver lá? Quero dizer, quais as chances de eu encontrá-lo?

— Então não estará — responde Fiona. — E a gente sai de lá, depois de uma gratificante aventura pós-escola.

— Isso é um eufemismo para "roubo".

— Não tem graça se você sabe o que queria dizer!

O sol está quase se pondo quando o GPS nos direciona para uma faixa de estrada de terra. Mal parece um caminho. As árvores são tão densas que os galhos arranham o para-brisa. As rodas quebram gravetos quando o carro passa por cima deles.

— Ok, a casa é na floresta? Não vou dirigir por aqui — avisa Allister, parando o carro.

À distância, através das árvores, vislumbro um galpão... um pouco atrás, uma varanda. Está quase toda escondida, mas é a única por aqui. Deve ser ela. Estacionamos fora de vista o bastante para que o carro ficasse encoberto pela folhagem, a alguns metros da entrada.

Meu estômago se revira.

— Nem fodendo ela vai acreditar que saímos do nada para bater na porta da casa dela na floresta.

— Ah, Deus — Allister aperta a ponte do nariz. — Deixe Fiona cuidar disso, Jake! Vamos esperar no carro. Dois caras negros chegando ao mesmo tempo é o que vai fazer a srta. Doon duvidar de nossa credibilidade.

Fiona parece não se incomodar com o fato de estarmos em uma floresta; na verdade, ela parece mais empolgada. Ela arranca uma folha do caderno e escreve DESCULPE em hidrocor vermelha. Salta do carro e cola aquilo por cima da placa.

Allister a observa pelo vidro traseiro.

— Uau. Ela é detalhista.

— Olá, sra. Doon? — Ela ensaia na janela. Enfia a cabeça pelo vão da porta do carro. — Estejam preparados para fugir a qualquer momento.

E lá se vai ela, tocar a campainha, na varanda. Afundo no assento e puxo a camisa sobre metade do rosto. Fiona olha para trás e dá uma piscadela.

— Olhe para ela — diz Allister —, usando seu privilégio para o bem. Não é incrível?

— Sim. Mas é maluquice e não vai funcionar.

— Precisamos mesmo trabalhar seu pessimismo.

Ela toca a campainha mais uma vez quando ninguém aparece.

— Como se sente em relação a ela, afinal? — pergunta Allister. — Gosta dela?

— Óbvio que gosto.

— Não, quero saber se você *gosta* dela.

— Ah... não. Nunca pensei nela assim. Somos só amigos.

Uma senhora loura abre a porta. Deve ser a mãe de Sawyer. Ela veste uma camisa jeans abotoada até o pescoço. Não consigo discernir suas feições daqui, mas o rosto parece cansado, as bochechas fundas.

Nunca ouvi ninguém falar sobre o que aconteceu à família de Sawyer. É quase como se fossem apenas vistos como parte do erro.

Fiona começa a falar. E elas continuam a conversar. Um minuto inteiro se passa, com Allister e eu prendendo a respiração, assistindo por entre os galhos acima do para-brisa. Meio que espero que a mulher nos flagre no carro. O quanto estamos realmente escondidos?

Mas sua atenção não se desvia de Fiona.

— Está funcionando — sussurra Allister.

Suor brota de minhas axilas. Quero segurar a mão dele para tornar tudo mais fácil, mas é muito cedo.

Fiona entra na casa, e a porta se fecha às costas das duas. Saio do carro e me sento no banco da frente, apenas para ficar do lado de Allister. Estou aliviado que Fiona tenha passado da varanda, mas aterrorizado. Pois significa que agora vou ter que entrar e achar o diário de Sawyer.

— Viu? Não foi tão ruim, foi? — pergunta Allister.

— Pode ser, mas ainda não acabou. Nem chegou perto. Está apenas começando. O filho obviamente era um entusiasta de armas... e se ela também for? E se ela atirar em mim?

— Quer que eu vá no seu lugar?

— Não. Óbvio que não. Não posso colocá-lo em perigo assim.

— Ok, nesse caso, se está arriscando sua vida hoje, preciso que você saiba de uma coisa. Já que confessou seu segredo... tenho um também.

Nunca o vi tão sério e fico preocupado que o que virá em seguida acrescente uma camada de ansiedade à que já estou sentindo.

Ele espera alguns segundos, mas não o bastante.

— Eu... meio que tenho uma queda por você.

Espere um pouco. *O quê?* Eu acabo de ouvir aquilo? Ainda estou doidão?

Seus olhos parecem mais abatidos do que nunca.

— Por quê? — pergunto.

Ele ri, sem jeito.

— Por que não? Você é supermeigo... e é vidente. O que mais há para dizer?

Eu me sinto um idiota. Conte comigo para arruinar um momento que deveria ser romântico. Mas ele não poderia ter escolhido pior hora para soltar a novidade.

— Entendo se você for hétero — continua ele. — E tomara que não seja homofóbico e que isto não arruíne nossa breve amizade, porque gosto do que temos até o momento. Eu só queria me abrir.

— Não, nem um pouco. Nenhuma dessas coisas. Quero dizer... apenas não estava esperando.

Gosto de você também, quero confessar. *Mas você é atraente... espirituoso... engraçado... e sou apenas o Jake.*

Mais minutos passam sem alguma mensagem de Fiona, e começo a me preocupar.

— Ei. — Allister chama minha atenção de volta para ele. Espero raiva ou impaciência, mas seus olhos continuam tranquilos. — Não precisa responder agora. Não tive a intenção de te constranger. É que sou o tipo de pessoa que não esconde as coisas. A vida é muito curta para se reprimir.

Amo que ele diga o que sente, e quero tanto o mesmo para mim, porque aqui, no carro, seria um lugar perfeito para beijá-lo.

Mas Allister não compreende que ver fantasmas nem sempre é uma coisa legal. Às vezes é assustador.

Sawyer publicou aquele vídeo de Benji na internet para abrir um abismo entre meu irmão e eu. Nem sempre o vejo, e não sei como faz aquilo, mas ele me segue para todo lado. E tentaria machucar Allister se visse que estamos nos aproximando.

Allister falou que eu não precisava responder, mas está desapontado. O ar estava salpicado por um suave brilho rosado, mas agora parece se fundir em um azul melancólico. Os olhos de Allister acompanham o cair das folhas através da janela. Seus dedos tamborilam no console central.

O silêncio parece me implorar para dizer qualquer coisa, mas eu... eu...

Uma mensagem de texto apita no meu celular, me lembrando do motivo de estarmos aqui. Allister se inclina para perto e a lê comigo. *Janela dos fundos, janela quebrada, SEM TELA. Livros nas prateleiras e no armário. Na ponta dos pés! Mantenha a porta fechada! Você tem 5 minutos!*

Eu a imagino dizendo à mãe de Sawyer que precisava ir ao banheiro, e então, tomando para si a responsabilidade de explorar outros cômodos nesse meio-tempo. Que gênia. Mas cinco minutos não são nada.

Começo a saltar do carro e, em seguida, ouço.

— Espere — Allister abre o porta-luvas e pega um par de luvas, que parecem feitas para malhar. — Use isso. Assim, se chamarem a polícia, serão minhas digitais nas coisas.

— Allister... por favor.

— Jake... relaxe. Não existem digitais em luvas. Foi uma piada. Apenas as coloque.

— Ah... tá!

Calço as luvas depressa. Quanto tempo tenho? Não muito. Provavelmente tipo quatro minutos e trinta segundos a essa altura.

Salto do carro, fecho a porta gentilmente atrás de mim e disparo em uma corrida furtiva por entre as árvores, na direção do galpão. Ajeito o capuz do moletom sobre a cabeça. As folhas caindo das árvores também são vermelhas, então vou parecer um fantasma entre elas, camuflado de algum modo.

Gravetos e folhas estalam sob meus pés. O galpão parecia mais próximo lá de trás. É uma construção isolada, mais afastada da casa do que eu imaginaria que um galpão deveria ser.

Há um homem fantasma e um cervo espectral atrás do barracão. O homem fantasma é um caçador, pendurando o rifle nas costas, conseguiu uma presa fresca. Ou assim ele pensou. O cervo, supostamente morto, ergue a cabeça, cravando a galhada no peito do caçador. Ambos explodem em luz.

As árvores formam um organismo de tendões partidos e nervos cortados, e através dessa rede eu dou a volta até a casa de Sawyer enquanto as profundezas da floresta me puxam em sua direção, me desafiando a continuar correndo.

Talvez eu pudesse serpentear pelas árvores e apenas me perder. Deixar meus pés me levarem a algum lugar novo.

Uma rajada de vento levanta um tornado de folhas à minha frente. Na poeira se agitam partículas de um azul elétrico. Ectonévoa. A tempestade não abranda e surge como um gigante diante de mim, como se o universo tivesse construído uma barreira inquebrantável.

Então dou meia-volta. Viro à direita. E passo apressado por garrafas de cerveja vazias, um velho trator enferrujado e arbustos espinhosos que agarram a bainha de meus jeans, e por baixo de um vespeiro pendurado em um galho, como um linfonodo infectado.

A visão da casa de Sawyer me embrulha o estômago. Verde-vômito com um telhado baixo tombado pela umidade, aparentemente construída para uma ou duas pessoas.

Corro em direção à casa o mais silenciosamente possível, ergo a janela quebrada e subo por ela. Meus tênis guincham contra o assoalho. Esse quarto... é um quarto? Ou um calabouço de sapatos, roupas, desenhos e frascos de comprimidos? Há ainda... pratos sujos, cigarros e cerveja.

Nojento... Posso ver por que alguém criado aqui enlouqueceria.

Um ventilador gira tão rápido no teto que chacoalha para a frente e para trás. A estante exibe flores e cartões de solidariedade. A fotografia de Sawyer no centro, com um sorriso largo. Nas prateleiras, há alguns livros; *A anatomia de um luto*, *Living in a Gray World*.

Mas quero o armário... ela disse para procurar no armário...

Caminho na ponta dos pés até o armário entreaberto. O riso ensaiado de Fiona chega abafado da sala de estar. A mãe de Sawyer responde. O piso range sob meus pés novamente.

— *Porra* — sussurro.

Uma mensagem de texto de Fiona: *Ficando sem assunto. Me avise quando tiver terminado a busca.*

No armário há uma caixa de tamanho médio na prateleira de cima, e uma montanha de roupas no meio. Talvez haja um cesto sob elas. Se for o caso, não consigo vê-lo. Não dá para tirar todas essas roupas. Então piso na pilha e começo a escalar.

Estico o braço e tateio sob a caixa. É pesada.

Mando uma mensagem para Fiona: *por favor, faça algum barulho.*

Primeiro, o volume da voz dela aumenta, depois ouço vidro se quebrar.

— Sinto *muito*!

Porque imagino que estamos ferrando com a casa toda, puxo a caixa o mais forte que sou capaz e cambaleio para trás. Caio de costas no chão, com uma avalanche de coisas atingindo a mim e ao piso. Eu me viro, ignorando a dor na testa, e vasculho os itens. Papel de presente? Uma chave inglesa? Um buquê de flores mortas. Romances e...

Uma brisa sopra pela janela aberta, carregando poeira azul, que abre a capa de um diário, vira as páginas e fecha a contracapa.

— Obrigado, ectonévoa — sussurro, enquanto folheio o diário.

Dentro diz: PROPRIEDADE DE SAWYER. NÃO LEIA.

— Ah, definitivamente vou ler, seu escroto.

Meu telefone vibra, o que me intriga. Uma mensagem de Fiona na tela: *SAIA AGORA*.

A porta se abre e uma pessoa entra. Uma garota com o nariz adunco de Sawyer, pele pálida e cabelo louro. Ela para de súbito quando me vê. Nós dois congelamos.

— Ah, oi! — cantarolo. — Sou o organizador. Estou ajudando sua mãe a se organizar.

Deus, isso foi horrível.

Com o rosto distorcido de desgosto, ela dispara do quarto aos berros:

— MAMMÃÃÃÃÃE!

— Merda! — Caminho ao redor dos itens da caixa. Devo tentar fazer parecer que não estive ali?

Pego a caixa, mas ela tomba, cuspindo fitas, livros e velas. As velas exibem os rótulos RESORT NA FLORESTA e MADEIRA MOLHADA. As fitas estão etiquetadas QUINZE ANOS DO SAWYER e **ANNIE: BAILE**.

Enfio o diário no jeans e disparo pelo quarto quando uma voz grita no fim do corredor:

— MAMÃE, CHAME A POLÍCIA!

O caderno cai enquanto levanto a perna até o peitoril da janela. Mergulho atrás dele, o agarro e me lanço para fora, aterrissando na grama lamacenta, o diário pressionado contra o peito.

Saio correndo de volta às árvores e passo pela varanda, onde Fiona voa pela porta da frente.

O carro de Allister está escondido, então não consigo vê-lo, mas nossas vidas estão em perigo. Enquanto corro, a névoa me suspende, me impulsionando mais rápido do que eu pensava ser possível, roçando meus dedos apenas nas pontas das folhas, até me chocar contra o Hyundai, me jogando no banco traseiro. Fiona entra como um torpedo atrás de mim.

— ACELERA! — grito para Allister, que está atrapalhado com as chaves.

— Ah, merda. — Ele enfia a chave na ignição, engata a marcha e acelera de volta pela floresta.

A mãe de Sawyer desce correndo os degraus da frente, segurando um revólver.

— Ei!

Allister manobra o carro em um círculo, por pouco não acertando uma árvore.

Dirigimos por uma colina enquanto a senhora dispara a arma. BANG!

— AAAAAAHHHHH! — grita Fiona, se jogando no chão.

Eu me viro para trás, de modo que a arma da mãe está na altura dos meus olhos. Se ela atirar, pode quebrar o vidro traseiro e me matar. Allister acelera, e eu me lembro da placa, coberta com o cartaz de Fiona... DESCULPE.

A sra. Doon abaixa a arma e nos deixa partir, observando com indiferença soturna enquanto Allister manobra pelas árvores e perdemos a casa de vista.

Quando chegamos à rua, Fiona se joga no banco e se encolhe, rindo, o cabelo solto e rebelde ao seu redor.

— Que ADRENALINA! QUE ADRENALINA!

Allister está balançando a cabeça.

— Vocês são malucos. MALUCOS. Vou arrumar novos amigos, ok? Juro por Deus.

Sorrio, abraçado ao diário. Estou com ele. Levei a melhor sobre Sawyer Doon.

Allister verifica os espelhos e pisa fundo pela estrada, deixando um rastro de fumaça de escapamento para trás.

JAKE

— Leia. — Os dois me pedem enquanto damos no pé. — Leia em voz alta.

Gaguejo na resposta.

— Eu devia... hum... Eu devia ler sozinho primeiro.

Fico feliz de ter tido ajuda para recuperá-lo, mas não quero dar a meus amigos mais do que eles podem aguentar de uma vez. E sei que o que quer que esteja escrito aqui será aterrorizante.

Quando chegamos na minha casa, Allister salta e caminha até a minha porta.

— Lamento se o deixei constrangido hoje — diz ele.

— Tudo bem. Não é nada comparado... a todo o resto.

— Eu sei, mas me avise se precisar de qualquer coisa. Sério. Mesmo como um amigo.

Ele desce a escada da varanda como se cada passo carregasse o peso do mundo. Meu coração parece igualmente pesado ao observá-lo partir da entrada da garagem.

Corro para o andar de cima, caio na cama, abro o diário e leio.

Leio, sobre a mãe de Sawyer.

Leio, sobre seu psiquiatra, sua irmã e seu tio.

Mal consigo digerir as palavras da mente desse garoto. Bem, fantasma sem juízo. Um perseguidor morto que certa vez foi um ser humano tentando sobreviver à casa e à escola, assim como eu. Não apenas um espírito aparecendo aleatoriamente e sumindo, mas um ser humano pleno que certa vez esteve aqui, tentando navegar pela vida, assim como eu.

Assim como eu...

Assim como eu...

Jogo o diário debaixo da cama e me aconchego para uma soneca sob o último raio fugidio de luz. Provavelmente acordaria bem a tempo para ficar desperto a noite toda.

Assim como eu.

Ele aparece em meu pesadelo, me perseguindo pelos corredores da St. Clair. As luzes piscam e o tiroteio explode como um bate-estacas. Aquilo me faz acordar, ensopado de suor, com uma dor no peito.

Os lençóis estão molhados, então eu os arranco, enfio na lavadora e pouso as mãos sobre o tampo da máquina enquanto o ciclo se inicia.

As palavras de Allister voltam em um piscar de olhos... *Eu meio que tenho uma queda por você.*

É fofo. Empolgante de verdade. Palavras como aquelas deveriam me fazer sentir bem. Em vez disto, apenas parecem difíceis de acreditar. Não estou convencido de que não eram parte de algum sonho. Porém, se ele realmente gosta de mim, o que é recíproco, isto significa que interações sociais normais estão acontecendo de um modo não caótico em minha vida. Não me lembro de me tornar digno de algo tão bonito.

Entro no chuveiro e esfrego o cheiro de suor na água morna. A água escoa pelo ralo e desejo poder fazer o mesmo. *Não faço a menor ideia de como um dia vou contar a alguém que sou gay.*

Eu não poderia andar de mãos dadas com Allister na escola, como os casais normais, porque todos nos julgariam com mais rigor do que julgam garotos gays brancos. Garotos gays brancos podem ser gays porque gay é tudo o que são. Allister e eu... nós somos negros *e* gays, e ser as duas coisas colocaria um alvo em nossas costas. Nada de beijos em público, ou aqui em casa. Na casa dele ou às escondidas seriam as únicas opções. Não existe possibilidade de Allister Burroughs, leve como o vento, desejar esconder seu amante do mundo.

Se as coisas ficassem sérias com Allister, eu o colocaria na mira de Sawyer.

Sawyer vai simplesmente acabar com a alegria. Quanto mais feliz eu ficar, mais longe ele irá para destruir minha alegria. É tudo o que ele sempre quer fazer.

— Você tem um corpo bonito, Jake.

Meus olhos ardem com a espuma química do xampu. Através dos respingos na cortina de box transparente, um par de olhos azuis me observa do outro lado.

Sawyer fecha a mão na cortina e a puxa.

Sua boca se abre; os olhos se enchem de escuridão. Um vórtice se forma entre o meu rosto e o dele quando ele suga uma poeira índigo arenosa para dentro das cavidades do rosto.

Eu me liberto e desmorono na parede, o joelho batendo no registro do chuveiro. Ao passar as pernas por sobre a banheira, eu fecho a água, então atravesso o corpo do garoto. O toalheiro acerta a palma da minha mão enquanto montes de fumaça, louro-claro, cinza-escuro, explodem ao meu redor. A essência de Sawyer, se rasgando e se juntando no formato de uma mão ao redor do meu pulso. A mão puxa para baixo.

SNAP! Os ossos de meu pulso estalam quando o toalheiro é arrancado da parede, gesso pendurado nas extremidades. Pego a toalha na barra arruinada e a enrolo na cintura, tropeçando na direção do espelho. O gabinete da pia me ampara, em seguida jogo a cabeça para trás e me descubro que estou sozinho. Sei que ele está atrás de mim, mas meu reflexo não. Posso apenas senti-lo... um formigamento na nuca, um arrepio na espinha, a ponta de um dedo percorrendo o meu corpo.

— Vi que fez novos amigos. — É somente sua voz agora, seu hálito é como um vento gelado atrás da minha orelha. — Quis o mesmo certa vez, mas esse sonho morreu muito antes de mim.

Ele sabe que gosto de Allister, me dou conta em pânico.

— Pessoas. Não. São. Boas.

Ele pode fazer dele sua próxima vítima.

— Pessoas. São. Más.

Ele sabe que peguei o diário?

É possível que não. Mais possível que sim.

Tenho que fugir do banheiro e esconder o diário em um lugar melhor; ele vai ficar ainda mais violento se souber o que fizemos.

Ele me empurra contra a pia, que acerto com o quadril. Ele mergulha a mão pela minha. E, no espelho, minha pele se ilumina até ficar dois tons mais clara que marrom, e as íris castanhas de meus olhos parecem envoltas por um azul frio. Sorrio contra a vontade e noto um dente quebrado na boca, um encardido amarelado incomum nos dentes.

Uma imagem mental... Allister nu na minha frente, seus braços, pulsos e tornozelos envolvidos por heras serpenteantes.

Aquele pensamento... não era meu. Era?

Menino bonito que serpenteia com as espadas de flores verde-escuras. É a voz de Sawyer, em minha cabeça, uma sombria melodia country. *Casca de menino bonito, pó de menino bonito.*

Eu me inclino na pia, engasgado, e cuspo. Volto a erguer o rosto para me encarar: meu eu meio branco, meio negro. Há uma coisa preta se movendo em minha orelha.

É... uma fibra fina, articulada, como um pedaço de barbante. Eu a arranco do meu canal auditivo. Ao mesmo tempo, folículos de cabelo crescem em minha cabeça, meus cachos se alisando, como molas esticadas ao máximo, até meu cabelo cair sobre o rosto, igual a cortinas pretas.

E a fibra se estica ainda mais do lóbulo da minha orelha.

Não, não uma fibra. Uma perna. Duas pernas, se esgueirando do meu ouvido e se agarrando em minha orelha. Uma aranha. Bulbosa e marrom, com detalhes em preto, se espremendo para fora da minha cavidade auditiva.

Sangue goteja pelo meu maxilar conforme a aranha rasteja pela lateral do meu rosto, até se aninhar em meu cabelo. Dou um tapa em minha cabeça e não sinto nada, a não ser minha cabeça. O cabelo ainda curto, apesar de como parece no espelho.

Estou imaginando aquilo.

Não estou?

A aranha cai na cuba da pia, deixando um filete do meu sangue em seu rastro, pernas dançantes.

O lado esquerdo do meu rosto é um buraco para o vento soprar direto até o cérebro.

Sussurros... sussurros que não consigo compreender. Sussurros e o gosto de sangue, e depois de bile, rugindo garganta acima. Eu, me inclinando na pia para vomitar. Uma barata saindo pelo ralo para me saudar.

Uma barata, duas baratas, três baratas. Quatro. Subindo pelo lavatório com urgência.

— Ah... meu Deus...

Parece... uma inundação de baratas fugindo de alguma colônia escondida nos canos da minha casa.

Isso é real?

— O que está acontecendo? — grito para o céu, como se Deus fosse me responder. Como se um dia já o tivesse feito.

Cambaleio para trás e caio sentado, e estico a mão para o armário debaixo da pia... para trás e para a frente ao mesmo tempo. Meu corpo não sabe o que fazer.

Sawyer está se observando no espelho, encarando um reflexo vazio.

— Acredito que você pegou algo que me pertence.

Deve haver algum desinfetante que possa borrifar nelas. As baratas se espalham. *Sim, deve haver um desinfetante de banheira que vai resolver o problema e matá-las...*

— Por que faria isso, Jake? O que está esperando encontrar nas páginas daquele diário? Uma explicação do motivo que me inspirou a matar? Por que continuo a matar? Não acha que poderia simplesmente me perguntar, em vez de agir pelas minhas costas?

— Você nunca... — Há tantas baratas. — Você nunca fala comigo de modo normal. — Baratas caem no chão como paraquedistas, se espalhando em uma missão, aparentemente a de preencher o vão entre as cerâmicas... de devorar o banheiro. — Dê o fora da minha casa. — Minha voz soa baixa e nítida.

Sawyer vira o rosto de repente para me encarar enquanto uma lufada de vento varre o ambiente, soprando-o para trás, embaçando sua visão através do ar gélido.

— Jake!

Um punho explode contra a porta. Agarro a maçaneta e fico de pé conforme uma barata rasteja pela minha perna nua.

Benji esmurra a porta enquanto me tremo todo.

— Ei, Jake! Dá para *ficar quieto*?

— Quer saber por que eu os matei? — Sawyer está lutando para se manter intacto, os olhos afundando pelas veias atrás de seu rosto e cortes lhe rasgando os braços, erguendo uma fumaça de sangue no ar.

O exorcismo... Meio que funcionou dessa vez.

Meio que está funcionando.

— Eu os matei porque odiavam pessoas como nós. Eles odiavam os *gays*. Pessoas que odeiam gays não merecem ficar aqui. Não acha?

Sei o que ele quer... entrar na minha cabeça. Mas estou no controle agora e, quando pisco para as paredes, para as baratas, suas entranhas explodem e evaporam, como a pele de Sawyer. Posso fazer isso parar de acontecer. Minhas pálpebras pesadas como um par de marretas atadas a sua vida útil.

Eu me vejo no espelho mais uma vez; cachos crespos, olhos castanhos e pele negra. De volta ao normal.

Nada de baratas.

Nunca houve nenhuma barata.

Eu as imaginei. Sawyer as imaginou... para mim?

Ali está ele, ainda me observando do outro lado do banheiro, como se esperasse por uma resposta. E as baratas rastejam pela lateral do seu rosto, desaparecendo dentro de suas orelhas, cabelo e cabeça.

Um sorriso se abre em seu rosto, e sua expressão se suaviza, como se fosse um querido e só quisesse ser meu amigo.

— Não concorda? Não acha que todo mundo que quer separar você de Allister merece morrer?

— *SAIA DA MINHA CASA!*

O grito envia ectonévoa dilacerante pelo seu corpo, então ele se rasga nas bochechas e no peito, o corpo se abrindo no pescoço e joelhos, até que explode em uma rajada de fumaça vermelha que, em seguida, escapa pelas frestas da porta.

A cortina do boxe ondula como a chama de uma vela e as dobradiças chacoalham atrás dele.

Quero acreditar que é o fim.

Fujo do banheiro, entro no meu quarto, desabo na cama e me enfio debaixo das cobertas. A noite se adensa.

Se ele entrar de novo na minha cabeça daquele jeito, vou perder. Minha orelha ainda dói por causa da aranha espectral, e a minha pele está arrepiada por causa das baratas.

Os insetos... os insetos com os quais ele brincava na floresta, pelos quais ficou tão chateado quando a irmã os jogou fora. Aquela lembrança cria agora uma fonte de sua força e de seu terror. Ele pode aliciá-la quando desejar e usá-la contra mim.

Eu me levanto da cama e arrasto o diário debaixo dela. Se conseguir entrar na mente de Sawyer, poderia me preparar. Nenhum de seus truques me surpreenderia, porque eu saberia tudo o que ele escreveu. E estaria sempre um passo na frente.

Não tenho muito tempo, porque não posso suportar muito mais.

Estou quase no fim do diário... só restam alguns itens.

Quase no cerne do que transformou Sawyer no monstro que é hoje.

SAWYER

Querido diário,

Não sei que dia é hoje. Este pode ser o relato do fim da minha vida. Mas ainda não estou certo. Hoje foi bem ruim. Fiquei em casa. Usei durante todo o dia uma camiseta extragrande da colônia de férias da igreja, no Lago Lanier, porque me lembrava do avental que vestia na clínica. Me senti muito deprimido para me mexer, mas fiz isto quando o tio Rod veio consertar o ventilador de teto e fui para o sofá.

Ele me chamou de volta ao quarto, então reuni minhas forças para retornar. Ele estava em uma pequena escada, mexendo no ventilador. Disse que queria que eu o visse fazer aquilo. Desmontou as pás do ventilador. Não ofereceu nenhuma instrução. Apenas queria que eu assistisse. Ele me perguntou sobre a faculdade. Falei que ainda não tinha decidido se queria cursar uma. Avistei a sacola da minha mãe no balcão; ela a havia deixado ali, e talvez só se desse conta ao chegar à lanchonete.

Tio Rod desceu da escada, disse que a minha mãe estava me defendendo outra vez, e que eu não podia deixar ela continuar a fazer isto. Eu disse que sabia, que eu precisava assumir minhas responsabilidades. Ele disse que, se eu deixasse o lugar, ele sentiria saudades, e eu disse que eu também, muito embora fosse mentira — não me importo nem um pouco com minha relação com tio Rod.

Ele desafivelou o cinto de ferramentas e saiu do quarto.

— Vamos, Sawyer.

Eu o segui, nós paramos na sala e ele abriu os braços para um abraço.

— Manda ver.

Sei que o tio Rod não é do tipo que abraça. Eu não estava pensando. Apenas fiz o que ele pediu. Então nos abraçamos.

Não acho que tio Rod tenha amigos.

Ele enganchou os dedos nos passadores e desabotoou a minha calça.

— Só relaxe.

Por algum motivo, lembrei de quando fui pescar com Bill. Pegamos peixes e simplesmente os observamos se debater no deque com o anzol na boca, jogando-os de volta quando ficavam quase sem ar.

Os dedos de tio Rod agarraram os ossos dos meus quadris e me guiaram até o sofá. Ele baixou o zíper da própria calça atrás de mim.

— Preciso ir ao banheiro. — Eu ia vomitar e não podia fazer aquilo no sofá da minha mãe.

— Não se preocupe, Sawyer — disse ele. — Vai ficar tudo bem.

— Podemos ir para o meu quarto?

Ele tapou a minha boca com a mão.

— Shh. — O hálito de cerveja borrifou minha orelha.

O gosto quente do rosbife que comi mais cedo queimava a minha garganta.

— Por favor, podemos ir?

Enfim, ele concordou.

Ouvi os insetos através das paredes da casa. Eles deviam ter se enfiado em suas pequenas tocas. Estava esfriando. Mas as cigarras estavam vibrantes, cantando como se aplaudissem alguém. E eu me perguntava qual de nós, tio Rod ou eu, merecia ser punido enquanto toda a floresta cantarolava com o vigor da vingança.

Meu último momento de liberdade foi atravessando aquele túnel para o meu quarto com a mão de tio Rod no meu ombro. Meu jeans ainda estava amontoado ao redor dos meus tornozelos, então precisei me equilibrar. Achei que fosse tropeçar. As mãos de tio Rod não me largavam.

No quarto, disparei para o armário com tamanha velocidade que ele precisou me soltar.

— Sawyer! — gritou ele, como se eu fosse um cachorro que fugiu da coleira.

Mergulhei em meu armário atrás de armas e peguei o que consegui.

Eu girei com o fuzil e o acertei na mandíbula. Ele cambaleou para trás com a mão no queixo. Saí do armário, o AR-15 apontado para a testa dele.

— Se afaste de mim — ordenei.

Ele obedeceu, erguendo as mãos, sorrindo nervoso.

— Sawyer... vamos lá...

Mandei ele tirar a roupa. As palavras saíram no pânico. Eu não sabia o que fazer a seguir.

— Sawyer... — Ele tirou a camisa. O torso era pálido. Os pelos se enrolavam ao redor do umbigo como uma cobra parasita. Nada que eu quisesse ver.

Comecei a baixar a arma, mas o gosto de vômito voltou.

— Largue isso, Sawyer.

Mamãe tinha aparecido na porta, uma sacola esquecida pendurada no ombro. Ela segurava um revólver, que estava apontado para a minha cabeça.

Havia tantas perguntas para as quais ninguém ao meu redor tinha as respostas...

Como, por exemplo, por que existo? Qual é o meu propósito?

Ninguém nunca me deu um bom motivo para sair da cama todos os dias.

— Largue a arma, Sawyer — exigiu minha mãe, a voz trêmula. — Agora.

— Não sei o que aconteceu, Joy — disse tio Rod, exibindo sua melhor expressão de medo. — Ele apenas... se voltou contra mim assim.

Meu coração afundou no peito. Mamãe me encarou como se eu fosse um estranho violento, alguém que ela nunca havia visto. Acreditando em cada palavra daquela mentira.

Eu abaixei o cano para mirar no joelho de tio Rod.

Quantas pernas são necessárias para sobreviver?

O dedo de mamãe brincava no gatilho.

— Sawyer... — avisou ela.

Atirei no joelho de tio Rod e sangue espirrou da rótula, como se estivesse ansioso por deixá-lo. As cápsulas da minha arma pularam sobre o meu ombro.

Uma pequena risada escapou. *Morra*, pensei quando seu rosto se contorceu e ele se inclinou para o lado, como uma aberração de circo com uma perna de pau quebrada.

Um grito. Um BANG! E meu ombro se abriu em tiras de tecido ensanguentadas. Uma dor esbravejava através de meus tendões, veias e dedos.

Um fiapo de fumaça espiralava da arma da minha mãe. Seus braços chacoalhavam como maracas. Ela atirou em mim, e seu queixo caiu, como se não pudesse acreditar no que havia feito.

Mas eu podia.

Passei por ela ao sair do quarto, enquanto ela se colava à parede.

— Sawyer! — gritou ela, aflita e suplicante.

— Atire! — berrei. — ATIRE DE UMA VEZ!

É o que ela sempre quis, se livrar do filho maluco, e aquela era sua chance de acabar comigo.

Porém, ela não fez isso. Ela me deixou fugir. Então peguei as chaves da caminhonete do tio Rod na mesa da sala. Um dos braços sangrava, a manga inteira ensopada com o sangue. Na mão livre, eu segurava a arma.

E este é meu último relato. Acabou.

Tio Rod, até onde você teria ido? Mamãe, você está preparada para dizer a todos os pais em Heritage que perderam alguém como você fracassou como mãe e atirou no próprio filho porque ele estava tentando impedir seu irmão de estuprá-lo?

Polícia: estou prestes a levar o AR-15 até a minha escola e matar o maior número de pessoas possível. Estou sangrando, nem consigo sentir um dos braços, e vou sangrar até morrer, sozinho na caminhonete fétida do tio Rod. Mamãe não quer me levar ao hospital, então ninguém vai me levar. Vou morrer, mas não vou morrer em silêncio. Nenhuma declaração política ou coisa assim. Não dou a mínima, mas depois de tudo, não vou morrer sozinho. É uma enganação. A vida não é justa. Todo mundo vai descobrir. Adeus.

JAKE

— Jake? — chama a srta. Kingston, me despertando do devaneio. *Você está na escola*, lembro a mim mesmo.

— Aqui.

Não no mundo de Sawyer. Não revivendo o último relato do diário antes de sua morte. Muito embora a lembrança tenha se alojado como um prego torto em meu padrão cerebral desde que comecei a ler, há alguns dias.

Tudo está balançando para a frente e para trás, como um terremoto lento e deprimente.

Sinto pena e tenho medo dele. Não sei o que pensar desses dois sentimentos antagônicos dentro de mim, e talvez eu simplesmente não devesse ter lido aquela porra ou sequer a roubado, para início de conversa. Aquilo me fez algum bem? Quero dizer, saber dos detalhes da vida de Sawyer me mostrou o que o perturbava. Aquilo me dá munição no mundo dos mortos, me proporciona a oportunidade de usar seus medos contra ele de um modo que possa matá-lo. Mas mal sei como conjurar coisas e, em especial, não sei como ele consegue; nada de chicotes, nada de aranhas e, especialmente, nada de colônia de baratas. E mesmo que soubesse, que poder tais projeções teriam contra Sawyer, afinal?

Não tenho dormido, apenas alterno entre meus dois territórios. Escola, casa, escola, casa, escola, casa... não posso ir a outro lugar? O sol nasce e se põe. Carteiras e balcões e cadeiras e camas se alternam. Não consigo me concentrar em uma única palavra que é dirigida a mim porque estou pensando no que farei com Sawyer quando ele voltar. No que ele fará comigo.

A srta. Kingston continua falando:

— Para que o capuz? Tire, por favor.

Não tenho tempo de argumentar.

— Mas estou com frio.

Ninguém deveria ter permissão de me dizer o que vestir. Esta manhã, parado no armário, abri caminho entre meu blazer e camisas para pegar o moletom no cabide, um que raramente uso em público, principalmente com o capuz levantado, por medo de me meter em problemas.

Entretanto, hoje queria me sentir confortável. Algo sobre ser caçado por Sawyer torna essa professora... insignificante.

— Jake — começa ela —, não está frio aqui.

— Para mim está. Sou afro-americano, senhorita. Minha homeostase não foi feita para esse clima. Então sinto frio, mesmo que vocês não sintam.

Uma rodada de risadas se segue. Alguns "o quê?". Não me importo com a atenção. Estou apenas falando a verdade: sinto mais frio porque sou negro. Não é difícil de entender.

A srta. Kingston está vermelha, constrangida e intrigada. Ela inclina a cabeça na minha direção, como se eu fosse uma criatura curiosa sob um microscópio; uma que ela pode esmagar com o salto da bota. É um olhar maldoso, desumanizante e calculista. Ensaiado para intimidar corações como o meu.

Sustento seu olhar. Há coisas piores do que despertar a antipatia de uma mulher branca que se formou na faculdade porque a família tinha dinheiro para mandá-la estudar.

Eu me viro para encarar Fiona, para ver como ela está processando tudo aquilo, e me deparo com um sorriso alegre em seu rosto... ela está vibrando com a situação. Ela também está disposta a correr o risco de ser expulsa de uma sala na qual a sua presença jamais foi bem-vinda. E é o que eu amo nela.

— Humm, tanto faz. — A srta. Kingston revira os olhos e desiste. — Vamos voltar ao tema. Estamos discutindo *As bruxas de Salem* hoje.

Ela ocupa o centro da sala, baixando o olhar para a sua pilha de papéis. Noto como sua gola rolê cinza encobre cada centímetro de seu torso, do pescoço à cintura, de modo que apenas mãos e rosto ficam expostos. As mãos parecem mais velhas do que o rosto.

Ela lê algo.

— Levante a mão se acha que os eventos da peça refletem o feitiço que Abigail lança na floresta com Tituba, mais cedo na trama.

Metade das mãos se ergue, e metade continua abaixada. Fiona não levanta a mão, então mantenho a minha abaixada. Não li a peça. Nunca vale a pena fingir.

— Alguém gostaria de falar mais sobre isso? — pergunta a srta. Kingston, avaliando a sala com um olhar de tédio, que depois pousa em Chad, cochichando com o amigo sobre algo nada relacionado ao livro. — Sr. Roberts?

Chad vira o rosto para encará-la.

— Ah, desculpe, o que foi, senhorita? — As pessoas riem... amam o showzinho dele. — Espera, você perguntou sobre Tituba? Acho que foi tudo culpa dela.

Mais risadinhas. A srta. Kingston revira os olhos, mas há um sorriso em seu rosto também.

Ela recobra a compostura e pergunta:

— E por que é culpa de Tituba?

— Porque todo mundo sabe que Tituba enfeitiçou Abigail e a obrigou a fazer tudo aquilo. Evidentemente era uma vingança de escravos.

Mais risos.

São como aranhas presas em uma armadilha, comendo o meu coração de dentro para fora.

— Entããããão — continua Chad, ciente de que cada palavra vai me destroçar, saboreando a sensação. — Tituba basicamente está manipulando todo mundo para que se voltem uns contra os outros e ela possa decretar a dominação mundial.

Pessoas negras são sempre motivo de piada... talvez porque nenhum livro que a gente leia tenha negros na trama, a não ser como escravizados.

A srta. Kingston olha na minha direção e então se levanta, ereta, afastando um pouco a franja do rosto.

— Enfim, não... acho que isso foi o que Arthur Miller *de fato* pretendia.

Amo como todos apenas seguimos adiante.

— É aula de inglês, certo? — Chad ocupa espaço, muito, na verdade... sempre se senta com as pernas tão abertas que todos ao redor precisam se ajeitar. Um cotovelo está apoiado em Kristen, a garota à sua esquerda com quem ele tem saído desde que terminou com Laura, há uma semana. — Deveríamos ser capazes de tirar nossas próprias conclusões, certo, porque é para isso que serve a matéria, não? — argumenta Chad. — Minha interpretação é de que foi culpa de Tituba. Pense. Quem teria descoberto se foi Tituba?

Pego um lápis de desenho no bolso lateral da minha mochila. Eu os trago porque gosto de rabiscar quando estou distraído. Enfio o lápis no apontador e toco a ponta. Está afiado como uma agulha. A página à minha frente escurece conforme esboço a silhueta de uma aranha.

— Muito engraçado, Chad — diz a srta. Kingston. — Mas não é isso o que Miller estava tentando...

— Uma vez fiz um motorista de táxi me contar sobre as bruxas da África. Elas parecem negras comuns, mas são espíritos maus. E isso corre em suas veias. Passam todo o lance de ver espíritos de geração para geração. Tipo, mesmo afro-americanos tem o dom.

Chad tem muita sorte por Fiona estar entre nós. Isso não pode continuar. Toda aquela coisa de ignorá-lo e deixá-lo se safar. Como deve ser bom ser como Sawyer. Simplesmente dar às pessoas o que elas merecem. Tudo o que quero fazer é quebrar o pescoço de Chad Roberts.

Estou tão tonto, a srta. Kingston encolhe e cresce como se estivesse em uma casa de espelhos. Sua voz soa como se viesse de outra pessoa. Ela não vai me defender. Nunca o faz.

— Alguém mais tem algo a dizer?

Ainda assim, Chad responde:

— Acho que Jake deveria opinar — diz ele. — Já que estamos falando de escravos.

Desisto.

Pego meu lápis, avanço sobre Fiona e apunhalo a mão de Chad, como se enfiasse uma lança na terra, mas é uma pirâmide de grafite encravada entre os nós de seus dedos indicador e médio.

Sangue escuro escorre como lava de sua pele. Enfio o lápis mais fundo e o arrasto, como se estivesse entalhando uma abóbora, então agora seu corpo perfeito e privilegiado pode saborear como é ter algo afiado e zangado dentro dele.

— Ah, meu Deus! — Fiona chega para trás na cadeira e coloca a mão na boca.

Por um instante, a sala de aula inspira em perfeito silêncio. Em seguida, todos os outros também chegam para trás em suas carteiras, como se temessem ser minhas próximas vítimas. O que poderiam ser. Porque também são culpados, por rir. Babacas. Todos eles podem morrer.

Arrasto a cadeira para trás e me levanto, sentindo toda a sala estremecer em uníssono.

Aperto as mãos, caminho e falo por cima do grito ensurdecedor de Chad:

— Eu acho que, na verdade, uma garota branca bem má manipulou Tituba a fazer algo ruim...

— AHHHHHHHHH! — O som estraçalha sua garganta.

Agora estou rindo, e sou o único.

— Acho que Tituba não devia imaginar que outros seres humanos seriam tão escrotos com ela sem motivo. — Amo ouvir meus próprios pensamentos em voz alta. — Talvez Tituba jamais tenha desejado ser parte da peça, para início de conversa. — Pego o livro e folheio as velhas páginas, que lançam uma brisa em meu queixo.

A srta. Kingston dispara até a sua mesa como se sua vida dependesse disto. A princípio, acho que ela está correndo até a janela para pular, abandonando a turma a meu terror, mas então ela estica o braço para a parede acima da mesa... o pequeno botão prateado, como um umbigo saliente, que vai alertar a secretaria.

Chad passa por mim enquanto espero do lado de fora do gabinete do diretor. Ele está a caminho da enfermaria e nem mesmo olha na minha direção, porque aprendeu a lição.

Um minuto depois, estou sentado em frente ao sr. Ross. Suas mãos estão entrelaçadas sobre a mesa, e as minhas, em meu colo. Sua testa é um monte de vincos, porque, imagino, está perplexo comigo.

— O que devo fazer quanto a isso? — pergunta o sr. Ross, e seus olhos vagam até o lápis ensanguentado pousado em um papel-toalha entre nós. — O que você sugere?

— Não sei. O senhor é o diretor... não eu.

Ele se inclina para a frente.

— Eu adoraria ouvir a sua sugestão do que pensa ser justo.

O mundo não parou de girar. Não sei o que Sawyer fará em seguida, e há coisas mais importantes em jogo do que essa escola racista e a reputação do sr. Ross. Foda-se sua reputação e foda-se sua escola.

— Estou esperando — avisa ele.

— Não sei o que o senhor deve fazer. Precisa decidir isso por si próprio.

O sr. Ross pestaneja, confuso ou ofendido.

— Como é?

— Já que esta é a sua escola e, em suma, o senhor tem o controle do que acontece dentro dela, cabe ao senhor decidir.

— O que está insinuando?

— Estou insinuando que não importa o que eu diga. Chad começou, e eu me *defendi*.

— Você se defendeu? Mas não foi você que teve isto — o sr. Ross pega o lápis, depois o larga — enterrado *em sua mão*. — Ele se retrai um pouco, como se não soubesse o que farei em seguida. — O que deu em você ultimamente? Está se comportando como o seu irmão.

Mal troquei duas palavras com esse homem antes. Sempre que sou mandado para a sua sala, ele descobre que o professor era o equivocado. Não há nenhuma justificativa para o modo como sou tratado aqui. Então ele me dá um sermão fajuto e me libera.

Tive motivos mais do que suficientes para enfiar aquele lápis na mão de Chad. Estou cheio dessa merda. Agora ele vai cuidar da própria vida e parar de olhar para mim a porra do tempo todo.

— Chad vem fazendo bullying comigo o ano todo. — Minha voz é um sussurro, não transparece nem um ínfimo da raiva desesperada que sinto. — E ninguém se importa.

— Eu nunca soube disso.

— Porque o senhor não se importaria.

Estou cansado de me conformar com a minha falta de poder. Quando tenho a chance de retaliar as coisas que me irritam e desumanizam? Quando tenho voz para dizer basta?

O sr. Ross se reclina na cadeira e esfrega o queixo com a mão.

— Você atacou um aluno. Então será interrogado pela polícia e enfrentará consequências disciplinares. A família de Chad poderia prestar queixa.

— Eu entendo.

— Veja, não sou racista...

— O que isso tem a ver com qualquer coisa?

— ... mas você compreende que escolheu a violência, em vez de procurar ajuda para o seu problema de bullying?

— Ninguém teria ligado... que parte de *ninguém teria ligado* você não entendeu?

— Ok, filho, você precisa se acalmar.

Há... álcool em seu hálito. Cheira como aquela coisa que Grady me deu. Tenho certeza de que o sr. Ross guarda garrafas em seu frigobar para tornar suas reuniões de professores mais agradáveis. Posso vê-lo diante de uma sala cheia de docentes, quando todos já fomos para casa, dando algum treinamento antirracista meia-boca.

— Eu me livrei de uma distração. — Minha voz sai baixa, mas carregada de orgulho, porque enfim resolvi o problema por conta própria.

— *Me livrei?* — repete o sr. Ross, e as palavras me fazem estremecer quando ele as fala.

Eu entendia por que a srta. Kingston ficava aflita com a ameaça que eu representava para a aula dela. Ela deveria ficar. Há um lado violento em mim, um reflexo instantâneo do qual nem mesmo eu me dava conta. Eu me esforcei tanto, por tanto tempo, para mantê-lo reprimido. Mas essa escuridão que enterrei bem fundo está atingindo o ápice, porque a deixei por muito tempo se acumulando em silêncio. Entendo por que alguém faria o que Sawyer fez, em uma situação em que era a única opção.

Ninguém pode me tocar. Nem mesmo os professores. Nem mesmo o diretor.

O sr. Ross olha para o frigobar atrás dele, como se estivesse prestes a servir uma dose de uísque, e em seguida para mim, como se tivesse achado melhor não.

— Quero ajudar vocês dois a deixar o acontecido para trás. Mas há regras. E, tecnicamente, você começou.

O sr. Ross só levantaria um dedo para me ajudar se fosse a coisa mais conveniente a se fazer, e a verdade é que, nessa escola, sou meio que um incômodo. É incrível a quantidade de pessoas que não querem parecer racistas, e como poucas se importam em, de fato, não ser.

— Então *eu* vou sofrer as consequências e Chad não vai sofrer nada.

É a recapitulação concisa e profissional de nossa reunião que ele se recusa a colocar dessa maneira.

Ross ainda parece atônito, como se o pânico de perder o controle dessa interação pudesse levá-lo à loucura.

— Eu... não disse isso. Não coloque palavras na minha boca.

Seja levado à loucura, sua paródia patética de diretor.

— Mas deixou implícito, sr. Ross. — Ainda educado. Sempre educado. — Não é a mim que esta escola está interessada em proteger. Então, no final das contas, não importa o que eu faça.

Eu me levanto tão rápido que a cadeira cai atrás de mim, mas não me incomodo em ajeitá-la. É um milagre que eu tenha ficado tão calmo como fiquei.

Saio da sala em um rompante e, quando a porta bate às minhas costas, ouço o sr. Ross me chamando:

— Jake. Jake! Sente-se! Ainda não acabamos!

Ele está enganado quanto a isso. Mais do que acabamos aqui. E estou cansado de ficar sentado.

SAWYER

Eu atiro em mim no saguão da escola, entre os gabinetes do diretor e do vice-diretor. Parei de existir. Devo ter parado.

Voltei ao cenário do meu suicídio, balas explodindo através da minha cabeça enquanto policiais com capacete e rifle irrompem pelos quatro corredores, a luz do sol emoldurando suas silhuetas.

Eu me tranco no pesadelo de morrer por um ferimento de bala repetidas vezes.

Havia uma voz que me fez fazer aquilo.

Agora, sibilou a voz. Atirei em mim mesmo. *Agora*, sibilou a voz quando a escuridão se dissipou mais uma vez, na frente daquelas portas pelas quais a luz se derramava, delineando as silhuetas de policiais.

Agora. A voz sussurrante me compeliu na direção que bem entendia; insistindo que a minha morte fosse reproduzida.

Por um instante abdiquei de uma luta que parecia impossível vencer. Nas fronteiras sombrias do momento da minha morte, além daquele corredor aterrorizado, estava uma escuridão que eu não conseguia nomear. Uma tão profunda que eu nunca me encontraria ali dentro.

Escolhi ir ao seu encontro.

Eu me lembrei das pessoas que deveriam ter ficado sob a mira da minha arma, mas não ficaram. E me libertei, me encontrei cercado por corpos de névoa vermelha, que assumiram a forma dos meus inimigos. Lá estavam tio Rod e Bill, parados no pátio dos fundos. Minha irmã jogando minha fábrica de insetos no rio e rindo da minha dor. A névoa carregava a dor do mundo em pequenas centelhas de luz e fumaça. Vi Kieran Waters morrendo, a essência de seus órgãos, ossos e pele se dispersando na luz das estrelas.

Nasci das memórias deles e da minha vingança contra eles.

Eu me lembrei de quem era.

E as criaturas se mostraram para mim, vagando na minha direção de todos os cantos da escuridão, como se o meu renascimento as atraísse. Monstros anfíbios cinzentos cujas pernas se dobravam como as de aranhas.

Eu as segui até o mundo, que me apareceu como a elas, nos locais de maior destruição. Divisões de rodovias, onde carros derrapavam para fora da estrada e pessoas morriam. Leitos de hospital, onde havia lágrimas para sorver dos rostos de mães em luto. Sempre inspirando para meus pulmões o ar denso que saía dos humanos como cheiro de pólvora, usando aquilo como alimento.

Com elas, aprendi a encontrar as criaturas mais miseráveis, torturadas, as que pareciam escapar das próprias realidades, e me agarrei à sua dor, seu pranto, seu silêncio duvidoso.

E meus dedos encontram interruptores de luz e os apagam, apenas para ver o medo arrepiar a nuca delas. Ciclistas pedalam por ruas movimentadas e são lançados na frente de um carro com a ajuda de meu vento violento. Por meio de seus ferimentos, e do caos de pedestres e policiais, eu absorvo o pânico ardente, que enche a rua como uma bomba de fumaça.

Aquilo atinge a minha cabeça como uma descarga de oxigênio, enche meus pulmões com vitalidade, faz minhas mãos tremerem e se tornarem opacas, dá compleição à minha pele. A dor, a raiva, o sofrimento me trazem de volta.

Quando está magoado, Jake queima como a mais escura e mais brilhante luz no universo. Uma onda ambulante de índigo, como uma droga que transcende cada universo.

Vou tê-lo para mim.

JAKE

Tenho oito ligações perdidas da minha mãe. A escola deve estar ligando para ela. Mamãe deve saber o que aconteceu, e que seu filho é violento, o que significa que não posso voltar para casa.

Então caminho em círculos pela vizinhança, as mãos nos bolsos. Um ghoul segue em meu encalço a cada avenida, passando por carros estacionados e cercas, acelerando quando eu o faço, se recusando a me deixar em paz.

Não comi nada desde o café da manhã. Deveria estar com fome, mas me sinto enjoado.

Como sequer vou dar as caras na escola novamente?

Estou envergonhado.

No caminho de grama molhada entre duas vias, eu me viro e encaro o monstro.

— ME DEIXE EM PAZ! — Minha voz é um urro ensandecido.

Uma tempestade irrompe no eco do meu grito. A chuva salpica o asfalto, os pontos se tornando cada vez maiores, castigando as lâminas de grama e fazendo cócegas em meus dedos.

O ghoul abre um sorriso largo. Saliva pinga, densa e viscosa, de sua mandíbula. Ele entende o que eu disse, mas se recusa. Apenas gosta de me provocar e me ver sofrer.

Conforme a tempestade desaba, eu levanto o capuz do moletom, ergo o rosto para o céu e saúdo a força plena da água fustigante. Um relâmpago risca o céu acima de mim, fazendo um *CRACK* conforme acerta alguma coisa. Uma árvore ou um poste.

Não me importaria se me acertasse em seguida.

Em casa, pego o diário em meu quarto, o levo até lá fora, sob o toldo do telhado, e o queimo com o acendedor automático. É revigorante assistir ao couro e às páginas se contorcerem e escurecerem.

Volto para dentro de casa, escura, exceto pelo abajur da sala de estar. Minha mãe está esperando no sofá, com as mãos entrelaçadas entre as pernas.

Dá para perceber que ela sabe. Tento chegar às escadas para escapar daquela conversa, mas ela me detém:

— Jake. Venha aqui.

Vou ao seu encontro na sala de estar, sem tirar os olhos do tapete porque não suporto encará-la.

— A escola me ligou hoje para me dizer que você foi suspenso...

Não confesso o que fiz, mas sinto como se tivesse caído em uma armadilha para admitir minha culpa.

— ... porque você apunhalou um colega? — minha mãe parece horrorizada e confusa.

Não tenho nada a dizer. Não consigo acreditar em quem sou, mas também não é possível acreditar no que são as outras pessoas.

— Passei a maior parte da noite implorando aos pais do garoto que não prestassem queixa. O que está acontecendo com você?

— Eu tive que fazer isso — digo a ela. — Era a única maneira.

— A única maneira de quê?

— De me defender.

— Contra o quê? O que está acontecendo?

— Ele estava me chamando de escravo, e a professora não fez nada.

A minha mãe ergue as sobrancelhas. A princípio ela não fala nada, então...

— Isso vem acontecendo há muito tempo?

— Sim, vem acontecendo desde sempre.

— E você deixou chegar ao ponto da violência física. Por que não me contou?

— Não podia. Eu... eu... eu... — Estou gaguejando e me sentindo histérico, e a tempestade lá fora parece cortar a minha voz, então mal consigo me ouvir. — Só queria resolver tudo por conta própria.

— Você o quê? — Ela inclina o ouvido na minha direção. — Você está balbuciando, Jake... Não consigo te ouvir.

Ninguém consegue. O balão em meu peito... está se enchendo com mais hélio do que posso suportar. Jamais fui capaz de conversar com mamãe sobre nada porque ela nunca esteve presente. Apenas pela metade. E não importa o que não fiz, já que agora pareço um maníaco que atacou alguém.

Como não respondo, ela continua:

— Você não podia ter conversado sobre o assunto com alguém na escola antes de atacar o seu colega?

Como se eu pudesse falar com alguém na escola. Como se eu já não fosse o vilão local, para começo de conversa.

— Você simplesmente espera que eu seja perfeito o tempo todo. E ninguém me escuta.

— Como assim ninguém te escuta, Jake?

— Eles não...

E a única vez que me defendi, a culpa caiu sobre mim, e tudo o que Chad me fez durante o ano, o modo como ele me atormentou, não importa.

O balão em meu peito está prestes a explodir.

— Você nunca ligou quando papai me batia.

Minha mãe fica imóvel, como se minhas palavras a tivessem paralisado.

— É disso que se trata?

Eu me lembro dela vendo meu pai me espancar, depois de eu trazer a revista para casa. Testemunhando enquanto ele me estrangulava contra a parede... ela simplesmente ficou parada, assistindo impassível, como se não houvesse nada que pudesse fazer. Como se eu merecesse aquilo.

— Você não se importou. — Minha voz é um sussurro.

— Jake...

— Você NÃO SE IMPORTOU! — Disparo para fora da sala de estar, abro a porta da frente com força e corro para a chuva sem fechá-la atrás de mim.

Se mamãe está me chamando, não consigo ouvir.

Apenas tenho que correr. Pelas avenidas. Para fora do loteamento e até as ruas.

Não sei por que, mas, quando estou triste, meu primeiro impulso é correr de volta aos lugares que me deixam ainda mais triste. Mas é o que eu faço... não consigo deixar de voltar ao local onde tudo aconteceu.

Quinze minutos depois, estou no parque ao lado da Woburn Drive, meu antigo bairro em South Clark City. Onde os buracos furam seus pneus, mas os parques e os centros de recreação são bem cuidados.

Acho que fui criado ali porque se supõe que os grandes gramados sejam bons para as crianças. Todos vínhamos até esse parque para brincar... eu e meu melhor amigo, Jalen Grey; e Benji, Trevon e Jeffrey. Benji manteve contato com eles depois do divórcio. Eu não. Acho que era um lance de conveniência. Eu brincava com eles porque não havia mais ninguém.

Sempre faço isso. Por que sempre faço isso?

O parque fica atrás de uma fileira de sobrados cujos quintais se debruçam sobre uma quadra de basquete e um parquinho infantil cercado. Nele há balanço, gangorra e gira-gira.

Eu me lembro de jogar basquete na quadra ao lado. Era o maioral na linha de três pontos. Jalen era melhor em *layups*. Ele levantava a bainha da camiseta para enxugar o suor do rosto sempre que fazia uma cesta. Sempre tirava a camisa quando fazia muito calor, exibindo as costas fortes, dois quadrados de músculos onde tudo o que eu tinha eram omoplatas. E sua coluna, como um canal, recolhia o suor.

Eu não conseguia desviar o olhar na época, e não consigo parar de pensar naquilo agora. Sempre volta para me assombrar, o quão estúpido fui ao colocar aquele bilhete no bolso dele. *Você gosta de mim?*, dizia.

Aos catorze anos, quando percebi que era gay, peguei uma revista com uma mulher trans na capa ao sair do posto de gasolina, depois da escola. Era Loretta Moore, estrela de uma comédia que eu queria assistir.

Eu havia visto meu pai vasculhar minhas coisas e queimar o que ele não aprovava. Nada de bruxaria ou feitiçaria. Nada de ghouls, demônios ou wendigos. Apenas Jesus Cristo.

Darcy Carter, Arnold Chase, Koba Kaseem... o fogo lambia meus heróis prediletos quando ele descobria que eu os estava lendo.

Ele achou a revista igualmente depressa.

— JAKE! — berrou ele, o volume sacudindo a casa.

Eu o encontrei na sala de estar, exibindo a revista.

— O QUE É ISTO?

A capa estava rasgada ao meio, bem no rosto de Loretta.

A minha voz não saía; a voz dele não deixava espaço para isso. Eu tremia. Ele não precisava dos punhos para me machucar. O tom e aquele olhar despertavam o terror no meu ser. Seus punhos acertaram meu rosto, pescoço e estômago como blocos de granizo. Saí de casa com o rosto ensanguentado, um peso no estômago. Ele jamais me disse que eu teria que partir, mas eu não podia ficar. Ele tinha certeza. Eu sou gay.

Corri até o parque. Sentei no balanço, arrastando os pés na terra, e mandei uma mensagem de texto para a minha avó. Ela veio me buscar, me deu as sobras do jantar, me deixou descansar no sofá.

A casa da vovó foi onde aprendi a passar os momentos difíceis. Onde aprendi sobre arte, culinária e cultura. Em sua sala de estar há uma ilustração de Ruby Bridges aos seis anos, sendo escoltada até a escola por quatro homens de terno, a palavra NIGGER rabiscada no muro de concreto atrás dela.

— É como quero que você entre naquela escola todos os dias — disse vovó depois que passei para a St. Clair, no verão depois do segundo ano do ensino médio —, de cabeça erguida. Não importa o que digam, entre lá com orgulho e consiga sua educação. Porque ninguém pode tirar isso de você.

Abro a cerca e entro no parquinho, meus pés chafurdando nos gravetos e lama. A neblina no matagal além da cerca é parasítica. A sombra das árvores cai sobre mim com um dossel selvagem, rasgando a escuridão, sibilando no vento.

A plataforma do gira-gira é um disco desbotado azul, amarelo e vermelho. As barras despontam de um poste no centro, como pernas de aranha.

A roda começa a girar quando me sento na madeira frágil.

— Está tudo bem — sussurro.

Não, não está. Quero me encolher e morrer.

Afundando em meu capuz, levo os joelhos ao peito. Um relâmpago golpeia minha visão periférica e emoldura a silhueta de um ghoul, me observando do topo da colina, onde o parque se mescla aos quintais nos fundos dos sobrados. Não me assusta, já que já vi aquela pele sem vida em diferentes lugares. Sei que os lacaios do diabo me querem morto, e isto não me abala.

Uma rajada de vento coloca o gira-gira em movimento, e estou rodopiando. É... vertiginoso.

É apenas um ghoul? Ou existe outro ali, perto dos bancos de piquenique? Do balanço? Do escorrega?

Não sei dizer se estou enfrentando apenas um ou vários ghouls.

Impulsiono meu pé no chão e giro cada vez mais rápido.

Não posso voltar à escola, ataquei um garoto por causa de uma piada sobre escravidão. Não posso voltar para casa, falhei com a minha mãe.

De olhos fechados, torço por um sonho agradável. A fim de escapar para um lugar melhor.

— É pedir muito que eu não seja assombrado o tempo todo? — sussurro para as partículas de poeira luminescente na ponta de meus dedos, como se fossem minha conexão com Deus. — Não posso ter um crush na escola, mesmo que seja um menino? *Não posso simplesmente ser criança?*

Ou estou condenado à escuridão oculta? Prisioneiro do mal?

As perguntas continuam, mas cada vez mais silenciosas, até se tornarem não verbais e inaudíveis, até mesmo para mim.

O que fiz de errado?

O que eu fiz?

Acordo na mais completa escuridão... escuridão que me faz questionar se estou acordado e, em seguida, se estou mesmo ali. Não consigo me lembrar do instante em que apaguei no gira-gira. Somente de infinitas perguntas existenciais se dissolvendo em ruído, engolidas, em algum momento, pelo breu.

Eu me sento e pouso as mãos na terra sob mim e as sinto afundar para dentro e para fora, como se fosse areia. Uma areia preta.

Ectonévoa forma um anel de fogo frio no chão à minha volta, estalando em faíscas de luz azul. O anel se expande, crescendo em densidade e alcance, cobrindo tudo. Silhuetas se erguem dali... corpos cintilantes, se desenvolvendo dos pés à pélvis e à cabeça.

Pessoas brilhantes em aventais e lenços de cabeça, túnicas e turbantes, botas e boinas. Cartolas, *fascinators* e vestidos de melindrosa. As pessoas estão correndo com mochilas, agitando as rédeas de cavalos, cada silhueta ali, depois não mais, dando lugar a novas.

Elas crescem enquanto se movem, a névoa as tornando mais densas, maiores. A névoa começa a retumbar com um coro de vozes, como uma congregação de igreja no fim da missa.

As figuras desaparecem até restarem apenas doze. Cada uma tem a altura de uma porta, empunhando mosquetes, metralhadoras, adagas e sabres. Elas me cercam como um tornado cujo olho se aproxima mais e mais, e caio de joelhos, as mãos erguidas à frente.

Por favor, não me matem.

Mas elas param em um círculo estreito antes de me tocarem, me emoldurando em um anel de luz.

Eu recolho os dedos e abaixo os braços. Elas não estão olhando para mim, mas uma para a outra. Uma a uma, elas se voltam para encarar na direção contrária, virando como peças de dominó telepáticas, conectadas ao movimento uma das outras. Apenas uma está voltada para mim... um homem cuja constelação de névoa sugere uma camisa xadrez, aberta sobre sua regata canelada. Calça larga se agita ao redor dos tornozelos, logo acima das sandálias.

O homem se ajoelha diante de mim de modo que sua cabeça se aproxima da minha, imagino que para se dirigir a mim no mesmo nível. Para ser franco, é simplesmente assustador, porque ele é do tamanho de um monumento. Ele poderia arrancar a minha cabeça se quisesse.

— Jake... — Sua voz me faz estremecer por dentro.

A névoa muda de forma. Solta-se das figuras gigantes, como pétalas de dentes-de-leão em uma forte rajada de vento. O vento se forma ao redor do meu corpo, sopra dentro de mim, instila disposição em meu peito e força em meus ossos.

Como ele sabe o meu nome? Onde estou? Quem são eles?

O homem de névoa se encolhe, mais próximo do meu tamanho.

— Jake? — diz ele. — O que você está fazendo aqui?

Seu rosto, mesmo construído como estrelas, obstruído pela poeira, me parece familiar. Eu o vi em porta-retratos e álbuns de fotografias, a maioria na casa da minha avó. Estilo gângster suave, sempre visto em calção de praia, com um livro e um lápis, ou com um visual elegante: suspensórios, sapatos brilhantes e charutos. Está sempre com mamãe ou tia Sheryl nas fotos. O pai delas, que morreu quando eu era muito novo para lembrar.

E agora ali está ele.

— Vovô? — pergunto.

— Tem algo mau caçando você — avisa ele, balançando a cabeça de leve, como se não houvesse tempo para apresentações. — Algo mau que está prestes a rasgar seu bom espírito ao meio.

— Do que está falando?

— Estou falando de você, dormindo em um parquinho infantil, pronto para deixar *Satã* vencer.

Uma neblina cinzenta se desprende do chão, fora do círculo, e novas silhuetas se formam na matéria de nuvens pretas, como a poeira de uma explosão de bomba. Membros fibrosos, torsos emaciados, cabeças carecas e sem olhos... ghouls; caminham ao redor do círculo, como se estivessem à procura de um modo de se esgueirar para dentro e me pegar. Um dos protetores — com um sabre — ataca e decepa o braço de um ghoul. Fluido escuro goteja da pele amarelada conforme a criatura se verga para trás, sibilando através da escuridão.

Aquela poeira de azul cintilante e os vaga-lumes em balés aéreos sincronizados ao meu redor... jamais foram almas irracionais. O tempo todo eram pessoas conscientes.

Deve ser isso. O mundo de que a srta. Josette me falou, que apenas se revela quando quer. Então... se estavam ali desde o início, por que não me visitaram mais cedo? Cairia bem uma mãozinha dos deuses antes. Ou uma mãozona.

— Não vai querer partir assim... acredite em mim. — A voz do vovô é tão humana que parece familiar, e tão forte que a minha pele vibra quando ele fala. — Você vai querer morrer em paz, tão em paz que os demônios nem notarão quando estiver prestes a partir.

Parte de mim sempre acreditou que ser uma boa pessoa me livraria da danação eterna. Culpa de ser criado na Igreja, para onde meu pai nos arrastava em todos os domingos de minha infância.

O motivo de nunca ter me vingado de Chad, ou respondido a meus professores, ou confrontado Benji ou minha mãe... é porque achava que cada coisa que eu fazia tinha que ser perfeita, ou então sofreria eternamente quando morresse.

River agora deve existir como uma dessas figuras. Alguém com habilidades superiores, adquiridas depois de enfrentar Sawyer. Espero que ela tenha entrado em contato com a mãe.

— Então... se eu morrer aqui e agora, me tornarei algo como você.

— Não vai querer isso...

— Mas e se eu quiser? — Faço um tour pelo círculo de corpos, inspecionando as costas dos guerreiros da minha tribo; seus penteados afro, jaquetas de couro e cartucheiras. Casacos de linho, de seda, mosquetes e sabres e botas de caubói. — Sem ofensa, vovô, mas esse parece um lugar muito mais legal de se estar. Ser capaz de chutar uns traseiros com meus ancestrais? Por que eu não iria querer isso?

— Porque nós não *chutamos uns traseiros* apenas, garoto — anuncia ele, em um tom que me informa, em uma frase concisa, que preciso calar a boca. — Você precisa fazer uma escolha, uma importante. Não posso lhe dizer como viver sua vida... você é um homem agora. Mas eu o encorajaria a continuar vivo, de modo que tenha ferramentas melhores para ajudar a família a prosseguir.

Mas não vou ser capaz de continuar nossa família. Porque não gosto de garotas. E foi isso que sempre me fez acreditar que não vou a lugar algum depois de morrer, a não ser para o inferno.

Meu pai queria que eu falasse como ele, e que fizesse tudo exatamente como ele.

No domingo, após o incidente com a revista, quando o pastor perguntou à congregação reunida na igreja se alguém precisava de orações especiais, papai me arrastou até o altar e disse a ele que havia algo maligno em meu corpo. Eu me lembro de sua mão suada na minha testa, a voz trêmula:

— Guarde este menino, Senhor, seu filho; liberta-o do mal em seus ossos, Senhor.

A congregação murmurava "Sim, Senhor" e "Aleluia, Jesus" para curar o gay com preces.

Me apaixonar por outro garoto não estava em questão, porque estava fora de discussão.

E, no entanto, Allister me faz mais feliz do que qualquer pessoa jamais conseguiu. Ele me mandou uma mensagem de texto no outro dia para me perguntar se eu estava bem, já que eu o havia evitado no almoço. E nunca respondi. Quero que ele tenha uma resposta.

— Vou ser aceito aqui se for gay? — pergunto... sai antes que eu consiga me segurar.

Tudo o que digo tem parecido menos filtrado ultimamente, menos ensaiado. Estou me acostumando a dizer o que sinto. E agora aquela relação descontraída de pensamento-palavra está prestes a foder a minha vida, porque acabo de dizer a um ancestral temente a Deus que sou homossexual.

Deveria ter analisado melhor a declaração antes. É a primeira vez que admito isso em voz alta, e soa como uma palavra suja.

Vejo o punho fechado do meu pai se aproximando do meu rosto, de novo e de novo... uma bola de demolição agressiva, implacável. A névoa ao redor dos meus braços se transforma na evocação de um novo homem à minha frente... um familiar espectro azul e preto.

— *Nunca mais traga algo assim para minha casa outra vez!* — grita ele. — *BICHINHA!*

A minha cabeça acerta a cornija da memória quando ele me acerta o olho. Eu a sinto explodir mais uma vez, da mesma maneira que aconteceu antes, e minha traqueia fica esmagada naquele aperto, contra a parede de nossa sala de estar.

Caio de joelhos, envolvendo com as mãos o punho enfurecido.

Socorro, rezo para ninguém em particular, do mesmo modo que fiz naqueles momentos em que ele me bateu.

Naquela ocasião, não tive resposta. Desta vez, uma voz retruca:

— Deixe-o ir — diz.

Um vento quente desgruda as mãos do meu pai.

Estendo minhas mãos, palmas para baixo; minhas unhas banhadas com glitter estrelado. É como se o punho tivesse se enterrado ali. Os espíritos absorvidos em minhas mãos.

Um rio de luz púrpura corta a escuridão acima. Jatos de gás cor-de-rosa se espalham como fitas através do céu. Tornados violeta, cachoeiras de um verde brilhante, estrelas explodindo em tons de azul-claro e branco. Toda uma nova galáxia de cores.

Vovô está sorrindo. Luz irradia da sua boca como quilates de diamantes. E então ele começa a rir. Ri e ri, jogando o pescoço para trás às gargalhadas, dando tapas no joelho.

Eu me dou conta de que não está rindo comigo, porque não estou rindo. Ele está rindo *de mim.*

— Se pensa que isso muda qualquer coisa entre nós, então é IDIOTA, garoto! Há negros como você, Jake, desde que os negros existem... sabe, você parece um imbecil. Quando você partir, vão nascer muitos mais como você. E vão saber quem você foi, e vão saber que é ok viver, porque *você* viveu antes deles.

Estou tão aliviado. Vovô me trata bem. Como ele tratava meus ancestrais gays? Quando não era ok para ninguém? Eu poderia encontrar minha turma aqui, nesse universo? Seria pedir demais. Tantas histórias para me orientar, para me ensinar que isso é ok. Que há alegria a ser vivenciada, e uma vida a ser descoberta, e redescoberta.

Tenho medo da pessoa que estou me tornando. Enfio um lápis na mão de um cara e dou risada. Minhas emoções? Muito intensas, muito imediatas para que eu as administre. Quem sabe o que vou fazer em seguida? E se eu chegar ao fundo do poço? Metralhar minha turma? Não confio mais em mim mesmo. E se eu me perder... nunca mais receberei a visita de meus ancestrais. Esse é um lugar de heróis. E eles jamais me receberiam.

O gira-gira se manifesta fora do meu círculo ancestral e me encontro deitado, com as pernas dobradas na altura dos joelhos. Minha cabeça está tombada contra a roda, o pescoço parece prestes a se quebrar, e meu braço está esticado como se eu já estivesse morto. Um ghoul gira o brinquedo com um dedo, mantendo um ritmo de caixa de música de madeira empenada, como se sintonizasse minha expectativa de vida.

Quanto tempo de vida tenho?

É um espetáculo e tanto, morrer ao ar livre. Suponha que eu morra aqui. Uma dona de casa, um homem com um soprador de folhas ou uma criança passeando com o cachorro encontrariam meu corpo retesado no gira-gira, morto em um playground, e sua inocência estaria arruinada para sempre. O parque estaria arruinado. Nada mais de risadas e alegria. Apenas um rastro de devastação.

Minha mãe iria ouvir o noticiário e se estilhaçar como uma lâmpada rachada. Desistir ali seria tão injusto com ela. Mamãe teria que lidar com tudo. Portanto, não posso permitir isso. Ela nem sempre me escuta, mas me ama.

Jogo os ombros para trás e o peito para a frente. Parece respeitoso imitar a postura do meu avô quando falo com ele. Espelhar seu poder e força da melhor forma possível.

— Vou lutar com ele — anuncio.

Meus ancestrais entram em formação com um urro coletivo, todos batendo com o punho no peito ao mesmo tempo, alcançando aljavas e cartucheiras dos próprios corações, do fôlego em seu peito. Estão comigo. Como se não bastasse, posso voltar ao Aqui e viver em paz, ciente de que algo glorioso me espera desse lado do destino. Por si só, isso me dá propósito. Por si só, me faz ir à luta.

O ar oscila, ondula e escurece tudo ao redor, como se o universo tivesse mergulhado na água. Os sapatos lustrosos do vovô cintilam até sumir, em seguida suas pernas, a cintura. Meus ancestrais desaparecem com ele, um a um, e logo todos se vão, a névoa os absorvendo de volta a silhuetas amorfas. A luz se reflete na minha direção, emoldurando minhas mãos na energia azul da aura da minha alma. Da aura de todas as suas almas.

— Não quero saber de você pensando em desistir de novo... — A voz do meu avô enfraquece como a locomotiva de um trem cortando os trilhos.

— Não vou — digo a ele. É mais uma esperança do que uma promessa. Não posso prometer nada.

Meus ancestrais me abandonam na escuridão. Um grupo de ghouls se aproxima para ocupar seu lugar, braços abertos, dedos crispados como as garras de um falcão.

Cruzo os braços sobre a cabeça quando as sombras deles descem e seus rugidos rompem a escuridão.

Meus olhos se abrem conforme uma onda de ar frio e úmido invade minha garganta.

Estou outra vez no gira-gira, pernas encolhidas e braços sob a cabeça. O brinquedo está completamente imóvel, e há alguém sentado de pernas cruzadas ao meu lado.

— É um saco saber que sua família não te apoia de verdade.

Reconheço sua voz de imediato. Poderosa e impregnada de incerteza.

Aqui estou eu de novo. O balanço. A cerca. A quadra e as árvores além.

Não tenho pressa de descer do gira-gira. Sawyer se alimenta do meu medo. Eu me recuso a deixá-lo perceber a emoção.

— Você me observa onde quer que eu vá. — Finalmente minha voz soa a pleno vigor.

Ele se vira para me encarar.

— Corajoso de sua parte admitir.

— Você me segue por toda parte.

— Você é um médium. Qualquer fantasma sensato faria o mesmo.

Um vento gélido sopra pelo parque, agitando as folhas das macieiras e as agulhas de pinheiros em murmúrios sinistros.

— O que está esperando? — Sua voz sai como um forcado, pontudo e afiado. — Tente me exorcizar, médium. — Quando ele se levanta, partículas de névoa se enroscam em seus braços e pernas. — Me faça desaparecer. Faça todo o país se esquecer de mim. Faça com que parem de exibir o meu rosto nos noticiários ou de estremecerem quando meu nome é citado. Faça com que parem de tremer sob o peso de minha lembrança. Me risque da existência, se tiver este poder.

— O que aconteceu com Kieran Waters? — pergunto.

Um rosto com uma boca desesperada se desprende da pele de Sawyer, transformando o garoto, momentaneamente, em uma criatura de duas cabeças. Sawyer sacode a cabeça e suga a alma de volta para dentro de suas bochechas.

Ele dominou a arte de aprisionar corpos em trânsito entre o Aqui e o Além.

O gira-gira começa a rodar, lentamente a princípio, em seguida depressa. O parque se move atrás dele, atrás de nós dois, e a cerca se torna um borrão prateado, um campo elétrico gigante. Recobro o equilíbrio e me seguro na grade.

Oito mortos... oito almas em potencial aprisionadas dentro de um fantasma enfurecido.

— Você absorveu a alma de suas vítimas, e agora elas estão lutando para se libertar.

Ele dá uma meia-risada.

— Boa sorte para elas... não têm para onde correr. — Sua voz parece diferente agora; perdeu o sotaque sulista e se transformou na voz de um jovem herdeiro branco conservador.

— Como você consegue?

— Basta sugar a vida quando ela deixa seus corpos. É fácil, Jake.

Ele pula do gira-gira e acaba suspenso no ar. O nevoeiro e a bruma se tornaram tão densos e nos envolveram de tal forma que vemos apenas nossa metade superior.

Sawyer vai até o balanço e eu o sigo. Ele se espreme no assento e se senta, sem atravessar a madeira.

— O engraçado é que eu não queria fazer isso. — Filamentos de energia vermelha se enrolam em seu pescoço, como uma gargantilha. — Não queria machucar ninguém, de verdade. Nunca foi minha intenção.

— Então por que continua fazendo isso?

— O que mais posso fazer? Estou preso aqui... mais vale tirar o máximo de proveito.

— Matar pessoas é o máximo que pode tirar do mundo dos mortos?

Ele fica calado. O gélido olhar azul não demonstra sentimento, nem mesmo a emoção das pessoas que roubou. Se ele assumisse o controle do meu corpo, eu me tornaria um assassino guiado pela sua mão maldosa. Minha ficha criminal me alcançaria, e ele deixaria o meu corpo depois de me levar direto para a prisão, porque Sawyer pode existir em ambos os mundos, mas quer o meu.

Tenho sido o alvo ideal. Faz sentido que ele me escolha, se sua missão é despertar o medo e reunir força.

Mas agora sei que tenho poder no mundo dos mortos. O poder de meus ancestrais.

E os espectros — as mãos de Sawyer estrangulando minha garganta, e os chicotes — só funcionam por causa de minha associação com eles. Por conta da minha lembrança traumática e da memória em meu corpo. Não porque são perigosos.

Se puder descobrir o que se passa na mente dele, e as coisas que o atormentam, posso enfrentá-lo com seus próprios medos. Posso conjurar um espectro poderoso o bastante para eliminá-lo completamente.

— Já passou pela sua cabeça que não precisa fazer isso? — pergunto.
— Que se perguntasse, talvez eu o ajudasse?

Ele solta uma gargalhada.

— Lógico, porque você está doido para entregar seu corpo a um assassino.

— Por que você tem que matar? Algo acontece no cérebro quando você o conecta a outro. Não seria apenas você em meu corpo, seríamos nós dois.

— Então você está me oferecendo uma reabilitação.

— Parece bem óbvio que você precisa. Se tudo isso é um experimento social para ver quanto tempo leva para um cara legal pirar, por que simplesmente não me dar o reflexo instantâneo? Me mostre a mente insana que faz as pessoas não quererem se meter com você... talvez eu possa *usar isso*. A resposta final não pode ser só atormentar as pessoas ou matá-las. O que você ganha?

Aquele lampejo de humanidade irrompe em Sawyer... a criança abandonada que quer amizade como qualquer outra pessoa. É exatamente como preciso que ele se sinta para derrotá-lo. Preciso entrar em sua mente e acessar seus pensamentos mais vulneráveis. Controlar suas motivações, suas fraquezas e seus medos.

— Está me dizendo que não iria reagir se eu o possuísse aqui e agora?

Se isso significasse pôr um fim nesse jogo cruel antes de Allister se machucar...

— Eu não iria reagir — respondo.

Ele não precisa ouvir duas vezes. Sawyer desliza para o meu corpo e não sai do outro lado.

SAWYER

O sangue dele enche os meus braços como um jato de uma jacuzzi. E o parque parece vibrante agora, livre das sombras à margem de tudo. O trepa-trepa, as mesas de piquenique e os arbustos com espinhos explodem em cores sob o branco-gelo da lasca de lua.

Caio do balanço como um peso morto sobre a serragem. Cada centímetro rastejando na direção do gira-gira é como arrastar uma tonelada. Começo a me equilibrar ao subir até a cerca. O vento sopra frio e cortante, e me joga de um lado para o outro, para cima das escadas de concreto e de volta ao bairro.

A beleza da ação manual. Ir de lugar em lugar, ciente de que seu ponto de partida e de chegada não vão desaparecer. Tudo está aqui. Não vai desaparecer.

De volta à calçada, casas e ruas se estendem até onde a vista alcança. Lanço um sorriso e uma piscadela para a placa de limite de velocidade: 15 km. A idade que eu tinha quando Bill se foi.

Eu costumava sonhar com uma casa, como uma criança normal, com garagem e vizinhos. Queria uma mãe que fizesse o jantar e se sentasse comigo para comer. Sim, desde cedo eu sonhava com aquilo, vivenciar como seria.

✤

Quando chego à casa de Jake, estou chorando lágrimas de felicidade.

Ninguém está no térreo para me ver pegar o cutelo na gaveta da cozinha.

Corro até o andar de cima. Invado o quarto do irmão, sem bater. Procuro embaixo da cama e pego sua arma. Estou a meio caminho da porta quando ele percebe o que roubei.

— Jake? O que diabos você está fazendo?

— Não sou Jake.

Desço as escadas tão rápido que quase tropeço. Ele nunca vai me pegar.

Salto para dentro da caminhonete da mãe. Estou enfiando a chave na ignição, arrancando com o carro.

O irmão escancara a porta atrás de mim e cruza a entrada da garagem.

— Ei! Que porra é essa?!

Ele desaparece no espelho retrovisor, e eu grito pela janela:

— BUNDÃO!

A doce adrenalina da fuga! A liberdade.

A textura do volante, o cheiro do couro.

A escuridão da noite se estende à minha frente. Este mundo. Eu sinto falta dele. Da época em que coisas simples, como carros e assentos, pareciam completos por si só. Sem fragmentos de um mundo semiconsciente. Sem confiar nas mudanças de humor dos humanos como energia. Apenas minhas próprias emoções, rugindo no peito e pelo corpo.

Destino: a Ferragens Heritage. Uma fuga interestadual de Clark City.

Com o dinheiro da mãe de Jake e graças ao nariz dele, entro na loja e me sinto embriagado com os aromas de madeira, óleo e tinta. Coloco na cestinha um par de luvas de jardinagem, fósforos, uma lata de querosene. No caixa, dou risadinhas como uma criança em uma loja de brinquedos. O funcionário é um nerd com um pescoço comprido e entradas no cabelo. Ele me olha enquanto registra os itens.

— Algum problema? — Eu o desafio. Minha nova voz é mais grossa. É como sempre achei que minha voz deveria soar.

Ele sorri e balança a cabeça.

— Não, senhor.

Foi o que pensei.

Deixo a loja com um aceno de cabeça para o segurança e volto para minha nova caminhonete. Nunca aprendi a dirigir, mas bater não é um problema. Se Jake morrer, simplesmente vou encontrar outro corpo para espreitar das árvores e atacar quando estiver pronto.

JAKE

Minhas mãos, em espasmos. Meus pensamentos... barulhentos, rápidos, zangados, tudo ao mesmo tempo. Imagens e lugares que jamais vi atravessam a minha mente. Dois homens brancos em uma floresta, um com um chapéu de caçador, o outro com um chapéu de sol cáqui.

Odeio os dois. Estou indo atrás deles.

Até onde está disposto a levar essa situação? Uma pergunta dispara como uma pistola em minha estática mental.

Vocês vão pagar vocês vão pagar vocês vão pagar vocês vão pagar

Os pensamentos dele são como explosões em loop, e as curvas se repetem. As placas de pare, de contramão, de limites de velocidade, tudo apenas passa. Os quebra-molas, barreiras de trânsito e tudo aquilo ficam em segundo plano em relação à velocidade do carro.

SAWYER

Eu me lembro dos sinais de trânsito apenas depois que os avanço. É melhor que estejam na cor certa, porque não vou parar. Se alguém for atingido, paciência.

PARE, grita uma voz em minha mente, um prisioneiro mantido em cativeiro. *ME DEIXE SAIR.*

Não me diga para relaxar não me diga para relaxar não me diga para relaxar

De qualquer modo, jamais aprendi a ler as placas. Apenas operei um veículo com tração nas quatro rodas uma vez, com Bill, então não sei dirigir. Porém, se morrer neste corpo, nem mesmo fará diferença, porque vou ter conquistado a morte, e sei que nada é permanente, então não há nada a temer.

Uma dessas luzes na escuridão é a lua, em alguma fase entre estar lá e então não mais.

Meu coração me bombeia combustível. O ritmo ecoa nas paredes de meu peito como o tique-taque de uma bomba-relógio prestes a explodir.

As paredes úmidas do anexo, meu santuário fora do caminho habitual do lar da minha infância, são do que me lembro melhor. A hera tão abundante que se esgueirava para o interior. O luar que se infiltrava crescente pelo alto da porta quando a lua estava cheia. Os raios que cintilavam nos potes de vidro, que fervilhavam com insetos torturados no buraco do banheiro; mariposas sem asas, aranhiços sem nenhuma das pernas compridas. Eu arrancava partes de seus corpos com pinças e os sufocava com os camaradas mortos.

Tudo o que vejo agora é madeira. Nessa escuridão, nogueiras, pinheiros, bordos e carvalhos aparecem sozinhos. Eu os vejo atingidos por raios, casas destruídas e pessoas dentro delas. Carros batendo em árvores. Balcões em chamas desmoronando, pessoas queimando com eles. Estilhaços despontando de dedos e canelas de crianças... membros ensanguentados amputados do corpo das pessoas. Folhas marrons e vermelhas, caindo por toda a parte.

Venho de uma família de adoradores de árvores. A cabana de tio Rod fica na curva de uma floresta despretensiosa e não identificada no norte da Geórgia. Eu não o vi visitar Annie e mamãe, que ainda vivem juntas naquela casa. Annie não tem feito nada, a não ser dormir e chorar desde a formatura. Minha mãe só trabalha, fuma e olha fixo para o vazio além das janelas.

Sempre que a visito, ela se vira para a escuridão, a fim de me encarar.

— Sawyer? — soluça, e a súbita faísca de luz me rasga a pele como um relâmpago, me ofuscando.

Reatores elétricos, lâmpadas fluorescentes, caixas de energia... são meus inimigos mortais. A aura de medo enfraquece quando as pessoas conseguem ver o que há ao seu redor. Acho que minha mãe não sabe disso, porque ela pensa que, quando morri, morri de vez. Agora, sempre que tenta me enxergar melhor, tudo o que ela faz é me afastar.

Tio Rod deixou a família desmoronar no rastro de seus crimes. Deixou minha tia e meus primos.

Ele mora sozinho nessa cabana, na frente da qual estaciono, na estrada depois da rodovia. Coloco a caixa de fósforos no bolso e enfio a lata de querosene e a arma na parte de trás do jeans para que fiquem escondidas sob o suéter. Depois de calçar as luvas, caminho pela entrada de carros e por uma trilha ladeada por arbustos.

Então me encontro na varanda da frente, controlando a respiração do modo que o dr. Scott me ensinou.

Os grilos cantam na floresta ao redor... a audiência para meu último ato.

Bato à porta e, logo em seguida, uma lâmpada frouxa pisca acima de mim. É como se ele estivesse esperando por um estranho, antecipando um.

Caçá-lo enquanto poltergeist jamais seria o bastante. Passei o último ano sonhando com o momento em que poderia matar tio Rod, com mãos humanas e reais, para batizar um novo corpo com seu sangue.

O que vou dizer? O que faria seu último suspiro doer ao máximo? Agora que estou aqui, não consigo lembrar de nada disso. Agora que estou na porta, não há muito a dizer... somente coisas a fazer.

Tio Rod atende à porta com um tremor defensivo... choque e nojo, porque há um garoto negro em sua propriedade.

— Sim? — diz tio Rod, já impaciente. — Em que posso ajudar?

Ele parece prestes a sacar uma arma do nada, mas tenho uma na cintura também, então lanço meu desafio.

Faço um exame rápido de sua figura. Entradas no cabelo, olhos castanhos comuns, nariz quebrado em umas quatro partes diferentes, cabelo louro e fino emoldurando as orelhas como palha de milho. Uma barriga de cerveja sob a camiseta, bermuda cargo vagabunda, pés rachados, uma cicatriz no joelho.

A visão da cicatriz onde estourei sua rótula me traz um ar de relaxamento, de paz.

Meu momento de poder.

Meu legado.

— Olá, senhor, meu carro enguiçou — digo, a voz controlada. — Meu telefone morreu e preciso de ajuda para fazer uma ligação, se o senhor pudesse me aju...

— Não — interrompe ele. — Sabe que horas são, cara? Quase meia--noite.

— Meu carro enguiçou, senhor.

— Não.

Tio Rod tenta bater a porta, mas eu o impeço com a mão. Ficamos naquele impasse por um instante, ele empurrando a porta com mais força, eu a mantendo aberta.

Pode ser minha única chance. Não posso desperdiçá-la.

Abro a porta à força e enfio a faca em seu estômago.

— Desculpe, senhor. — Eu me convido para entrar. — Se apenas me deixar terminar.

Tio Rod cambaleia para trás, encarando ofegante e boquiaberto o cabo da faca despontando de seu estômago. Eu atravesso a soleira e fecho a porta atrás de mim, trancando as duas fechaduras com carinho.

Tio Rod não se preocupou quando roubou meu último vestígio de inocência.

Em convencer minha própria mãe a atirar em mim.

Em me convencer a atirar nos outros, e depois em mim mesmo.

Há algo de errado com o tio Rod. Deve haver algo de errado também comigo, já que temos o mesmo sangue. Mas devo ser horrível pelo padrão de outras pessoas e, de um modo estranho, não me importo, porque é como tem que ser, quando se é um fantasma, quando toda a sua força vem da fraqueza das pessoas.

Entretanto, mesmo em vida, você tem que matar as pessoas *antes* que elas o matem, não depois.

Pressiono dois dedos em seu peito. Ele cai de costas, pernas e braços se debatendo como uma centopeia. Ele rasteja pelo chão, na direção do balcão da cozinha.

Piso na faca e a cravo mais fundo, arrancando um trincar de dentes, um soluço de agonia, um jato de sangue.

— Apenas relaxe — sussurro. — Relaxe.

Tio Rod vira de lado e se arrasta na direção da cozinha, onde fica o telefone. Levanto uma das pernas e desço o pé na lateral de seu rosto, e então sua cabeça faz *CRAC!* contra o chão.

Ele nem mesmo consegue soltar um grito... apenas um suspiro atordoado. Ele deita de costas, e, embora esteja respirando, seu rosto é uma massa vermelha desfigurada.

— Sem telefones — ordeno, encaixando as mãos debaixo de seus braços e puxando seu corpo mais para dentro da sala. — Sem polícia.

Nem a pau você vai se esgueirar para a segurança quando não tive essa opção.

Perambulo pela casa enquanto ele sangra, de olho em tio Rod o tempo todo.

Um armário de armas. Um tapete de hiena. Uma bandeira confederada pendurada sobre as persianas de modo que todos saibam no que ele acredita. O homem não muda.

Aprendi minha terceira lição com tio Rod. Ele veio até o meu quarto na noite do meu aniversário de dezessete anos e me mostrou como montar um AR-15.

— Quero que você entenda que tudo isso — disse ele — é feito de partes. Tudo isso faz de uma arma o ela que é.

Eram um gatilho, a empunhadura, o tambor, a coronha.

Pareciam tão intrincadas, penduradas no móvel de sua sala de jantar. Eram uma decoração sombria e protetora. De certo modo, sempre as admirei.

Abro as portas do armário de armas, passo a mão pelo cano de uma preta com duas empunhaduras e diversos orifícios no design. A Sig Sauer MCX, cujo apelido não consigo lembrar, mas deve ser algo como *Alegria*. Há tanta beleza naquela arma, em seu poder e submissão. Como é alheia ao homem que a carrega e, ainda assim, capaz de tanta violência.

Eu a tiro do suporte. Solto o carregador. Carrego o compartimento com balas. Exatamente como tio Rod me ensinou quando pensava que as próprias lições não poderiam ser usadas contra ele. Agora tio Rod está no chão da cozinha, as mãos ao redor do cabo da faca.

— Po... po... por quê? — Sangue espirra de sua boca. — Por que está fazendo isso?

Coloco a arma na mesinha de centro. Ajoelho no chão, bem ao lado dele. Inclino a cabeça para que nossos olhos se encontrem.

— Porque você é um estuprador — lembro a ele.

Talvez tenha esquecido, porque arregala os olhos como se estivesse perplexo.

— Quem é você?

— Deus. — Arranco a faca do seu estômago e a enfio em sua coxa. Outro grito gorgolejante, música para meus ouvidos. — Bom saber que seu joelho cicatrizou.

— P... por favor, pare — implora ele.

Finco a lâmina em suas costelas.

— Relaxe, Rod. Não precisa fazer nada.

Nesse grito, noto que lhe falta um dente da frente. Caiu quando pisei em seu rosto? Ou tio Rod simplesmente tem uma higiene dental precária? Afasto seus lábios e olho ali dentro, porque eu quero mesmo saber. Ele desvencilha a cabeça da minha mão.

— Eu disse *RELAXE*. — Puxo o rosto dele de volta para mim pelos lábios.

— Por favor... — Uma cristalina lágrima vermelha cai de seu olho. — Vou te dar dinheiro... não vou contar a ninguém.

Pelo sangue empoçado sob seu corpo, parece que tio Rod está à beira da morte.

Pego a metralhadora da mesinha de centro e a aponto para o peito dele.

— Ok, hora do jogo — digo. — Se conseguir adivinhar o meu nome, não vou atirar em você.

— Não sei. — Rod se engasga. — *Não sei quem é você!* Por favor, não faça isso.

— Eu disse *adivinhar*.

— Humm, Jamal! — grita ele. — Tyrone! Anthony, Malik, *eu não sei, porra!*

— Na verdade, é Sawyer.

Tio Rod fica imóvel e mudo, como se não estivesse sangrando. Como se nem tivesse sido apunhalado. Quando fala, sua voz soa nítida:

— O que disse?

— Sawyer Doon. — Piso com um dos pés em seu estômago ensanguentado e observo seu rosto se contorcer. — Seu sobrinho favorito.

— Sawyer?

Uma rajada de balas explode seu corpo. Uma dança engraçada chacoalha seus braços e pernas.

Ele está morto em um segundo.

Rindo, jogo a arma no chão. Perambulo pela casa, rasgo sua bandeira confederada, arranco o armário de armas da parede e o viro. *BANG!* Vidro por toda parte.

Jogo seus castiçais pelas janelas. Quebro a tela de sua TV com a Sig Sauer.

Então o querosene. Eu o encharco com o líquido. E os pisos, mesas e balcões.

Assim que tudo está escorregadio, deslizo em cada cômodo e acendo o fluido, criando pequenas explosões de chamas em meu rastro. A sala, a sala de jantar, a cozinha, o banheiro, o...

O... o tecido queimado e o cheiro de carne é insuportável... como lâminas me rasgando as narinas e se cravando em meu cérebro.

O fogo engolfa os cômodos, aumentando e aumentando, formando nuvens letais.

Eu tusso e sangue espirra de meus lábios. No meio da minha luva.

Sangue escorre do meu nariz. Minha pele se rasgando em pequenos cortes pelos braços. O incêndio está me consumindo de dentro para fora, sem nem mesmo me tocar.

JAKE

Avançamos aos tropeços pelo chão, na direção da porta por onde entramos. Tio Rod tosta atrás de nós, como um grande naco torrado em uma frigideira. As labaredas nos deixam tontos e desorientados. Meu corpo parece estar em chamas, muito embora o fogo não o tenha tocado.

Que porra é essa?

Ondas de calor tremulam em nossa visão. Nossos olhos e coração queimam como se tivessem sido atacados por brasas que estão nos devorando de dentro para fora.

Penso: *É exatamente o que eu preciso... que Sawyer entre em pânico. Eu deveria reagir agora, enquanto ele não consegue suportar. Mas em algum lugar menos óbvio...*

Merda, merda, merda, pensa ele, tão alto que nem mesmo ouve meus pensamentos em sua mente.

Ele escancara a porta e nos livra da casa. Uma janela explode às nossas costas, o vidro se estilhaçando ao longo da varanda enquanto cambaleamos pelos degraus, através do gramado, ofegantes em busca de ar puro.

Dois ghouls passam por nós, na direção oposta, provavelmente atraídos pelo cheiro da carne podre de tio Rod. Eles atravessam as paredes da cabana conforme as toras de madeira são lambidas pelo fogo.

SAWYER

Quando Sawyer tinha doze anos, ele brincava no quarto com uma boneca chamada maxxy.
ela ficava sentada em uma cadeira no canto da casa da vovó
sawyer perguntou se podia levá-la para casa e vovó disse
sim sem pestanejar
só queria fazer o neto sorrir
ele trançou o cabelo preto de maxxy
e a guardou no armário e a fez ficar bonita
então um dia ela desapareceu
venha aqui fora, disse bill, quero que veja uma coisa
e lá estava maxxy mas não mais maxxy...
só uma coisa morta
queimando na fogueira dos fundos
o cabelo tostando, a floresta cheirando a plástico derretido
e lágrimas de menino

sawyer chorou e bill e rod gargalharam juntos, brindando
alegres com suas cervejas
amando cada minuto daquilo
bonecas são para garotas, disse bill
nada de passar tempo com a vovó, disse rod
e os dois riram e zombaram de sawyer
agora sawyer brinca com armas e coloca fogo em bonecas
agora sawyer não consegue suportar se sentir em brasa

Mamãe foi a primeira a me ensinar como empunhar uma arma em um fim de tarde preguiçoso, na terceira série, quando eu estava deitado na cama, observando uma aranha se esgueirar pela parede banhada de sol, pensando no nada.

Ela bateu à porta e entrou.

— Ei, Sawyer? Venha aqui, rápido. Quero te mostrar uma coisa.

Fomos até o quintal, e minha mãe carregou o tambor de uma arma.

— Eu disse a mesma coisa para Annie. Se eu não estiver em casa e você vir uma pessoa estranha, alguém que não conhece, aqui fora, tentando entrar, tem minha permissão para atirar. É um direito concedido pela Segunda Emenda. É legítima defesa.

O vento agitou os fios louros perto da orelha da mamãe quando ela estreitou os olhos e, depois, atirou em uma árvore. Assisti o tronco explodir enquanto fumaça se erguia do cano. Então ela me obrigou a fazer o mesmo.

Ela fez Bill me ensinar a atirar uma segunda vez, aos doze. Nós atiramos em alvos em um estande de tiro *indoor*. Eu piscava cada vez que um tiro explodia de minhas mãos. A lateral do meu rosto começou a latejar. Uma cápsula quente quicou da traseira da arma e se alojou entre meus óculos de proteção e o rosto. Saltei da cabine.

Bill veio correndo na minha direção. Deixei a arma cair.

— Não se trata uma arma assim! — Ele agarrou o meu braço como se estivesse tentando arrancá-lo. — Já devia saber.

As pessoas perto de nós se viraram para me fuzilar com o olhar.

Por três anos, exibi a cicatriz no lugar em que a minha pele queimou, e levei o mesmo tempo para voltar a empunhar a arma e apontá-la do jeito certo.

Temo que a casa inteira vá pelos ares, que a floresta sucumba sob a pressão das chamas, então fujo pela porta antes que seja tarde demais.

Ele está morto. Eu o matei.

Vou até o carro e acelero pela montanha, cantando minha doce liberdade pelas vias escuras, até que minhas mãos puxam o volante e o viram, batendo com a caminhonete em uma árvore.

JAKE

-ꟾ-

Um caos de árvores. Árvores em chamas, fantasmas achatados sob elas, carros dirigindo pelas colinas e batendo nos troncos. Minha alma flutua através da floresta e acima de todo esse caos, esbarrando em cenas de destruição.

Nós cambaleamos e acertamos um denso monte de terra, brilhando com ectonévoa. Aquilo nos detém e, então, afundo em sua superfície, minhas canelas e mãos desaparecendo sob o chão da floresta. Ao meu redor, troncos, raízes e trepadeiras brotam do solo, flores vermelhas, brancas e cor-de-rosa desabrocham.

Elas morrem tão rápido quanto nascem. Meu corpo astral está enterrado até o peito em terra e galhos. Meu corpo físico está no alto da colina, no banco da caminhonete batida, a cabeça flácida repousando no volante, o airbag desinflando sob seu queixo.

O impacto também deve ter apagado Sawyer...

Lá está ele. A alma escolheu outro rumo, e agora ele está subindo a colina aos tropeços, a escura areia movediça do mundo dos mortos sugando seus sapatos. Labaredas de fumaça emolduram os braços frenéticos. Sombras de rostos despontam de sua testa. Fragmentos de braços se estendem de sua pele.

Quantas pessoas... penso enquanto me levanto apressado. *Quantas pessoas você machucou?*

Ele dispara como um relâmpago colina acima, na direção da caminhonete. Eu me embrenho na folhagem, e esta some ao meu redor em faíscas verdes e vermelhas.

Tomo impulso, voo através da floresta e aterrisso em Sawyer, nossas almas colidindo como duas propriedades da física conforme resvalamos no tronco moribundo e giramos no chão. Estilhaços de luz. Minhas mãos, incandescentes em rosa e azul, seguram o moletom de Sawyer como se ele fosse escapar por entre os meus dedos. Nós nos transformamos em nadadores no chão da floresta, lutando para nos manter acima da terra revolta, infestada de besouros e colêmbolos, centopeias e vermes, cadáveres e carapaças, escorregadios, estalando e se decompondo.

Sawyer arranha o meu rosto e arrasta as unhas para baixo com o intuito de que vermes e insetos possam se enterrar ali.

Afundamos ainda mais na terra, Sawyer com a mão em cima da minha cabeça, forçando o meu pescoço para dentro do solo, a fim de se libertar. Um caos de insetos. Pernas minúsculas se alojando em meus ouvidos. Meus olhos desaparecem sob a terra, minha garganta se engasga com ela. Os insetos tratam meus olhos e narinas como lar para seus infinitos arabescos, nascimento e morte.

Dentro da terra, minha mão brilha enquanto um cabo azul-prateado se enrosca em meus dedos e polegar. Uma lâmina desponta do solo em uma explosão de névoa.

Desabrocho do chão como uma árvore e balanço a espada sobre a minha cabeça, cortando terra e silvas, e golpeando Sawyer de uma só vez.

Com um sibilar, ele se desvia de mim em um mergulho para trás, caindo de pé.

Cravo a espada ancestral na terra, me apoio no punho, a fim de tomar impulso para levantar. Broto como um tronco ao mesmo tempo em que uma nuvem de ectonévoa se forma sob os meus pés, me dando uma base sólida em que me apoiar na areia movediça. Giro a espada com o pulso e invisto contra Sawyer.

Corto o rosto dele, uma vez, na direção oposta ao penteado. Sua pele trinca. Pedaços se desprendem como lava vulcânica. De sob a pele, insetos rastejantes pulam como cápsulas de balas, se contorcendo e fervilhando, se desintegrando.

Ele é feito de terra, insetos e árvores. A floresta e suas criaturas.

Nacos de pele retornam aos lábios, nariz e olhos de Sawyer, e o golpeio de novo, desta vez no peito.

Minha arma desaparece em meio a uma nuvem de fumaça vermelha. Ele se foi; renasce como uma mão em minhas costas, me empurrando para debaixo de uma árvore em queda, lentamente se inclinando em seu loop de morte.

Correntes vermelhas e pretas se erguem, me prendem pelos pulsos e tornozelos, e me fixam ao chão. A espada ancestral desaparece em um borrão de fumaça. E a árvore cai, sua sombra se lançando sobre mim. A ectonévoa varre a floresta em um semicírculo brilhante de azul-gelo, capturando as amarras em meus pulsos e as explodindo, me libertando na fuga.

Dou uma cambalhota para a segurança justo quando a névoa acerta o chão em uma explosão de luz.

Caio de pé com uma nova espada e alcanço Sawyer, que corre colina acima.

Meu corpo físico está desacordado na caminhonete. Eu me forço a voltar para ele, e um tapete de bruma se forma aos meus pés. O tapete me carrega por sobre a colina, sobre a cabeça de Sawyer. Lanço a espada. Ela perfura uma perna. A panturrilha dele explode em esferas de luz vermelha, que escoam como rubis preciosos por sob a areia e o arrastam de lado para dentro da terra.

Venci.

Ele está morrendo debaixo de mim. As almas e a terra o devoram. A ectonévoa se junta aos carrapatos e sanguessugas para devorar sua carne e torná-lo obsoleto.

Minha alma acerta meu corpo como uma colisão de vagões de trem. Ergo o rosto do volante, inspirando um turbilhão de ar gelado.

De volta à estrada... de volta à civilização... de volta às pessoas... às árvores.

Tiro a mão do colo e puxo a alavanca da marcha para trás. As rodas giram em falso, apenas abrindo sulcos na terra.

— Vamos. Vamos! — imploro à caminhonete, pisando fundo no acelerador para o veículo atingir sua potência máxima.

A caminhonete derrapa em uma desajeitada guinada para trás. Eu me torno um boneco desarticulado entre a janela e o console. Os pneus da caminhonete cantam no asfalto, girando em um círculo barulhento.

Piso fundo no freio e paro, dedos grudados ao volante. À frente se estende um trecho de estrada, preto com faixas amarelo-vivo. Um lugar onde você avistaria um cervo com os faróis, meio segundo antes de o animal destruir seu carro.

A profunda escuridão adiante é para onde preciso ir, até encontrar alguém gentil o bastante para me ajudar.

Mas minha mão está presa à marcha. Jamais aprendi a dirigir à luz do dia. Como posso fazer isso à noite?

Um ar gélido inunda meus pulmões e me prende às costas do banco. Em seguida, meu peito golpeia o volante e a buzina soa como um monstro zangado.

Um grito vingativo rasga a minha mente:

AAAAHHHHHHHHHHHHHH!!!

Sawyer ainda não está morto. Mais uma vez ocupa o meu corpo...

Minha mão coloca a marcha em ponto morto de novo.

... e o meu corpo não consegue decidir em quem confiar.

Minha cabeça acerta a janela, como se punisse a si mesma. Meus dedos se fecham ao redor da maçaneta e abrem a porta.

Deslizo para fora do assento. Um *SMACK* no asfalto. O alarme da porta apita e apita, cortando o silêncio da floresta.

Aquela estrada, onde não passa nenhum carro, vai silenciar a minha morte. Não há ninguém para testemunhar o que acontecerá aqui esta noite. Ninguém vai saber até à chegada da manhã se esse demônio estraçalhar o meu corpo ao meio.

Essa estrada está repleta de minúsculas rochas que não se fundem ao asfalto do modo como deveriam. Elas me cortam enquanto rastejo adiante... na direção do que, não sei. Vômito escapa da minha boca, tingindo as faixas amarelas da estrada de vermelho-amarronzado. Estrada acima, estrada acima, pouco a pouco, engulo saliva, talhos se abrem em meus cotovelos e joelhos.

Eu me descolo da realidade.

Minha alma se solta do corpo e, então, me vejo banhado pela luz, flutuando centímetros acima do chão, para trás e para cima. Não me sinto bem. A garganta está seca, meu estômago vazio, a visão turva.

Desça, ordeno a mim mesmo, e flutuo para baixo, até meus pés tocarem o chão.

Sawyer, assim como eu, se levanta, em total controle de minhas funções motoras. Todo o 1,75 metro de Jake Livingston em seu uniforme da St. Clair Prep, gravata-borboleta vermelha, colete cinza e calça comprida, ele caminha como um zumbi em torno de si próprio. Com um sorriso diabólico, mancando como um ghoul. A careta em seu rosto o torna quase irreconhecível.

Não tenho mais nenhuma ajuda. River não está aqui. Preciso fazer essa parte sozinho.

Estendo as mãos para a ectonévoa, induzindo-a a me ajudar, e a bruma se desprende do espaço entre as árvores, das rachaduras no asfalto, do interior dos cristais de rocha, apressando-se para ondular ao redor dos meus braços e mãos, em uma promessa de força.

E começo a minha dança... batendo os braços ao redor do corpo enquanto meus ancestrais equilibram meu centro de gravidade e imitam meus movimentos. Energia atravessa meus ombros, pulmões, peito, mãos. Energia que disparo em um raio na direção do meu corpo.

O jorro atinge o peito do Jake-fantoche, e este voa pelo ar, caindo de costas no asfalto, fazendo de Sawyer um torso sem pernas, flutuando errático sobre o meu corpo.

Fecho os olhos e, em um vórtice, ocupo a minha pele, sentindo um tranco no pescoço quando meus olhos de verdade se abrem para o céu estrelado.

Eu me coloco de quatro, avançando através de Sawyer e na direção da caminhonete. Tais momentos, em que meu corpo, minha alma e minha mente estão sincronizados, são bem raros.

Eu me lanço pela porta, pego o querosene no assoalho do banco do carona. Meu braço se torce atrás de mim, e minhas pernas falham sob o meu corpo.

Acerto o asfalto com as costelas e o queixo enquanto o grito de Sawyer reverbera em minha mente:

RELAXE!

Viro de barriga para baixo e rastejo pelo asfalto, segurando o querosene com tanta força que minhas unhas se cravam na palma por cima da alça. Meu pescoço estala como uma lagosta crocante. Minha cabeça captura as impurezas da estrada, como se quisesse se sujar, e dor explode pelo meu esqueleto.

Eu lembro... no banheiro, dilacerei seu ser com minha força de vontade.

Você pode derrotá-lo, ouço um sussurro na escuridão, um eco de incentivo da ectonévoa, que cintila sobre os nós dos meus dedos e se afivela ali, como armas de bronze azul brilhante. *Lute*, murmura a névoa... um coral de vozes em perfeita harmonia.

Uso o braço livre para me arrastar ainda mais pela estrada.

— SAIA!!! — As palavras irrompem enlouquecidas.

Tiros explodem no meu cérebro e um lampejo clareia a minha visão, e, à sombra do barulho, um pensamento se forma, como um sussurro ensaiado.

Círculo, diz. *Círculo, círculo, círculo, círculo, círculo...*

— Um círculo — respondo.

Um círculo, ordenam elas. *Feche, feche, feche, feche... feche o círculo.*

Não faço perguntas. A névoa nunca me faltou e jamais me faltará. Fico de joelhos e deslizo pelas pedras cintilantes no asfalto, derramando o querosene em um círculo.

CÍRCULO... CÍRCULO... CÍRCULO.

Glub-glub-glub-glub-glub... o fluido cristalino verte da garrafa.

O chão é arrancado de sob mim, e meu corpo é jogado no ar, parando na horizontal, a 1,50 metro do chão. O querosene tomba na estrada e continua a se derramar.

Em seguida, começo a cair, desatando minha alma da própria pele.

Sou apenas uma alma novamente e de cima, observo conforme acerto o asfalto e perco o fôlego. Em um deslizar para o chão vacilante do mundo dos mortos, aterrisso sobre os dedos dos pés e das mãos, e fora do círculo de querosene.

Meu corpo físico se levanta atrás de mim, avança... furioso e determinado sob o comando de Sawyer.

Mate-o. A névoa pulsa ao redor de minhas mãos como anéis de magia, oferecendo seu poder. *Mate-o.*

Ergo as mãos em uma postura defensiva, e uma onda de poder corre pelas veias dos meus braços e explode do centro do meu peito. Um canhão de luzes rosa e azuis me oblitera em um aglomerado de estrelas.

E, naquelas estrelas, Sawyer se separa do meu corpo como casca de maçã arrancada da fruta.

Meu corpo voa para trás, como um aviãozinho de papel, caindo de costas fora do círculo.

Sawyer não se vira para ele. Tão concentrado em extinguir a minha alma, ele se ergue como uma fênix à minha frente. Labaredas vermelhas rugem ao seu redor no formato de rostos torturados, dedos crispados, todos despontando e obscurecendo sua silhueta. Ele dilacera a própria garganta e suas mãos fantasmas investem contra mim.

Eu as bloqueio com um escudo de ectonévoa, que se ergue do concreto como uma parede. Conforme cai, a bruma se transforma em uma silhueta de poeira azul e fumaça vermelha, que se mesclam em cores sólidas e texturas... um vestido de noite azul-claro, uma cabeça loura. Uma mulher com uma sacola pendurada no ombro, empunhando um revólver. A arma está tanto presente quanto fugindo pela noite, como bolhas na água gasosa. Levanto o braço, movendo o dela comigo. Ela é apenas um espectro criado por mim... um fantoche preso a um barbante.

Mas os olhos de Sawyer se arregalam de medo, seu rosto é o de uma criança assustada enquanto flutua até o chão. Seus pés mergulham de leve no asfalto. Seu corpo está recuado e amedrontado, como o de um filhote de cervo na frente de um caminhão em alta velocidade.

Lanço energia da minha conexão peito-braço e através da ira de sua mãe, enviando uma perfeita e ofuscante porção de ectonévoa pelo braço dela em munição na forma de bomba. Aquilo atinge Sawyer com força no peito, arrebenta seu coração e o joga para trás. Em seguida, ele parece congelado em pleno ar: uma perna dobrada para cima, um braço torcido às costas, cabeça tombada no ombro, peito apontado para o céu.

Partículas de névoa estalam suas veias, devorando-o de dentro para fora enquanto o espectro de sua mãe se dissipa. A pele das bochechas de Sawyer afunda nas maçãs do rosto, e ele apodrece conforme fios de ectonévoa se enterram em sua garganta, sufocando-o.

Vi algo naquele instante... havia um Sawyer que não percebia ter se tornado um assassino em série, um que talvez não fizesse aquilo se alguém interferisse antes.

Porém, agora vejo um espírito em decomposição, uma pessoa nefasta, que escolheu bancar o sanguessuga parasita que absorvia a alegria das pessoas e matava quem pudesse até encontrar alguém páreo para ele.

Eu, Jake Livingston, sou páreo para Sawyer Doon.

Corro ao redor do círculo e encontro meu corpo esquelético curvado em um S.

Penetro em minha pele, e a realidade reverbera através de mim como um gongo. Sensações intensas retornam; asfalto úmido, faróis ofuscantes, motor vibrando e as dores. Dores nos cotovelos e joelhos.

Encosto o isqueiro no asfalto molhado. Fogo irrompe e se espalha em um arco ao redor do Sawyer moribundo, formando um círculo completo. Rastejo para longe do calor insano, suor escorrendo pelo pescoço, pela clavícula e pelo peito.

Sawyer tenta se desvencilhar da corrente de bruma ao redor do pescoço, mas é muito forte para ele. Seu corpo se desintegra conforme os cupins de estrelas fazem dele sua vítima. Insetos de ectonévoa se enterram em sua pele, enfraquecendo cada parte do garoto. Seu cabelo... fios ralos. Seus braços... tiras de filamentos. Uma cacofonia de sons sai da névoa... gritos, chicotadas, rajadas de tiros. Cavalos, cães, sirenes de polícia.

— Sawyer Doon. — Minha voz é, a princípio, um murmúrio educado, dirigido à coisa irreconhecível pendurada no anel de fogo. — Eu o expulso. — Com as últimas forças que me restam, grito a plenos pulmões, cuspindo as palavras em ondas de calor: — EU O EXPULSO DE VIDA E MEMÓRIA, PARA SEMPRE! *EU O EXPULSO PARA A MORTE!*

Uma linha vermelha corta o pescoço de Sawyer. Dali vaza fumaça sangrenta, em seguida um felpudo chumaço de cabelo e, então, uma cabeça inteira. Dedos esqueléticos rasgam sua pele. Um espectro inteiro, não, uma alma, irrompe de seu pescoço, saltando na fumaça, gritando e desaparecendo.

Sawyer não tem mais a capacidade de contê-lo. Um outro se liberta... um espírito humano completamente digerido, aquele de cabelo preto. E mais outro, até que uma corrente de corpos sai do pescoço de Sawyer, cambaleando para cima, como rosas flutuantes em chamas. A névoa se concentra no espaço aberto em sua garganta, preenchendo-o, arrancando um gorgolejo de sua boca.

A bruma invade seus globos oculares, arrancando-os como bolas de gude. A mandíbula de um Sawyer frágil e cego se abre e fica pendurada, como a de um cadáver perplexo.

Uma última criatura, diferente das outras, rasga caminho de sua boca, mãos e dentes feitos de fumaça preta, a matéria da morte. Ela rasteja pelo corpo de Sawyer e se derrama de seus pés como pó na terra. E, então, forma um círculo de poeira que lentamente se funde em algo novo.

Um punho rompe o asfalto como o braço do próprio Satã, agarrando o tornozelo murcho de Sawyer. Daquela ligação, uma nova matéria começa a se formar... um pé, uma perna insólita, se mesclando ao espectro caído, recriando a forma de um pé cinzento com dedos unidos por uma membrana. O outro cotoco de pé de Sawyer projeta mais ossos por conta própria, como se um elixir de crescimento tivesse se espalhado pelo seu corpo. A perna esquerda cresce e se planta no solo como algo sólido. Seus dedos se colam, se fundindo em um único tendão.

Eu me afasto do monstro enquanto ele renasce diante dos meus olhos, enquanto dentes afiados — estalactites e estalagmites — despontam das gengivas e envolvem a cabeça.

Uma nova estrutura de crânio surge onde o cabelo queimou... uma careca.

Pele cinzenta. Sem olhos. Uma caverna de dentes. O dobro do meu tamanho, com um quarto da minha força.

Sawyer, o ghoul.

A criatura joga a cabeça para trás e urra para a lua. A floresta se agita com o som atormentado enquanto a névoa se dissipa. Asas farfalham e roedores saltam, como se cada animal na terra tivesse despertado.

O ghoul cai para o lado, unhando a própria face, e volta para a beirada do fogo, perto da floresta.

Uma guerreira de ectonévoa ataca do bosque simultaneamente. Uma mulher com cabelo que cobre um lado do rosto e emoldura seu corpo como seda brilhante. Não uma mulher... uma garota.

Ao me esgueirar para ver mais de perto, noto a posição dos ombros, o modo como se projetam para a frente, as mãos e os dedos compridos, a caveira no meio da camiseta. Parece... parece a River.

River, uma deusa de ectonévoa, desenrola um pedaço de corda de seu braço e laça o pescoço do ghoul, como uma coleira. Ela dá um puxão, então o monstro cai com um *TUM* e ela o arrasta pela estrada, até a escuridão da floresta.

O estrebuchar da criatura contrasta com a calma da garota, e o uivo atormentado recomeça, soando através dos pinheiros.

Aos poucos, o som diminui, se distanciando, até que finalmente... cessa por completo.

Fico sozinho na estrada, debruçado em minhas mãos ensanguentadas, encarando as chamas suaves.

Nada de espíritos.

Nada de fantasmas.

Nada de ghouls.

Nada de espectros.

Nada de Sawyer.

Apenas eu.

Porém Sawyer está por aí, como algo diferente. Ele vai ser o medo no canto do quarto das crianças. O monstro encarando de frente os pais enlutados.

Eu me levanto e cambaleio na direção do Tahoe com o para-brisa estourado e o capô amassado. Já do lado de dentro, bato a porta, provocando uma chuva de cacos de vidro no meu colo.

Com mãos trêmulas, tiro o telefone do bolso, o sangue do meu dedo manchando a tela enquanto ligo para Benji.

Ele atende ao primeiro toque:

— Jake, que porra... Onde você se meteu?

— Estou enviando minha localização — ofego. — Por favor, venha. — Começo a soluçar. — Por favor, depressa.

O telefone escorrega e minha cabeça bate no volante. Lágrimas travam a minha garganta e fazem o meu corpo estremecer quando mando a localização para o meu irmão.

— Jake? — Ele chama. — Alô?

Um trovão ribomba no céu, então a chuva cai, com força, como se fosse enviada para lavar tudo.

Para me dar um novo começo.

Acabou. Acabou.

— Por favor, venha. — Deixo o telefone cair no meu colo, em seguida descanso a cabeça no volante, rapidamente perdendo a consciência. — Por favor...

JAKE

Acordo em uma cama, em um quarto que não é o meu.

Ou de qualquer um. É uma cama de hospital. Há tubos presos ao meu peito e à minha cabeça. Há uma TV na parede e uma pirâmide de xícaras de café na mesa perto da janela.

Benji está na cadeira ao lado da cama.

— Graças a Deus — diz ele, quando acordo. — O que aconteceu com você?

Estamos sozinhos ali, com aquele velho desenho de gato e rato na TV.

— Onde está mamãe? — pergunto.

— Ela foi ao banheiro.

— Eu o matei... Eu... finalmente o matei. — As palavras saem aos borbotões, então lembro com quem estou falando. — Você jamais acreditaria.

As cobertas brancas sobre minhas pernas parecem me derrotar, mesmo eu tendo vencido. De certo modo, sempre serei o excluído da família, simplesmente preciso aprender a aceitar o fato.

— Acredito em você — diz Benji.

A princípio, imagino ser uma piada. *Nenhuma crítica? Nenhuma ironia?* Ele está sério. Sua expressão é suave, o olhar de quem parece disposto a ouvir.

— Por que não acreditou em mim antes?

— Não sei. Sua vida não faz sentido para mim. Mas acho que não precisa fazer sentido para ser verdade. Tipo como ficaria minha reputação se eu saísse por aí dizendo às pessoas que o meu irmão vê gente morta?

— Eu sei. Você precisa se encaixar.

Ele me fuzila com o olhar.

— E você também. Às vezes me esforço demais, mas você não se esforça o suficiente. Ambos temos nossos jeitos.

É verdade. Sempre evitei enfrentar os brancos da escola quando não faço o que eles querem que eu faça. Mas Benji está à altura do desafio. Talvez sua influência tenha me levado a confrontar meu valentão.

— Enfim, o que está acontecendo com você é maluco demais para eu não acreditar que há algo de diferente a essa altura — continua ele. — Difícil não notar quando você passa do exílio diário em seu quarto para a paranoia completa, com direito a roubo de carro e acidente. Tipo esse não é você. Nada do que aconteceu. E, mesmo sendo o fantasma, fico feliz que alguém tenha decidido me enfrentar. Eu precisava disso.

Não sei o que dizer em seguida. *Obrigado? De nada?* Estou grato por esse momento, mas parece tão estranho, como se Benji estivesse falando uma nova língua.

— Você meio que fodeu com o Tahoe — avisa ele. — Espero que tenha dinheiro para o conserto.

Ah, merda.

— A mamãe está zangada?

— Só preocupada e confusa. Mas ela vai ficar feliz que tenha acordado.

Ainda curto coisas, como o desenho que está passando na TV, assim como filmes de animação e coisas feitas para crianças. Eu me pergunto se

Benji colocou nesse canal porque sabia que eu iria querer ver algo assim ao acordar. Sempre tenho a impressão de que aprendo mais devagar do que as pessoas ao meu redor do que exatamente devo gostar, e como devo ser.

— Benji? — chamo.

— Sim?

— Eu sou gay.

Ele assente.

— Sim. Você é.

— Você sabia?

— Sim, todo mundo sabe. — Ele sorri e pisca, não com ironia, tampouco com preocupação. — Fico feliz que uma experiência de quase morte em uma estrada qualquer tenha te dado a coragem para confessar.

— Não posso ser *tão* gay.

— Não, você é bem gay.

Jamais quis esconder quem eu era até ser obrigado. Comprei a revista porque mesmo que o mundo não estivesse preparado para me levar a sério, eu estava pronto para me levar a sério como membro da comunidade LGBTQIA+.

Enquanto meu pai me espancava, e minha mãe assistia, Benji desceu, acho que para ver o que estava acontecendo. Ele assistiu a tudo também, por alguns instantes. E então se meteu, segurou os braços do nosso pai e o impediu. Papai gritou com ele para que o soltasse, mas Benji aguentou firme e o afastou de mim, abrindo caminho para que eu fugisse.

— Jake, saia! — gritou ele, antes que o meu pai arrancasse sangue de sua boca.

Eles se debateram pela sala de estar, e eu escapei pela cozinha.

Corri e chorei, e me lamentei por ter nascido, até finalmente adormecer no gira-gira gelado do parquinho do nosso bairro, buscando conforto nas partículas de condensação da chuva.

Há muitas coisas na vida que ainda não entendo, porque desafiam definições objetivas. Como Benji, que sempre foi fácil para mim ver como um completo desastre. Um rebelde sem causa. Um valentão à sombra de quem jamais desejei viver, porque não quero que as pessoas pensem que sou como ele.

Mas Benji é o mesmo cara que salvou minha vida quando mais precisei. Foi ele quem me defendeu no momento que realmente contava.

Começo a chorar. Não consigo evitar. Às vezes as coisas parecem muito intensas para que eu as compreenda, e isso me aflige. Ele não está me julgando.

— Mas não quero que as pessoas descubram que eu sou gay — sussurro.

— Mas você é. — Ele põe a mão sobre a minha, que está debaixo das cobertas. — E não faz diferença. No fim das contas, você não pode mudar o que é. Então não tem outra escolha, exceto ser você mesmo. Foda-se quem tem um problema com isso. Você ainda é um homem.

— Ok.

— Diga.

— Eu... ainda sou um homem?

— E o papai é um babaca.

— E o papai é um babaca.

— E, se alguém falar alguma merda pra você, apenas faça o que fez com Chad e vida que segue. A gente lida com os processos depois.

Dou risada por entre lágrimas. Mesmo que esteja errado, e que aquele conselho me trouxesse muitos problemas, há uma vantagem em ter alguém por perto que assume o risco sem pensar nas consequências. Que faz o que quer, porque é o que quer.

Admito. Meu irmão tem suas vantagens.

— Obrigado por me ouvir uma vez na vida.

Com isso ele sorri e revira os olhos.

— Sim, tanto faz. Não vá se acostumar. Segunda, na escola, vou fingir que nem te conheço.

— Por mim tudo bem. Tenho bons amigos agora.

— Finalmente... Deus. Então vou dar isto a Mahalia. — Ele abre uma caixa preta que pegou na mochila e mostra um cordão com um pingente de diamante. — Enquanto explico que demônios vêm assombrando nossa vida e é por isso que...

— É por isso que você a traiu? Por causa dos demônios?

— Ok... Ainda estou aperfeiçoando a história. Mas *havia* um demônio na nossa casa, certo?

— Acho que só precisa tratar Mahalia com mais cuidado, ser uma pessoa melhor e não a trair mais. É a única coisa que vai reconquistá-la.

— Nossa, estou perguntando o que seus olhos fabulosos acham do cordão, não sua opinião sobre meus relacionamentos. Jesus.

— Você roubou isso?

— Não, idiota... eu comprei.

— Nesse caso... é bem bonito.

— Sucesso. — Ele faz uma careta ao encarar a minha cabeça, o turbante de gaze ao redor dela. — Porra, aquele fantasma te fodeu de verdade, hein?

Tenho um vislumbre da explosão de sangue quente sob uma rajada de balas no corpo de tio Rod. Sinto a fumaça do incêndio de sua casa queimando a minha garganta.

— Podemos falar disso mais tarde? — pergunto.

Ele hesita um pouco.

— Ok.

Por ora, estou em paz e gostaria de aproveitar o momento. Fecho os olhos e assimilo os sons do desenho animado. Os *zips* e *zoinks* e *boings!*

Foi o mais próximo que estive da violência antes de apunhalar, e atirar, e colocar fogo em alguém. Poderia ter salvo a vida dele se tivesse reagido mais cedo. Poderia ter acessado o poder que sabia existir dentro de mim, mas decidi que não valia a pena.

Um dia, espero, eu consiga viver com a culpa. Um dia vou esquecer que fui capaz de matar um homem.

JAKE

Quando estava adormecido, tive uma experiência.

Havia uma completa escuridão e, então, ectonévoa se expandia sob mim como um campo elétrico de pétalas de dente-de-leão. Um céu irrompeu acima, em tons vibrantes de violeta e rosa, e, depois, encontrei River, agora uma figura constelada, se aproximando de mim pelo ectocampo.

— Engraçado ver você aqui — disse ela.

Então estávamos parados um de frente para o outro. Olhei para meus braços e os vi emoldurados pelo brilho astral.

— Isso significa que só vamos nos ver quando eu tiver uma experiência de quase morte?

Ela refletiu por um instante.

— Acho que é como a coisa da incorporação funciona. Mas você pode me ouvir a qualquer momento.

— Na névoa.

— Na névoa. Visitei minha mãe. Posso jurar que ela me ouviu enquanto lavava a louça. Ela inclinou a cabeça na direção das cortinas, como se estivessem sussurrando para ela, e ela disse meu nome.

— Fico feliz que tenham se encontrado. E obrigado. Não acho que poderia ter parado Sawyer sem... — Gesticulo para a ectonévoa flutuando ao nosso redor como fadas de fumaça dopadas. — Tudo isso. Obrigado.

— Obrigada. Este lugar é bem melhor do que onde eu estava antes. Presa naquela sala, com a impressão de que era o fim. A morte parecia um loop horrível que eu teria que reviver, e a paz prometida não existia. Mas aqui tudo o que sinto é paz. Aqui ouço as vozes de todos com que me importo no exato segundo em que pensam em mim. Eu as ouço em vez de ouvir a ele. — River olhou para as mãos e se maravilhou com os cristais e diamantes brilhando ali. — É bem bacana, sinceramente.

Aquilo me fez pensar no mundo dos mortos como um oásis de possibilidades, e não um pesadelo desesperado.

— Agora que unimos corpos e fizemos essa conexão, acha que vamos ter uma ligação telepática para sempre?

— Seria legal — respondeu ela. — Amizade entre reinos. Mas espero que não seja apenas porque unimos corpos, mas sim porque simplesmente nos lembramos um do outro. Porque se é a união de corpos que garante a telepatia, então isto significa que você sabe quem vai estar em sua mente para sempre também.

Há um tremor à menção dele, em seguida um rugido gutural irrompeu em algum lugar na escuridão.

— Para onde você o levou? — perguntei.

— Para o inferno — respondeu River. — Onde é o lugar dele. Acho que você estava destinado a me encontrar. Estávamos destinados a nos unir para detonar esse garoto. Posso pedir um favor, médium?

— Qualquer coisa.

— Agora que já tive bem mais tempo para pensar em últimas palavras, quero que leve uma mensagem definitiva para minha mãe. Uma que a con-

vença de que eu a escrevi enquanto ainda estava viva, e que ela está apenas a encontrando.

— Posso fazer isso. O que você diria?

No primeiro dia depois da alta do hospital, abro meu bloco de desenhos na mesa e começo a escrever, sob débeis raios de sol alaranjados, que se derramam através das persianas e sobre meus dedos machucados. É como se as palavras dela estivessem cravadas em minha mente como coisas que eu já havia dito algum dia... imediatamente lembradas.

Querida mamãe,

É mais fácil me expressar por escrito.

Nunca me senti à vontade para dizer às pessoas que mais amo que eu as amo. Não sei por que. Talvez eu apenas saiba que você sempre vai estar ao meu lado, então é mais fácil te mostrar as piores partes de mim, sabendo que serei perdoada.

Mas estou escolhendo dizer agora. Eu te amo mais do que tudo, apesar do que está acontecendo agora, e apesar do que quer que aconteça depois. Te amo, para sempre.

O modo como luta por mim me encoraja a lutar por mim mesma. Estou lutando por mim mesma porque você lutou por mim. Estou lutando por outras pessoas que amo porque você lutou por mim.

Sei que jamais concordamos quanto à religião. Mas também acredito em conexões que transcendem a realidade física. Acredito que se perder você, ou você me perder, ainda estaremos juntas. E que a morte nem sempre é um final. Às vezes é um começo, e para muitos de nós a vida continua, independentemente da forma que seu corpo assume.

Gosto de pensar que, se eu morrer, ainda estarei com você, mesmo que você não possa me ver. Espero que a gente concorde em acreditar nisto juntas.

Com amor,
River

À uma da tarde, vou de bicicleta até a casa de River, na Dhalgren Way, 452. Há certa beleza nas pequenas casas atrás da fachada colonial do Heritage. Bangalôs e cabanas em cores vibrantes, cor-de-rosa e amarelo, amontoadas entre as árvores, como as pedras preciosas na loja da srta. Josette, cada uma com a própria natureza e propósito.

Um globo de mosaico em um vaso de flores fica no meio do gramado, como uma bola de espelhos refletindo o universo.

River morava em uma casa amarela com varanda e cadeira de balanço. Begônias, orquídeas e samambaias estão penduradas no pórtico, as folhas verdes e saudáveis como pequenas florestas tropicais explodindo com vida, ectonévoa sussurrando através de suas hastes quando o vento sopra.

Encontro a chave debaixo da pedra falsa no jardim, como River me disse, entro na casa na ponta dos pés e subo até o quarto dela. Um emaranhado de detalhes em preto e rosa. Pôsteres de filmes de terror, flores murchas e penduradas de ponta-cabeça na parede. Flores frescas, emoldurando uma foto de River sobre a cômoda. Entre velas e cartões.

Acho seu diário, todo preto, com um fecho prateado, no meio da prateleira de discos — Death Grips, Shygirl, The Smiths. Escondo a carta na parte de trás, deixando à vista apenas uma pontinha. Eventualmente sua família vai encontrá-la.

Quando os médicos me perguntaram "O que fez você perder o controle do veículo?", não respondi nada. Minha mãe estava sentada na cadeira aos pés da cama, e tudo o que eu via era seu cabelo.

Há um cenário sombrio, sangrando e fervilhando, na armadilha torturante da minha mente. O corpo de tio Rod naquele piso. Preciso enterrar aquela cena e esquecer que aconteceu para que eu possa seguir em frente.

Leva alguns dias após a minha saída do hospital para minha casa enfim parecer ligeiramente segura. A cozinha está silenciosa, mas sempre imagino alguém morto no chão. O banheiro é um banheiro — frio e vazio, livre de insetos. Encontro consolo no quarto, exceto quando vislumbro uma sombra em um canto, me viro, e não encontro ninguém.

Minha mãe não me pressiona quanto ao que aconteceu... acho que sou como uma bomba no cômodo, cujo silêncio parece um pouco letal. Não culpo ninguém por não querer falar comigo. Nunca fui muito de falar com os outros.

Tenho mensagens de texto de Allister, e Fiona me convida para uma escalada sem estresse.

No terceiro dia em casa, decido que posso dar um jeito e reviro todas as roupas das gavetas e armário para escolher um look. Estou tão acostumado com o uniforme que não faço ideia de como me vestir para *ocasiões*. Mas é legal não ter mais que pensar em um uniforme.

Uma camiseta do meu amigo Jalen está em cima da cama. Sua família é dona de uma fábrica de camisetas e ele me deu aquela no meu aniversário, com *JJL* impresso em azul-claro e verde-grafite. Jake Joseph Livingston.

Eu me lembro de a desembrulhar, rasgando o papel de presente.

— Agora você tem um pretinho básico — disse ele. E riu. Eu franzi o cenho até ele me dar um tapa no ombro. — Relaxa! É uma piada. Faça o que lhe der na cabeça.

Jalen não me julgava. Eu sabia que ele nunca faria isto, que ainda iríamos assistir a filmes juntos e trocar bilhetinhos na aula, apesar do modo como eu falasse ou me vestisse. Ele gostava de mim pelo que eu era. Ele me escolhia para o time de basquete e futebol americano na quadra comunitária do meu antigo bairro. Mesmo quando Benji não me levava, ele perguntava por mim. Ele queria que eu me sentisse incluído.

Jamais me senti à altura da grosseria dos outros garotos. Um desarme nunca era apenas um desarme. Era um encontrão, um golpe contundente na cabeça, o ocasional osso quebrado que iríamos ignorar e tratar mais tarde.

Mas com Jalen eu me sentia à vontade, porque ele era legal comigo. Muito legal. Eu tive a estúpida impressão de que ele levaria de boa se eu perguntasse se ele "gostava de mim" ou "gostava de mim *daquele jeito*". E depois disto ele nunca mais me convidou, nem mesmo perguntou sobre mim ou olhou na minha cara.

Então ninguém perguntou sobre mim. Eu me lembro de assistir a filmes sobre pessoas gays, pessoas gays e brancas, porque era o que havia disponível; de vasculhar a biblioteca atrás de mais livros sobre gays brancos. Imaginava que haveria pessoas que eventualmente me aceitariam por quem eu era, apenas não as tinha encontrado ainda.

Encarei a camiseta personalizada, e me perdi a encarando.

Não é a minha praia, cara. Ouço sua voz mesmo quando não quero... a entonação, o desdém. Capto a atmosfera do corredor em que ele disse aquilo, a plateia de alunos que pode não ter ouvido. A lembrança se destaca como o momento em que meu coração se partiu pela primeira vez.

Allister, espero que saiba que não é que eu não goste de você... apenas não me sinto seguro com ninguém.

Queria poder explicar por que aquilo dói, onde dói, e como afeta minhas interações.

Mamãe bate à porta. Sei que é ela porque suas batidas sempre são suaves, como perguntas, enquanto as de Benji são duras, como respostas. As batidas dela respeitam os meus limites.

— Entre — digo, querendo me desculpar profusamente, porque jamais quis fazer algo que um adolescente impulsivo faria, como roubar o carro, depois bater com ele, ou brigar na escola.

Mas agora, quando ela se apoia na soleira, temerosa de entrar, não sou mais o filho acessível com que ela contava.

Ela sorri, mas é um sorriso triste e distante. Sabe que nem tudo sobre mim é suave, gentil e bom, e que algumas coisas são inconsequentes e violentas.

— Tem certeza de que está pronto para voltar ao mundo lá fora? — pergunta ela. — Quero dizer, sua cabeça...

Foram quatro dias de gaze, mas hoje desenrolei as ataduras para expor o ponto vermelho, bem na lateral da cabeça, na altura da linha do cabelo.

— Sim, estou pronto. — Finalmente tiro um moletom preto do cabide e o jogo no corpo.

— Ok, bem, não esqueça o casaco, o chapéu e seu cachecol.

Ela ainda fala como se aquelas partes ruins fossem apenas partes, e não o todo.

— O moletom é suficiente, mãe. Além do mais, não tenho um cachecol.

— Vou te emprestar um dos meus... deve fazer -6°C esta semana.

— Ok. — Abro um sorriso falso e assinto, aceitando o fato de que vou ter que simplesmente me esgueirar para fora de casa de modo que ela não descubra que não estou usando um cachecol. Definitivamente não um dos dela.

Minha mãe hesita e me olha com modéstia, como se precisasse me dizer algo sério.

Quando estava sozinho com Benji no hospital, ele disse:

— Vou pedir à mamãe que pegue leve até você estar pronto para falar.

Deve ter funcionado, porque ela não perguntou nada. Mas ainda parece estar chorando muito e tentando ao máximo esconder o fato.

— Desculpe, Jake. Não sei o que está acontecendo, mas lamento não ter proporcionado um ambiente seguro. Não sabia que seria tão ruim assim na St. Clair.

— Está tudo bem. Não falei nada. Devia ter avisado.

— Talvez não seja um ambiente adequado para você e possamos encontrar uma escola melhor.

— O Colégio Clark?

Minha mãe parece insegura.

— Está pronto para isso?

— Acho que sim.

Apenas precisava começar a assumir quem eu era. Por isso nunca fui capaz de me integrar à escola do meu distrito. As pessoas me julgavam só com base nas aparências.

Não sei como ignorar a opinião das pessoas. Mas é inútil tentar mudar qualquer coisa em mim, porque não consigo. É mais fácil simplesmente encontrar quem me aceite como sou.

Minha família, afinal, nunca foi tão ruim quanto pensei.

Mamãe tenta sorrir, mas o sorriso esmorece.

— Lamento ter deixado seu pai fazer aquilo com você.

A menção do meu pai cai como uma bomba no quarto, empesteando o ar.

— Eu devia ter intervindo. Devia ter impedido. — E então ela começa a chorar. De repente. — Me desculpe se eu fiz você se sentir como se eu não estivesse presente. Passei muitos anos vivendo com medo. Tão acostumada com a rotina, com a expectativa de uma família tradicional. E agora, depois de vinte anos, sinto que estou começando uma fase melhor. Me libertando de tudo aquilo. Queria ter feito isso antes que você e Benji se magoassem.

É a primeira vez que escuto isso. Meus pais discutiam o tempo todo antes do divórcio. Nunca testemunhei nada, mas ouvia o barulho de coisas se quebrando no quarto quando gritavam um com o outro. Eu não era o único com quem o meu pai era violento.

E acho que, antes, nunca tive uma referência para imaginar como seria. Papai deve ter se aproveitado dela assim como Sawyer fez comigo, de um modo que parecia completamente inevitável, e a isolado não só de mim, mas de tudo. Da vida.

Há um mundo que ela vê e eu não, e que jamais serei capaz de ver.

Entendo agora que não sou o único incompreendido.

Eu a perdoo.

Estamos livres agora. Sinto como se pudéssemos nos compreender melhor nesse ambiente, como se pudéssemos desfazer o que o meu pai fez a nós dois.

Caminho até ela, a abraço e imagino vovô sorrindo em sinal de aprovação.

— Fico feliz que esteja pensando no que quer no momento — digo a ela. — Você é uma ótima mãe e merece isso.

Seus olhos se enchem de lágrimas. Não acho que ela ouça muito aquilo.

Meu telefone vibra, então o tiro do bolso e me deparo com uma mensagem de Fiona. *Aqui fora!*

Nunca na vida vi algo parecido com um ginásio de escalada.

Depois da matrícula, deixamos as mochilas nos armários e Fiona me guia pelo local. Giro a cabeça, observando as paredes altas, absorvendo o cenário. É como uma caverna adornada por um pintor profissional. Grandes paredes azul-cobalto, com agarras iguais a orbes flutuantes. Elas me lembram meus ancestrais; sólidas, inquebráveis, as agarras como os órgãos em seus corpos.

Fiona nos leva por alguns túneis baixos e alcovas, para longe do centro da academia e a uma seção de paredes mais baixas, cuja escalada não requer cordas ou mosquetões.

— Não vamos escalar as grandonas? — pergunto.

— Gosto da sensação de liberdade dessas — explica ela. — Não gosto de ficar limitada pelas cordas.

Cada sequência de escalada é demarcada por uma cor e avaliada entre 5.0 e 5.15, revelando seu grau de dificuldade. Fiona escala a de 5.8, e eu começo mais baixo, com a de 5.2.

Fiona fica sentada no tapete enquanto escalo, batendo palmas e me incentivando. Toda vez que me deparo com uma agarra que parece muito distante e sinto como se fosse cair, ela grita: "Vamos lá! Você consegue, Jake!" Como se fosse simples assim. "Só segure a agarra."

Então só agarro. E logo seguro a seguinte e me dou conta de que o meu cérebro é o que vem me atrasando esse tempo todo. Minhas pernas se movem, assim como meus braços, conforme me estico ao máximo.

Para assumir qualquer risco.

Para derrotar qualquer medo.

Fazemos uma pausa para o almoço perto de alguns bancos e mesas, longe dos colchonetes. Compramos sanduíches e fritas em uma delicatéssem no caminho. O meu veio bem servido de peito de peru e queijo fresco. Com a quantidade perfeita de tomate e alface para completar o grupo dos vegetais; agora que sou um atleta, estou tentando manter uma alimentação saudável.

Do outro lado dos colchonetes, noto um ghoul sentado de pernas cruzadas atrás de um garoto negro preso à mãe por um mosquetão. As pessoas o atravessam como se a criatura nem estivesse ali, porque não está. Não tem o poder de tocar em você até que morra.

Engulo o sanduíche e tomo um gole de água.

— Allister me disse que tem uma queda por mim — digo a Fiona.

Meio que espero que o mundo acabe, que ghouls e deuses comecem uma guerra entre os colchonetes do ginásio de escalada, que titãs zumbis e cavaleiros de bruma cruzem espadas e membros.

Fiona não está magoada ou chocada com a revelação. Suas sobrancelhas se erguem cada vez mais com curiosidade.

— Bem, é uma ótima notícia — diz ela, depois tenta avaliar a minha reação. — Certo?

Dou de ombros, em concordância.

Fiona assente, como se soubesse o tempo todo, e dá outra mordida em seu sanduíche.

— Eu percebia isso em vocês — diz ela, com a boca ainda cheia. — Imaginei que estava acontecendo alguma coisa.

— Mesmo?

— Dã! Vocês andavam praticamente de mãos dadas. Pelo menos em espírito. Se houvesse auras, as de vocês estariam de mãos dadas, sabe? Pura química.

Não consigo segurar o riso, porque é verdade. Literalmente.

— Nossas auras definitivamente andam de mãos dadas.

É estranho como eu estava nervoso antes de contar a ela. Fiona nunca me pareceu homofóbica, mas talvez eu pensasse que ela só gostaria de mim se a nossa amizade seguisse o curso natural. Está óbvio agora que ela jamais quis isso. Fiona está de boa, apenas sendo uma amiga incrível.

— Então você está *oficialmente* namorando? — pergunta Fiona, a animação crescendo em sua voz.

— Não dei uma resposta a ele. Meio que apenas me engasguei nas palavras e o decepcionei.

— Bem, me avise quando finalmente se decidir, porque ficarei feliz em emprestar meu carro para você o pegar em casa. Sei que tudo isso ainda está em um futuro distante, mas planejamento *é* uma virtude em alguns casos.

Não sei por que quero rir. Talvez porque o garoto escalando a parede tenha chegado ao topo, tocado o grande botão e esteja gritando, cheio de empolgação. Um coro de estranhos dá vivas enquanto as cordas o abaixam até o chão, onde ele encontra mais uma vez sua mãe sorridente.

Fiona não me julgou por apunhalar Chad. Na verdade, ela disse que ele mereceu e que estava feliz por eu ter me defendido, apesar da punição que a escola me deu.

— Gosto mesmo de você, Fiona.

Seu rosto se ilumina.

— Também gosto de você, Jake. — Ela ri, baixando os olhos para o colo de maneira modesta.

Vou tentar expressar as coisas quando me passarem pela cabeça. Para transformar pensamentos positivos em energia positiva.

Fico feliz por ter me aberto com ela, mas ainda sinto medo das consequências. O que a minha mãe vai pensar? Posso entrar em uma sala e simplesmente dizer o que sou em voz alta, sem temer as consequências? Ainda não me sinto completamente confortável. Mas devo a mim mesmo encarar o que me assusta, e vou chegar lá.

Depois que devoramos o lanche, voltamos às paredes. Ela está feliz por eu estar ali, fazendo algo que ela ama. Posso dizer pela sua aura, que ondula atrás dela conforme começa a escalar, como uma capa de amarelos, azuis e verdes. Como o céu, o oceano e a terra.

Avanço para um nível intermediário, 5.6, e começo a subir. Preso no meio, a próxima agarra se revela para mim, mais longe do que acho ser capaz de alcançar.

— Você consegue, Jake! — Fiona grita lá de baixo.

E, pela primeira vez na vida, acredito.

JAKE

***

EU: Ei, podemos nos ver?

ALLISTER: Fico feliz em ver que está, humm... vivo! Rsrsrs.

EU: Desculpe por ter te deixado na mão. Muita coisa pra explicar.

ALLISTER: Tenho muito tempo.

EU: Então, quando vai estar livre?

ALLISTER: Como eu disse, tenho muito tempo.

EU: Muito tempo em geral, ou tempo pra mim?

ALLISTER: Tempo pra você. Eu tenho uma vida, sabe.
Mas, sim, se quiser conversar, adoraria ouvir.

EU: Desculpe ter te dado um perdido de dias.

ALLISTER: Você se desculpa demais.
Você também tem uma vida.

EU: Eu sei. Tô tentando não me lamentar por tudo.

ALLISTER: Então, onde vai ser?
Você escolhe. Da última vez fui eu.

EU: ...

ALLISTER: Decida de uma vez, Jake!
Nada de indecisão!

EU: Gosta de hambúrgueres?

ALLISTER: Adoro.

EU: Que tal o Infinity Burguer,
em Little Five Points?

ALLISTER: Tô dentro. Que horas?

EU: ...

ALLISTER: Agora? Ótimo! Só preciso tomar banho e me vestir. Chego lá em uma hora.

O Infinity Burger é como qualquer hamburgueria que se preze deveria ser. As paredes são cobertas de placas de carro, antigas propagandas e fotografias de ícones do passado, atores e músicos.

Chego primeiro e me sento a uma mesa, onde espero por cinco, dez, então quinze minutos, cutucando as unhas e deixando as pelinhas na toalha quadriculada.

E se ele me der um bolo? E se ele me odeia pelo jeito que o respondi antes e essa é a vingança?

Ele mentiu quando disse que chegaria em uma hora, porque está vinte minutos atrasado.

Mas entendo o motivo. Ele está lindo ao se aproximar da mesa, com um visual bem que o deixa com uma aparência de ser mais velho do que somos, calça jeans skinny, botas de couro e jaqueta de aviador. Lógico que fica ótimo arrumado. E ali estou eu, com os mesmos tênis ferrados, jeans que mal me servem e um moletom.

Ele desliza para o banco à minha frente, e o modo como sua pele brilha sob a luminária pendurada entre nós me deixa sem fala. Usa brincos de cristal nas orelhas, que nem notei serem furadas. Gosto daquilo. Em meio a todo o resto.

— Droga — diz ele, reprimindo um sorriso. — Pensei que teríamos mais tempo juntos antes que você conseguisse ser suspenso.

Reviro os olhos e escondo o rosto nas mãos.

— Cala a boca, por favor. Ah, meu Deus.

Ele solta a risada que estava segurando, ostentando aquele sorriso lindo.

— Não, achei do caralho. Todo mundo com quem falei disse que o cara era um cuzão e teve o que mereceu.

— Sim, sem brincadeira. Alguém tinha que pegar ele.

— *Pegar* ele? — Allister pega o copo de água gelada da mesa e bebe metade, observando o restaurante com os olhos, como se não tivesse dito nada.

Estou tão na dele. Considero sentar à sua frente na mesa uma bênção. Apesar do fato de ele colocar a boca nos copos em restaurantes, sem usar canudos, algo que eu nunca faria.

— Acha que podemos chegar à parte do *pegar* mais tarde? — pergunto. — Estou bem certo de que é assim que a coisa funciona, não que eu já tenha feito nada assim antes.

Ele bate o copo na mesa e levanta as sobrancelhas. A princípio acho que fui longe demais, mas então processo sua emoção. Ele parece meio... impressionado?

O garçom chega bem a tempo de me poupar de um constrangimento maior. Espero não ter dito nada de errado, na ânsia de dizer as coisas certas.

O garçom se apresenta para Allister como Kenny e anota nossos pedidos. Peço um hambúrguer Loucura de Cogumelos, que levei quinze minutos para escolher no cardápio, indeciso entre dezenas de descrições tentadoras.

Mas Allister nem se dá ao trabalho de olhar o cardápio. Tudo o que diz é "Me surpreenda". Em seguida entrega os dois cardápios para o garçom, sem lhe dar chance de recusar.

Kenny hesita.

— Hummm...

— Confio em você, senhor — diz Allister. — Costumo comer tudo que tenha um gosto bom e suas tatuagens já são prova de seu gosto impecável.

O charme de Allister se desprende de sua aura em bolhas vermelhas, brancas e rosa-bebê. Kenny baixa o olhar para as tatuagens em seu braço, onde personagens de quadrinhos e símbolos estão gravados na pele, e não tem escolha a não ser sorrir.

— Obrigado, é muita bondade sua — diz ele. — Espero não o desapontar.

Depois que ele se afasta, reviro os olhos.

— Sempre um sedutor.

— A vida não vale a pena se você é um mané. — Ele coloca os cotovelos na mesa e se inclina na minha direção. — Então, onde estávamos?

— Talvez devêssemos começar de novo. Nem mesmo respondi à sua confissão.

— Se você disser que me convidou para partir meu coração, vou embora.

— Na verdade, eu te convidei para dizer que também gosto de você.

Um sorriso se abre em seu rosto.

— Óbvio que gosta — diz ele. — Quem não gostaria?

— Ah, Deus...

Ele solta uma gargalhada, e eu o acompanho.

— Mas talvez eu troque de escola — aviso, roubando a alegria do momento.

Ele parece chateado. E então assente, toma fôlego e sorri. Eu apenas observo ele ficar triste e transformar a tristeza em resignação. Alegria até. Acho que é o superpoder dele.

— Vou me conformar em não admirar mais a sua nuca na aula de psicologia — diz ele. — Mas se não nos veremos, não tem como bancar o fantasma por mensagem de texto.

— Fantasma... foi um trocadilho?

— Com certeza, obrigado por notar.

— Com certeza. Que seja... — É a minha vez de inspirar fundo e respirar a atmosfera do lugar, repleta de telas de TV, para-choques de carro, cerveja, esportes e jeans e vida. — Não vou sumir como um fantasma na hora de responder suas mensagens. Estou tentando me comunicar melhor ou algo assim.

— Ótimo. Conversar com os mortos não é o suficiente.

— Mas nem nisso sou bom, o que é uma verdadeira tragédia.

Allister concorda com a cabeça.

— Sim, isso não cai bem pra você. Quero dizer, é meio como habilidades orais e escritas... você precisa de pelo menos uma pra ter um bom currículo.

— Obrigado por jogar na minha cara.

— Aqui só lidamos com fatos. O quê? Ia preferir que eu mentisse pra você?

— Nunca. O principal motivo pelo qual gosto de você é *porque* você é verdadeiro.

Pego um sachê de sal no pequeno porta-temperos da mesa, o rasgo e derramo os grãos na superfície de madeira.

— Está fazendo contato com Satã agora? — pergunta Allister, enquanto arrasto os dedos pelo sal.

— Não, só acho legal desenhar com sal.

Allister estala a língua, em seguida a passa pela boca. Percebo que sua língua é mesmo bem intrigante... mais vermelha que o normal, como uma cereja picante.

Ele corre o olhar pela lanchonete, pelas garotas em seus vestidos e jeans, todas com alguma tatuagem dramática; serpentes e aranhas. Seus olhos pousam mais uma vez em mim enquanto ele pega a água e toma um gole.

— O que acha que o bom e velho Kenny vai me trazer da cozinha?

— Provavelmente o hambúrguer de frango frito.

Allister ri no meio do gole e contém o esguicho de água com a mão.

— Eu estava bebendo, piranha. — Ele arranca um guardanapo do porta-guardanapos e limpa a saliva e a água gelada. — Quero meu Kool--Aid em uma taça de vinho, ou então...

— Ou então vai colocar todo mundo pra fora? — Estou rindo enquanto falo.

— Ponto final. Cada um deles.

E, então, rimos até nossa comida chegar — Não foi o frango frito, afinal. Mas algo com bacon e um molho gelatinoso adocicado que Allister acha "delicioso!".

Ele pede um milk-shake pra mim, e eu o remexo até que perca a textura.

— Se você não tomar isso, isso vai tomar você.

Então tiro o canudo e o pouso em um guardanapo, depois engulo a coisa toda e bato com o copo na mesa.

— Isso te deixou feliz? — pergunta ele.

Eu me sinto uns dois quilos mais gordo.

— Bastante, na verdade.

É um péssimo momento para reparar em mais coisas que amo em Allister, como sua sobrancelha esquerda, com uma ligeira linha sem pelos atravessada, que comunica um mundo de emoções que ainda preciso desbravar.

A conta chega. Allister paga e deixa dez dólares de gorjeta para Kenny.

Tenho uma pergunta quando irrompemos porta afora:

— Você recebe mesada?

— Roubo dinheiro dos meus pais. — Ele dá tapinhas nos bolsos, como se para se certificar de que está tudo ali.

— E eles levam na boa que você roube deles?

— Isso importa? — argumenta ele, com o sorriso mais amistoso que eu poderia imaginar. — Você foi pago, certo?

As calçadas estão acesas com o reflexo dos letreiros de néon dos restaurantes e varais de luzinhas. Parece quase pitoresco demais para ser verdade. Preciso de toda a minha força de vontade para não encostar o corpo no dele. Tenho a sensação de que, quanto mais nos distanciamos, mais nossos dedos mindinhos estão perto de se enganchar, e, se dependesse de mim, eu simplesmente pegaria sua mão e ninguém nem nos olharia, porque existiríamos apenas dentro do nosso próprio universo.

As calçadas aqui são fáceis de percorrer. Seria um ótimo lugar para viver, se chegássemos a tanto.

— Gosto do modo como fala — confesso a ele, e para mim mesmo. — Ainda estou aprendendo como fazer o mesmo.

Ele gira ao redor de um poste de luz.

— Sim! — grita para a noite, como se por nenhuma outra razão que não usar a voz e o corpo. E concordo que deveríamos fazer aquilo mais vezes.

Ele me alcança.

— Então... me conta... qual foi o motivo para me dar o fora da primeira vez que me declarei?

— Acho que foi difícil acreditar que alguém como você pudesse gostar de alguém como eu.

Ele hesita e para, como se o que eu disse fosse ridículo.

— Espera um minuto. Você é um cara incrível, Jake... para com isso.

Eu paro e me viro para encará-lo, logo querendo refutar suas palavras gentis. Mas sei que Allister não vai aceitar a negação da minha grandeza como resposta. Então fico calado.

— Diga obrigado, ou algo assim — sugere ele.

— Obrigado, ou algo assim.

— Você é irritante.

Ao dobrar a esquina da pizzaria, onde o cheiro de comida italiana e temperos emana das janelas, Allister me pega pela mão e me arrasta para um beco escuro.

Ele me guia por uma poça brilhante e na direção do fim do beco.

— Seus pais sabem sobre você? — pergunta ele.

— Não exatamente. Os seus sabem?

Eu olho para trás, a fim de me certificar de que ninguém está nos seguindo e de que o final do beco é mesmo o final do beco, não um abismo do mundo dos mortos para algum outro século.

— Não exatamente.

Tudo ainda podia ser um sonho. Ou talvez, pra variar, fosse real e temporariamente perfeito, e nada terrível virá em seguida.

Deixo a minha mão se dobrar de modo que entrelaço os dedos nos dele, e sinto a minha pulsação acelerada.

Estamos de mãos dadas. Estamos de mãos dadas.

Então me dou conta de que ele está avançando... um brilho laranja-escuro se derrama de uma lâmpada enfiada na argamassa.

As maçãs do rosto de Allister parecem embebidas em um pôr do sol na praia enquanto ele segura a minha nuca, polegar na frente da orelha e os dedos atrás da minha cabeça. Ele puxa o meu rosto pra mais perto, de um jeito que só o que posso fazer é aquilo que queria desde a primeira vez em que o vi. Nós nos beijamos, então seguro seu rosto, atraindo-o para mim.

Nós nos separamos de repente, e nos encaramos. Quase como se fôssemos lutar. Ou nos beijar com mais intensidade?

Ficamos com a última opção e nos atracamos outra vez. É um beijo prazeroso, boca aberta, de língua, com o intoxicante sabor de menta.

Ele descola os lábios dos meus, e me desequilibro, mas ele me ampara, substituindo o perigo pela segurança.

Ele me joga de leve na parede, em busca de apoio, e o choque com os tijolos me rouba o fôlego.

— Você está bem? — pergunta ele.

— Sim. Estou ótimo.

— Gosta desse tipo de coisa?

— Sinceramente, sim.

Allister sorri enquanto saboreia meu gosto em seus lábios, pega o hidratante labial e o usa. Tudo o que quero são seus lábios. Portanto, vou com tudo... um terceiro beijo. Desta vez, coloco as mãos em seu peito e ao redor do seu pescoço, porque gosto da sensação.

Deixe que vejam. Deixe que saltem da escuridão e me matem. Se há algo que quero repetir em um loop eterno é isso.

É como se tudo o que aconteceu antes perdesse a importância, assim como tudo o que virá depois, porque sua boca e nossas mãos entrelaçadas me prendem ao momento, àquela emoção. Como a descarga que me atinge depois de uma saída astral, quando meu corpo lembra à minha alma que está vivo.

AGRADECIMENTOS

A Rena Rossner, obrigado por me tirar da lista de espera e dar uma chance a esta história inusitada. Stacey Barney, obrigado por me desafiar a levar meu mundo a novos patamares. Michael Bourret, obrigado pela sua amizade, sua defesa e por acreditar no que tenho a dizer. Obrigado a Corey Brickley por criar uma ilustração de capa tão inesquecível e a toda a equipe da Penguim pelo entusiasmo com o meu trabalho.

Obrigado a Rachel Gurevich e a Sarah Summerbell por serem minhas primeiras leitoras beta. Aos meus melhores amigos do ensino médio, Alessandro Miccio e Aliki Fornier, obrigado por me darem um lugar para ser o meu eu mais verdadeiro quando mais preciso. Salve Diego, Mia, Ludi, Kyle, Jessi e Botai por tornarem a faculdade muito menos infernal do que teria sido sem vocês.

Aos meus tios Bruce e Brent, obrigado por amarem meu primeiro livro publicado de forma independente e por me inspirarem a continuar escrevendo. Obrigado à mamãe e ao Grande por lerem meus primeiros livros quando eu tinha medo de mostrá-los a qualquer outra pessoa e por me darem as ferramentas que eu precisaria para realizar o meu sonho. David, obrigado pelo seu entusiasmo por este projeto, por me manter com os pés no chão e por ser um grande irmão.

Um salve para meus amigos escritores queer, Pheolyn Allen, Jamar Perry, Lachelle e Anthony Isom Jr por me inspirarem com suas palavras, me darem suporte através dos anos e entenderem de onde vim.

A meus professores de escrita criativa e poesia da Hofstra, agradeço pela oportunidade de ter aprendido com vocês. Um imenso obrigado à minha primeira professora de escrita criativa, Rosemary McClellan, por me dizer que eu seria um grande escritor e por me apoiar durante a publicação do meu livro de estreia.

Obrigado aos meus colegas autores que se esforçaram para estender qualquer gentileza, oportunidade ou orientação: Rita Williams-Garcia, Adam Silvera, Becky Albertalli, Kacen Callender, Amy Reed, Sarah Nicholas, Anica Mrose Rissi, Tom Ryan, Claribel Ortega, Celeste Pewter, Elsie Chapman, Dana Mele e River Solomon.

E aos queer e trans negros, obrigado pela resiliência, magia e graça que vocês trazem para o cenário artístico. Estou aqui porque vocês estão.

Este livro foi composto na tipografia Adobe
Garamond Pro, em corpo 11,5/16, e impresso em
papel pólen soft 80g/m² no Sistema Cameron da
Divisão Gráfica da Distribuidora Record.